YN FY FFORDD FY HUN
Hunangofiant Dyn Byrbwyll
══ JOHN ELWYN ══
(Awdur 'Pum Cynnig i Gymro')

CYFROL 3

GWASG CARREG GWALCH

Argraffiad Cyntaf: Gorffennaf 1987

Dymuna'r cyhoeddwr gydnabod yn ddiolchgar gymorth
Adran Ddylunio'r Cyngor Llyfrau Cymraeg a noddir gan
Gyngor Celfyddydau Cymru
(a noddir gan drethdalwyr Cymru).

Clawr: Terry Higgins

Rhif Llyfr Safonol Rhyngwladol
0 86381 074 8

Argraffwyd a chyhoeddwyd gan Wasg Carreg Gwalch,
Capel Garmon, Llanrwst, Gwynedd.
(Betws-y-Coed 261)

RHAGAIR I'R DRYDEDD GYFROL

Yn y gyfrol gyntaf o 'Yn Fy Ffordd Fy Hun — Hunan-gofiant Dyn Byrbwyll', mae John Elwyn yn adrodd hanes ei fagwraeth yn ardal Dolgellau, yna'n was ffarm ym Mryn-crug, Y Friog, Caeathro a Swydd Derby; yn gweithio mewn busnes llaeth yn Llundain, cyn ymuno â'r Gwarchodlu Cymreig ym 1939 a dringo i fod yn gapten yn y fyddin. Ar ddiwedd yr Ail Ryfel Byd cafodd ei anfon i ddal aelodau o'r S.S. yn yr Almaen. Dyna esgyrn sychion y stori heb gynnwys prin ddim o'r cyffro, yr helyntion a'r cwmni diddorol a gaiff yr awdur o lethrau Cadair Idris ble bynnag yr aiff.

Yn yr ail gyfrol mae John Elwyn yn ôl ym Mhrydain am gyfnod cyn dychwelyd i'r Almaen yn 'Officer Commanding No. 8 Intelligence Team'. Cawn ei hanes hefyd yn ymuno â'r heddlu yn Llundain ac yn gwasanaethu ym Mangor a Llanfair-fechan cyn dod yn swyddog ar uned arbennig o'r Gwasanaeth Cudd yn y Dwyrain Canol, a Chyprus yn arbennig, gyda sawl antur herfeiddiol yn dod i'w ran.

Yn ogystal â bod yn 'stori antur' nofelaidd ei chyffro, y mae'r hunangofiant hefyd yn ein tywys i fyd dieithr ac yn rhoi darlun inni o sut yr oedd pethau yn nyddiau Rhyfel Oer y pumdegau a sut yr oedd pethau yng Nghyprus ar adeg pan ymladdai EOKA a Grivas am ryddid er bod Prydain yn mynnu cadw'i gafael ar yr ynys.

Ac yn awr, dyma'r drydedd gyfrol lle cawn olwg 'o'r tu mewn' drwy lygad swyddog yn y gwasanaeth cudd ar wir arwydd-ocâd Suez, y Ras Arfau, Mur Berlin a Chuba. Yna'n ddiwedd-arach, dychwelodd yn athro i fro'i febyd yn Nolgellau lle cafodd gyfle i ailafael mewn rhai arferion cefn gwlad megis styllena a phesgi moch!

Suez!

Cyrhaeddais y School of Infantry yn Warminster, Wiltshire tua saith o'r gloch ar nos Sadwrn yr wythnos gyntaf o Fedi, 1956.

Ar ôl ymolchi a thacluso'n frysiog euthum i'r stafell fwyta. Nid oedd ond ychydig o swyddogion yn swpera gan fod y mwyafrif wedi mynd i ffwrdd am y penwythnos. Yn ôl yr arferiad ni chymerodd neb sylw ohonof pan eisteddais wrth y bwrdd mawr. Gan fod pob un mewn dillad sifil ar wahân i un capten — yn ôl pob tebyg y swyddog ar ddyletswydd — ni allwn ddweud i ba Gatrawd y perthynai'r gwahanol unigolion na chwaith o ba radd yr oeddent. Dim ond rhyw dri neu bedwar oedd yn siarad â'i gilydd felly tybiais mai hwy yn unig a berthynai i staff y School of Infantry ac mai newydd-ddyfodiaid fel myfi oedd y gweddill.

Ar ôl gorffen bwyta, codai'r swyddogion oddi wrth y bwrdd a mynd allan y naill ar ôl y llall. Gwneuthum innau yr un modd a mynd i'r *Ante-room* lle roedd stiward yn estyn coffi i bwy bynnag oedd yn ei ddymuno.

Cymerais gwpanaid o goffi ac eistedd mewn cadair esmwyth i'w yfed ac i daflu golwg ar y papurau newydd.

Prif destun pob un oedd Nasser a'r papurau mwyaf eithafol yn bloeddio am ei waed. Pwy oedd o'n feddwl oedd o, yn meiddio gwneud fel y mynnai mewn gwlad a osodwyd gan y Brenin Mawr o dan fantell Prydain? Yr un oedd barn y papurau mwyaf 'cyfrifol', megis y *Times* a'r *Telegraph* ond eu bod yn ei fynegi mewn dull ychydig llai eithafol tra ceisiai'r *Guardian* arllwys ychydig olew ar y dyfroedd cythryblus a chynghori pwyll. Er na wyddwn ond y nesaf peth i ddim am yr hyn oedd wedi digwydd y tu ôl i'r llenni, gwyddwn ddigon i ofni mai dim ond drwy rym y byddai'r anghydfod yn cael ei setlo. Gwyddwn fod Prydain yn benderfynol o gadw byddin gref yn y Dwyrain Canol a gwyddwn mai'r Aifft oedd y lle mwyafrif ffafriol yn ei golwg. Tybiwn hefyd mai Prydain oedd yn gyfrifol am yr helynt ac mai rhan o gynllwyn ydoedd. O ganlyniad disgwyliwn y byddwn yn yr Aifft yn weddol fuan ond ni allwn ddirnad sut na phryd y dychwelwn oddi yno. Teimlwn na fyddai'r byd byth yr un fath ar ôl y digwyddiadau oedd ar y trothwy — digwyddiadau a oedd yn mynd i beri chwyldro drwy'r Dwyrain Canol.

Tra'n pori drwy'i papurau newydd daeth neges dros yr uchelseinydd:

"Conference for all officers of No 3 Special Unit in H.Q. School of Infantry Briefing-room at 09.30 tomorrow morning. That is all."

Da iawn! Bore drannoeth byddwn yn gwybod rhywbeth siawns! Euthum i'r bar am rhyw awr neu ddwy ac yna i 'ngwely.

Bore drannoeth am hanner awr wedi naw roeddwn yn y *Briefing-room*. Roedd dau swyddog arall yn eistedd yno eisoes.

"Good morning, gentlemen!"

"Good morning! My name is Colonel Pritt, this is Major Samson. I have been appointed to command No 3 Special Unit. Major Samson is Second-in-Command. Are you Captain Jones?"

"Yes, sir."

"Good. You are the adjutant. So far we are the only officers who have arrived apart from six medical officers whom you might have seen at dinner last night. I don't need them for this conference. The remaining officers will arrive tomorrow. They will be briefed as and when required on a 'need to know basis.' Come and sit here."

Euthum at y ddau arall ac eistedd yn eu hymyl.

Gofynnodd y Cyrnol beth oedd fy ngwaith diwethaf. Dywedais wrtho am fy ngwaith ar Ynys Cyprus a meddai:

"Ardderchog! Byddwch yn dychwelyd i'ch hen gynefin!"

Yna aeth ati i egluro pwrpas a dyletswyddau'r *No 3 Special Unit*:

"Fel y gwyddoch chi, Cyrnol yn y fyddin yw Nasser a swyddogion y fyddin yw mwyafrif aelodau ei lywodraeth. Gan eu bod felly yn rhan o Luoedd Arfog yr Aifft mae gennym ni berffaith hawl i'w cymryd yn garcharorion rhyfel petai amgylchiadau yn ein gorfodi i weithredu'n filwrol yn yr Aifft er mwyn diogelu heddwch yn y Dwyrain Canol. Wnawn ni ddim cyhoeddi rhyfel. I'r gwrthwyneb, ein pwrpas fydd rhwystro'r rhyfel rhag ymledu a'r ffordd orau i wneud hynny fydd drwy gymryd arweinyddion llywodraeth filitaraidd yr Aifft i'r ddalfa. Er mwyn sicrhau hynny mae'r Swyddfa Ryfel wedi sefydlu uned arbennig o'r *S.A.S.* a'r *Commandos* i ymosod yn ddirybudd ar Bencadlys Nasser a'i gipio ef a phob aelod arall o'i lywodraeth a'u trosglwyddo i ni yn Alexandria. Gwelwch felly nad uned i ofalu am garcharorion rhyfel yw y No 3 Special Unit mewn gwirionedd, ond uned i ofalu am swyddogion neilltuol iawn a neb arall. Ein dyletswydd ni fydd gofalu amdanynt. Mater i'r Llywodraeth fydd penderfynu beth fydd yn digwydd iddynt yn y pen draw. 'Does dim angen i ni wybod dim mwy nag sydd yn angenrheidiol inni'i wybod i gyflawni'n dyletswyddau. Mae un peth yn holl-bwysig a hynny yw — mae popeth ynglŷn â'r uned yn ddirgel, felly gofalwch beidio yngan gair wrth neb!"

Ni allwn ddweud fod yr wybodaeth a roes y Cyrnol inni yn hollol annisgwyl er mor eithafol y doedd. Ni allwn chwaith beidio ag edmygu cyfrwystra'r Swyddfa Ryfel. Roeddwn yn tybio er rhai wythnosau fod cynllwyn ar y gweill i ddelio unwaith ac am byth â'r Cyrnol Nasser ac i gael esgus i gyfiawnhau symud y fyddin yn ôl i'r Aifft gan fod holl bolisi'r Llywodraeth yn y Dwyrain Canol yn dibynnu ar hynny. Roedd Ynys Cyprus yn hollol annigonol gan nad oedd arni borthladd digon dwfn i alluogi llongau i lanio yno ac i gludo milwyr i mewn ac allan ar fyr-amser. Roedd yr Aifft yn anhepgorol i Brydain os oedd hi am barhau yn rym imperialaidd yn y Dwyrain Canol.

"Ydach chi'n sicr, syr, y bydd yna ryfel?" gofynnodd Major Samson.

"Cyn sicred â'n bod ni'n tri yn eistedd yn y fan hon ar fore dydd Sul. Pam, oes gennoch chi amheuon?"

"Wel, mae'n anodd credu y gwnawn ni ymosod ar yr Aifft. Mae hynny yn beth difrifol iawn i'w wneud."

"Digon prin y gwnawn ni ymosod yn enwedig gan fod gwlad arall ar y ffin sydd yn ysu am y cyfle."

"Israel ydach chi'n ei feddwl?"

"Wrth gwrs, 'chaiff hi byth gystal cyfle."

"Ond beth am y gwledydd Arabaidd eraill?" gofynnais. "Beth tybed fydd ymateb gwlad yr Iorddonen, Irac a Sawdi Arabia?"

"Dyna'r cwestiwn mawr," meddai'r Cyrnol, "ond nid cwestiwn i ni ei ateb ydy o. Gadewch inni ganolbwyntio ar ein problemau'n hunain. Yn gyntaf, oes yna unrhyw reswm i'ch rhwystro rhag bod yn barod i symud i'r Dwyrain Canol ar ddiwrnod o rybudd? Os oes, mae'n rhaid i mi gael gwybod ar unwaith. Major Samson?"

"Nagoes, syr."

"Captain Jones?"

"Nagoes, syr."

"Ardderchog! Captain Jones rydach chi i ffonio'r *Duty Officer* yn *HQ Southern Command* bob dydd am bedwar o'r gloch y prynhawn o fory ymlaen. Dywedwch wrtho fo fory na fyddwn ni ddim yn barod i symud am saith niwrnod, fan leiaf. Mae'n rhaid i *Southern Command* gael y wybodaeth yna oherwydd nhw sydd yn trefnu'r cyrch a waeth iddyn nhw heb na chipio Nasser a'i lywodraeth nes byddwn ni'n barod yn Alexandria i'w derbyn. Y peth arall sydd yn bwysig i chi'i wneud bore 'fory ydy trefnu drwy'r *H. M. Stationery Office* i gael chwe chopi o'r *Geneva Convention for the Treatment of Prisoners of War* yn yr iaith Arabeg. Maen nhw wedi'u harchebu eisoes gan y Swyddfa Ryfel ond er mwyn arbed amser bydd yn rhaid i chi fynd i Lundain yn bersonol i'w casglu. Ar wahân i hynny rydych chi i fod yn gyfrifol am bob agwedd ar bolisi'r Uned yn fy absenoldeb oherwydd bydd yn rhaid i mi dreulio'r rhan fwyaf o'm hamser un ai ym mhencadlys *Southern Command* neu yn y Swyddfa Ryfel; ymhen tua tridiau byddaf yn hedfan i Malta i ofalu bod popeth yn barod i dderbyn yr Uned pan ddaw'r gorchymyn i ni symud.

"Major Samson, rydach chi i roi'r Uned mewn trefn pan fydd y milwyr yn dechrau cyrraedd fory. *Reservists* fydd y rhan fwyaf ohonyn nhw, felly bydd yn rhaid gofalu am eu dilladu a'u harfogi. Rydach chi i'w trefnu yn dri chwmni o dan swyddogion sydd eisoes wedi'u dewis. Yna rydach chi i drefnu rhaglen o hyfforddiant iddyn nhw i'w cadw'n brysur drwy'r dydd; waeth beth fydd yr hyfforddiant, cyn belled â'ch bod chi'n eu cadw'n brysur. Does neb, na swyddog na milwr, i gael caniatâd i adael y gwersyll am unrhyw reswm, a does neb i gael gwybod beth ydy prif bwrpas yr Uned. Rydach chi i adael i mi wybod cyn gynted ag y bydd yr Uned yn gyflawn. Gan fod y dynion wedi cael eu galw yn ôl i'r fyddin ar fyr amser, mae'n debyg y bydd yna gryn dipyn o broblemau, ond fydd arna' i ddim isio gwybod amdanyn nhw. Bydd yn rhaid i chi eu datrys. Gobeithio fod gennych chi galon galed oherwydd bydd arnoch ei hangen. Cofiwch nad oes lle i dosturi pan fydd y fyddin yn cychwyn ar gyrch!"

Distawodd, gan danio sigarèt.

Edrychais arno a chanfûm fod ein Cyrnol yn swyddog hollol broffesiynol, yn ddyn a oedd yn mynd i gyflawni ei orchymynion doed a ddelo ac a oedd hefyd yn mynd i ofalu bod y swyddogion a'r milwyr oedd odditano yn mynd i wneud hynny hefyd.

"Any questions?" Edrychodd o'r naill i'r llall.

"I can imagine there will be some compassionate cases arriving tomorrow, sir," meddai Major Samson.

"So can I," meddai'r Cyrnol, *"but that will be your problem. Anything else?"*

"No, sir."

"Captain Jones?"

"No, sir."

Felly dyna'r pwyllgor drosodd. Wela i chi'ch dau yn y bar am hanner dydd. Mi gawn ni lymaid bach efo'n gilydd cyn cinio . . ."

Cododd a cherdded allan.

"Well," meddai Major Samson, *"what did you think of that?"*

"I haven't had enough time to think about it yet, but I'll tell you something — that invitation to meet in the bar at mid-day was an order and I think our Colonel is an officer who means to be obeyed. In that case, we had better go and get ourselves ready!"

Y Dwyrain Canol

Cyn mynd ymlaen â'r hanes, teimlaf bod rhaid olrhain yr amgylchiadau a arweiniodd at ymosodiad Prydain, Ffrainc ac Israel ar yr Aifft yn nechrau Tachwedd 1956.

O ganlyniad i gyrch Napoleon yn niwedd y ddeunawfed ganrif pan drechwyd y Mameliwciaid, daeth yr Aifft yn wlad weddol annibynnol er bod Ymerodraeth Twrci yn dal i hawlio rhyw gyfran o awdurdod drosti. Ond ymhell cyn diwedd y bedwaredd ganrif ar bymtheg, roedd yr awdurdod hwnnw wedi llwyr ddiflannu. Gan fod yr Aifft mewn sefyllfa ddaearyddol hynod o bwysig i unrhyw wlad sydd yn mynnu ymyrryd yn y Dwyrain Canol, roedd llygaid Ffrainc a Phrydain arni'n wastadol, ond bod y naill wlad yn ofni'r llall. Yn y flwyddyn 1882, bu cynnwrf rhwng y llywodraeth yn Cairo a chynrych-iolwyr y miloedd o Ewropeaid oedd yn gofalu am y gwahanol adranau masnach y wlad. Gan fod llawer ohonynt yn Ffrancod ac yn Brydeinwyr rhoddodd hyn esgus i Ffrainc a Phrydain weithredu ar y cyd. Anfonodd y ddwy wlad lynges a byddin i Alexandria. Dinistriwyd llynges fach yr Aifft ac achoswyd difrod mawr i'r ddinas. Yna glaniodd y fyddin Brydeinig, ond ni laniodd byddin Ffrainc. Roedd y ddwy wlad yn methu cytuno ar sut i rannu ysbail, ond ar ôl dadlau a thrafod, llwyddwyd i gyfaddawdu: cytunodd Ffrainc i Brydain gael yr Aifft a chytunodd Prydain i Ffrainc ymosod ar Diwnisia a chymryd meddiant ohoni. A dyna fu, oherwydd lle mae ewyllys da yn bodoli rhwng boneddigion, mae cyfaddawd bob amser yn bosibl!

Cyrchodd byddin Prydain tuag at Cairo a threchu'r Eifftiaid ym mrwydr Tel-el-Kebir. Peidiodd yr Aifft â bod fel gwlad annibynnol; rheolwyd hi gan Brydain, a sefydlwyd byddin gref yno. Ymledodd grym a dylanwad Prydain dros y Dwyrain Canol. Ymhen ychydig flynyddoedd roedd hi wedi cymryd meddiant o'r Swdan a phan drechwyd Twrci ar derfyn y Rhyfel Byd Cyntaf, manteisiodd ar y cyfle i gipio Palesteina ac i roi ei ffefrynnau i lywodraethu dros Irac a Gwlad yr Iorddonen — yr *Hejas*, fel y'i gelwid yr adeg honno. Gan fod ganddi ddylanwad grymus yn Iran a Sawdi Arabia o ganlyniad i'w budd-soddiadau yn y diwydiant olew, roedd awdurdod Prydain yn ymestyn o un pen o'r Dwyrain Canol i'r pen arall.

Parhaodd y sefyllfa yma tan ddiwedd yr Ail Ryfel Byd, er i'r Aifft geisio, drachefn a thrachefn, gael hunan-lywodraeth. Roedd ganddi frenin wrth gwrs — Fuad (yn gyntaf) ac yna ei fab druan Farouk, ond brenhinoedd mewn enw yn unig oedd y ddau. Y *Khedive* oedd yn llywodraethu, mewn gwirionedd, sef teitl cynrychiolydd Prydain yn yr Aifft. Ei ddyletswydd oedd "cynghori'r" Brenin a'i lywodraeth, ond y grym tu ôl i'r cyfan oedd y Fyddin Brydeinig yn y caerau yng Nghairo ac Alexandria ac yn y gwersylloedd ar lan Camlas Suez. Y Cadfridog Kitchener oedd yr *Khedive* ar un cyfnod. Nid yw'n anodd dychmygu faint o ryddid a gafodd y Brenin Fuad gan y gŵr haerllug hwnnw!

Ond daeth tro ar fyd. Am resymau manteisiol iddi'i hun, cytunodd Prydain i'r Iddewon ddechrau ymsefydlu ym Mhalesteina. O ganlyniad, enynnodd atgasedd yr Arabiaid, fel y gellid disgwyl, oherwydd gwlad Arabaidd oedd Palesteina. Yn 1935 er enghraifft, allan o boblogaeth o dros filiwn a hanner dim ond can mil oedd yn Iddewon. Arabiaid oedd y miliwn pedwar can mil arall! Ond yn araf, gyda chefnogaeth Iddewon cyfoethog yn yr Unol Daleithiau a Phrydain, gyda byddin Prydain i am-ddiffyn yr ymsefydlwyr, cynyddodd y nifer nes erbyn diwedd yr Ail Ryfel Byd roedd rhai cannoedd o filoedd o Iddewon ym Mhalesteina. I wneud pethau yn waeth caniataodd yr awdur-dodau Prydeinig iddynt arfogi a sefydlu unedau milwrol tra gwaharddwyd yr Arabiaid rhag gwneud yr un modd.

Yn 1948 tynnodd Llywodraeth Llafur Prydain y fyddin o Balesteina a thorrodd rhyfel allan rhwng yr Iddewon a'r Arabiaid. Yr Iddewon enillodd oherwydd mai ganddyn nhw yr oedd yr arfau gorau. Alltudiwyd dros filiwn o Arabiaid o Balesteina ac ymfudodd cannoedd o filoedd o Iddewon i gymryd eu lle. Nid Iddewon cyfoethog o'r Unol Daleithiau ac o Brydain, wrth gwrs, ond Iddewon tlodion o Ddwyrain Ewrop a'r Dwyrain Canol.

Collodd yr Arabiaid, neu'r Palesteiniaid fel y'u gelwir heddiw, eu gwlad a Phrydain yn eu tyb hwy oedd yn gyfrifol. O gan-lyniad, cynyddodd atgasedd y gwledydd Arabaidd tuag ati, yn enwedig atgasedd yr Aifft oherwydd hi oedd y wlad Arabaidd fwyaf nerthol. Ceisiodd ym mhob ffordd i ymryddhau o grafangau gormesol Prydain. Yn 1951 bu terfysgoedd enbyd yng Nghairo ac yn ardaloedd Camlas Suez. Ymatebodd y fyddin

Brydeinig a mwy o rym a mwy o ormes. Taniwyd ar y terfysg-wyr, dinistriwyd adeiladau ac arestiwyd miloedd o bobl.

Roedd y Brenin Farouk yn hollol ddiymadferth. Gan nad oedd eiloed wedi cael yr hawl i lywodraethu gan Brydain, pan ddaeth yr argyfwng ni fedrai wneud dim. Felly gorfododd byddin yr Aifft iddo ymddiswyddo o'i frenhiniaeth a gadael y wlad. Aeth i'r Eidal gyda'i wraig a'i law-forynion i'w ganlyn. Cymerwyd yr awenau gan y Cadfridog Neguib, dyn eithriadol o ddoeth a rhesymol, ond fel y gweithiodd pethau, dyn *rhy* resymol a dim digon eithafol. O ganlyniad bu'n rhaid iddo ymddeol gan wneud lle i'r 'Meseia', sef y Cyrnol Nasser.

Dyma'r dyn oedd wrth fodd calonnau'r bobl, nid yn unig yr Eifftiaid, ond y mwyafrif llethol o'r Arabiaid ym mhob gwlad yn y Dwyrain Canol. Dyma'r dyn oedd yn mynd i'w rhyddhau o ormes estron, y dyn oedd yn mynd i adfer eu hunan-barch a rhoi terfyn ar drachwant yr Iddewon.

Milwr proffesiynol oedd Nasser, dyn oedd wedi cysegru'i fywyd i adfer annibyniaeth ei wlad, i'w rhyddhau o ormes estron, i godi safon byw ei gwerin bobl i'w moderneiddio a'i galluogi i arwain y gwledydd Arabaidd eraill a'u huno yn un grym, disgybledig fel y gallent wrthsefyll unrhyw fygythiad oddi wrth y pwerau imperialaidd.

Roedd ganddynt le i gredu hynny oherwydd roedd Abdul Gamal Nasser yn ymgorfforiad o nerth, deallusrwydd a phender-fyniad. Safai'r dyn cryf, cyhyrog hwn dros ddwy lath o daldra. Profasai ei hun yn swyddog dewr a medrus yn y rhyfel yn erbyn yr Iddewon, ac yn un oedd wedi trwytho'i hun ym mhob gwybodaeth angenrheidiol i wladweinydd. Roedd yn areithiwr ymfflamychol ond yn fwy na dim, yn wladgarwr diysgog a feddai ar y penderfyniad a'r egni di-ball i wireddu'i weledigaeth; un na welwyd mo'i debyg yn y Dwyrain Canol ers canrifoedd lawer.

Dyn peryglus, dyn eithriadol o beryglus, dyn yr oedd yn rhaid ei ddymchwel ar bob cyfrif oedd hwn! O'r diwrnod y daeth Nasser i rym yn yr Aifft yn 1953, cynlluniwyd i'w ddinistro, a'r tair gwlad mwyaf gweithgar yn y cynllun oedd Prydain, Ffrainc ac Israel.

Erbyn gwanwyn 1956, roedd Nasser wedi cyflawni gwyrthiau yn yr Aifft. Yn ystod y tair blynedd a aeth heibio, roedd y wlad wedi datblygu mwy nag a wnaeth ers canrifoedd. Roedd llyw-odraeth Nasser — y mwyafrif o'r gweinidogion yn swyddogion ifanc yn y fyddin — wedi darnio'r stadau mawr ac wedi rhannu'r tir rhwng y gwerinwyr, wedi cenedlaetholi llawer o'r diwyd-iannau, wedi sefydlu ysgolion ac ysbytai ac wedi diwygio'r deddfau gormesol, ond yn fwy na dim wedi adfer hunan-barch y genedl. Ar ben hynny, roedd Nasser wedi ysgogi eraill i ddilyn ei esiampl ar hyd a lled y Dwyrain Canol, yn enwedig yn Syria ac yn Iemen, dwy wlad arall oedd wedi dioddef o dan ormes estron.

Yn ei ymdrechion i ddod a diwydiannau modern i'w wlad ac i leoli llifddyfroedd yr afon Nil, roedd Nasser yn trefnu i adeiladu argae ar draws yr afon yn Asswan yn neheudir y wlad. Roedd y cynllun yn un costus iawn, felly ceisiodd fenthyca'r arian gan Brydain a'r Unol Daleithiau. Cafodd addewid cadarn, ac nid rhyfedd hynny oherwydd ofnai'r Prydeinwyr a'r Americaniaid iddo ofyn am arian a chymorth gan Rwsia. Os oedd un peth yr oeddent yn ei ofni, ymyrraeth Rwsia yn y Dwyrain Canol oedd hynny!

Y Cynllun

Ddechrau Gorffennaf 1956, gadawodd y fyddin Brydeinig yr Aifft ar ôl meddiannu'r wlad am saith deg pedwar o flynydd-oedd, ond nid aeth ymhell, — dim ond cyn belled ag Ynys Cyprus, a hynny yn nannedd y brodorion oedd yn mynnu'u hannibyniaeth a'r hawl i ymuno â'u mamwlad, sef Gwlad Groeg. Ond cyn i'r fyddin ymadael â'r Aifft, roedd Prydain wedi mynnu'r hawl iddi ddychwelyd pe dôi'n rhyfel yn y Dwyrain Canol, a chan mai dyna'r unig ffordd y gallai Nasser gael gwared ar ei ormeswyr, roedd wedi gorfod cytuno ar y telerau hynny. Dyna brawf, os oes angen prawf, nad oedd Nasser ddim yn bwriadu rhyfela.

Yn y cyfamser, roedd yn gyrru ymlaen â'i drefniadau i adeiladu'r argae mawr yn Asswan ac yn disgwyl am yr arian a addawyd iddo gan Brydain a'r Unol Daleithiau.

Yn sydyn, fel mellten o wybren ddigwmwl, daeth y newydd fod yr arian yn cael ei atal. Ar yr un pryd, torrodd rhyfel prop-aganda allan yn erbyn Nasser ar y cyfryngau ym Mhrydain. Cyffelybwyd ef i Hitler, Mephistopheles a'r Diafol ei hun! Anogwyd yr Eifftiaid i godi yn ei erbyn a'i ddymchwel, gan ei alw'n arch-elyn cyfraith a threfn yn y Dwyrain Canol. Yn fyr, cafodd y math o driniaeth y mae'r Cyrnol Gadafi yn ei dderbyn yn ein dyddiau ni!

Ymatebodd Nasser yn y dull disgwyliedig — cenedlaetholodd Gamlas Suez ond ar yr un pryd addawodd dalu iawndal i'r cyfranddalwyr. Roedd wedi disgyn i'r fagl a osodwyd iddo ond nid oedd ganddo yr un dewis arall ac roedd yn llawer rhy ddewr i dderbyn yr ergyd heb ymateb.

Os oedd Nasser yn ddyn drwg cynt, roedd ganwaith gwaeth ar ôl cymryd meddiant o'r Gamlas a chodi toll ar y llongau oedd yn hwylio drwyddi.

Perthyn i gwmni rhyngwladol yr oedd y gamlas, hanner cant ac un o'i chyfranddaliadau gan lywodraeth Prydain a'r gweddill gan Ffrainc a'r Aifft. Cyflogai'r cwmni nifer fawr o beilotiaid i lywio'r llongau drwy'r gamlas, y rhan fwyaf ohonynt yn Brydein-wyr, mwy na hanner y gweddill yn Ffrancod, rhai yn Roegiaid a chyfran fechan o Eifftiaid.

Gwelodd Prydain a Ffrainc eu cyfle i rwystro Nasser rhag gwneud defnydd o'r gamlas drwy ddarbwyllo'u peilotiaid i ymddiswyddo. Dyna a fu, a dim ond carfan fechan o Roegiaid ac Eifftiaid oedd ar ôl i lywio'r llongau. O ganlyniad, cwtogwyd ar y drafnidiaeth drwy'r gamlas i tua chwarter y nifer blaenorol o longau, a thybiwyd bod Nasser wedi'i drechu. Ond yn anffodus i Brydain a Ffrainc, camodd Rwsia i'r bwlch drwy anfon nifer fawr o beilotiaid medrus i'r Aifft ac mewn dim amser roedd y llongau yn hwylio'n ddiogel fel cynt.

Yn y cyfamser, roedd y rhyfel propaganda yn Ffrainc a Phrydain yn cynyddu gyda phapurau newydd Lloegr a'r Blaid Doriaid yn llefain am waed, y *"Jingoes"* yn chwifio Jac yr Undeb a'r boblogaeth yn gyffredinol yn cael ei pharatoi i ystyried rhyfel fel yr unig ffordd i setlo'r anghydfod.

Nid oedd Nasser wedi troseddu mewn unrhyw ffordd yn erbyn deddfau rhyngwladol. Roedd ganddo berffaith hawl i genedlaetholi'r gamlas ond iddo dalu iawn i'r cyfranddalwyr ac roedd wedi addo gwneud hynny. Serch hynny roedd yn cael ei gyhuddo o beryglu heddwch y byd ac apeliwyd ar bob gwlad i'w ddiarddel a'i wrthwynebu.

Eto, dim ond dwy wlad oedd am gefnogi Prydain a Ffrainc sef Israel ac Awstralia lle roedd Robert Menzies, cyfaill Eden, yn brif-weinidog. Anfonwyd hwnnw i'r Aifft i fygwth Nasser, ond nid oedd arweinydd yr Aifft yn ddyn hawdd ei ddychryn a bu'n rhaid i Menzies ddychwelyd yn waglaw. O'r diwrnod hwnnw roedd rhyfel yn anochel.

Pam? Am y rheswm bod Prydain yn benderfynol mai ganddi hi yn unig yr oedd yr hawl i reoli'r Dwyrain Canol. Yr unig ffordd y gallai wneud hynny oedd drwy rym milwrol a'r unig le addas i'r fyddin ar wahân i Balesteina (a oedd dan nawdd yr Unol Daleithiau), oedd yr Aifft. Felly roedd yn rhaid i'r fyddin ddychwelyd i'r Aifft a'r unig ffordd y gallai wneud hynny oedd drwy gychwyn rhyfel yn y Dwyrain Canol.

Y rheswm arall oedd y ffaith bod Nasser yn prysur uno'r gwledydd Arabaidd ac roedd hynny yn ergyd farwol i Brydain, Ffrainc ac Israel oherwydd yr unig ffordd y medrent draarglwyddiaethu dros yr Arabiaid oedd drwy eu rhannu y naill yn erbyn y llall. Roedd Prydain yn awyddus i osod ei byddin yn ddigon agos i'w galluogi i fygwth Irac ac Iran, lle roedd hi wedi buddsoddi miloedd o filiynau yn y diwydiant olew. Yr Aifft oedd y lle mwyaf addas. Roedd Israel yn awyddus i ymestyn ei ffiniau ar gost Syria a Gwlad yr Iorddonen, felly roedd yn rhaid iddi wneud popeth a fedrai i rwystro'r Aifft rhag rhoi cymorth i'r gwledydd hynny.

Yn y cyfamser roedd Ffrainc yn ymladd hyd at angau i ddal ei gafael ar Algeria, gwlad Foslemaidd a miliynau o dunelli o olew o dan ei thywod. Edrychai'r Algeriaid ar Nasser fel gwaredwr. Am hynny, dymchwel Nasser oedd nod pennaf llywodraeth Paris.

Roedd y llwyfan wedi'i osod, yr actorion yn ymarfer eu rhannau a'r llenni ar fin codi ar y trasiedi. Drama fer oedd hi, ond ar ôl i'r llenni ddisgyn roedd llawer wedi newid, roedd Prydain 'Fawr' ar ei gliniau ei heconomi yn ufflon, ei pholisi yn y Dwyrain Canol yn deilchion, ei 'pherthynas arbennig' gyda'r Unol Daleithiau ar ben, ei Llywodraeth a'r Blaid Geidwadol wedi'u rhwygo'n garpiau. a'r wladwriaeth — yn destun gwawd drwy'r byd. Roedd hi wedi dioddef y gwymp fwyaf yn ei hanes!

Dioddefodd Ffrainc gwymp hefyd ond dim byd o'i gymharu a'r hyn a ddioddefodd Prydain. Roedd dau reswm am hynny. Yn gyntaf, doedd hi ddim wedi gweithredu yn llawn mor ragrithiol ac yn ail, roedd ei byddin wedi bod yn llawer mwy effeithiol yn ystod y cyrch.

Gwahanol iawn oedd hanes Israel: hi oedd yr unig wlad a lwyddodd i wella'i sefyllfa. Ymestynnodd ei ffin hyd at Gamlas Suez. Cipiodd holl diroedd Sinai gan ei gwneud ei hun y wlad fwyaf grymus yn y Dwyrain Canol. Dyna hwyrach oedd y trasiedi pennaf a ddeilliodd o Ryfel Suez ac a ysgogodd Israel i ddatblygu yn wlad imperialaidd a gormesol ac a berodd iddi yn ddiweddarach ymosod ar Wlad yr Iorddonen a Libanus.

Yr Ymosodiad

Gan fod Nasser wedi gwrthsefyll pob bygythiad a chan fod y peilotiaid o Rwsia wedi llwyddo i gynnal y drafnidiaeth drwy'r gamlas a chan fod mwyafrif llethol y gwledydd Arabaidd yn cefnogi'r Aifft roedd yn rhaid i Brydain, Ffrainc ac Israel benderfynu ar ymosodiad arfog. Ond y cwestiwn mawr oedd: pa un o'r dair wlad oedd yn mynd i ymosod a pha esgus fedrai'r wlad honno roi gerbron y byd am y weithred? Doedd dim modd i Ffrainc ddarganfod unrhyw esgus oherwydd roedd Algeria, lle roedd hi'n ymladd, dros fil a hanner o filltiroedd o'r Aifft. A Phrydain? Gwlad heddychlon, gwlad a safai dros gyfiawnder a chyfraith a threfn drwy'r byd! Na, allai gwlad a oedd yn batrwm o bob rhinwedd byth ymosod ar unrhyw wlad arall ond wrth gwrs petai rhyfel yn torri allan byddai'n rhaid iddi ymyrryd er mwyn adfer heddwch! Byddai hynny'n ddyletswydd Cristnogol arni ac os nad yw Prydain yn wlad Gristnogol pa wlad sydd?

Ond sut i gael rhyfel i'w galluogi i ymarfer y dyletswydd hwnnw?

Beth am Israel? Beth petai hi'n ymosod ar yr Aifft ond ar yr un pryd yn rhoi'r argraff mai amddiffyn ei hun yr oedd hi? Onid amddiffyn ei hun mae pob gwlad yn wneud bob amser wrth ymosod ar wlad arall? Wrth gwrs! Dyna'r broblem wedi'i datrys! Ond nid yn hollol, oherwydd nid oes gan droseddwyr ryw lawer o ymddiried yn ei gilydd. Mae'r naill yn dueddol i fradychu'r llall os cyfyd peryglon. Beth a ddigwyddai petai Israel yn ymosod ar yr Aifft a chael ei gorchfygu? Na, roedd ymosod ar ei phen ei hun yn rhy beryglus, a mynnodd Israel fod naill ai Prydain neu Ffrainc yn ymuno yn yr ymosodiad.

Achosodd hyn ddadl ffyrnig rhwng Prydain a Ffrainc. Prydain a orfu oherwydd llwyddodd i ddadlau y byddai'n haws i Ffrainc gymryd rhan yn yr ymosodiad heb i neb arall wybod oherwydd fod gan Israel awyrennau wedi'u hadeiladu yn Ffrainc sef y *"Mysteres"*. Mater bach felly fyddai i Ffrainc anfon hanner cant o awyrennau eraill yno ar longau, yn ddirgel, ac anfon y peilotiaid yno fel twrisitiaid! Dyna a gytunwyd.

Ond pa esgus fyddai gan Israel dros ymosod? Nid oedd y broblem honno mor anodd ei datrys. Roedd Nasser yn gefnogol i'r Palesteiniaid oedd wedi colli'u gwlad ac roedd yn benderfynol o'u cynorthwyo i adennill eu tiriogaeth. Er mwyn gosod pwysau ar Israel roedd carfan gref o fyddin yr Aifft wedi'i lleoli ar y ffin rhwng y ddwy wlad. Felly'r cyfan oedd yn angenrheidiol i Israel ei wneud i gyfiawnhau ymosodiad di-rybudd oedd cyhoeddi i'r byd bod yr Aifft yn trefnu i ymosod arni hi. Onid oes gan bob gwlad yr hawl i'w hamddiffyn ei hun?

Cyn gynted ag y torrai'r rhyfel allan byddai byddinoedd Ffrainc a Phrydain yn glanio yn yr Aifft er mwyn adfer yr heddwch! *Voila le fait accompli!* Druan o Nasser, druan o'r Aifft!

Roedd y fagl wedi'i gosod erbyn diwedd mis Awst. Doedd dim i'w wneud wedyn ond darparu'r cyrch. Anfonodd Ffrainc yr awyrennau a'r peilotiaid i Israel a deng mil o barasiwtwyr a'r awyrennau angenrheidiol i'w cludo, i Ynys Cyprus.

Apwyntiodd Prydain y Cadfridog Syr Hugh Stockwell (Cyrnol y Ffiwsilwyr Cymreig) i arwain y lluoedd Prydeinig a symudwyd unedau milwrol i Malta ac Ynys Cyprus. Ceisiwyd defnyddio Libya fel man cychwyn y cyrch ond gwrthododd y Brenin Idris iddynt ddefnyddio'i wlad i ymosod ar ei gymydog.

Yn y cyfamser roedd y Blaid Doriaidd a'i phapurau newydd yn paratoi'r boblogaeth ar gyfer y cyrch, yn union fel y gwnaethpwyd yn ddiweddarach i gyfiawnhau Rhyfel y Malfinas ac wrth gwrs roeddent yn llawn mor llwyddiannus. Ar ôl pythefnos o bropaganda roedd y wlad yn barod i gefnogi Eden i'r eithaf. Yn wir 'doedd wiw iddo dynu'n ôl na chyfaddawdu mewn unrhyw ffordd; bradwyr oedd y dynion oedd yn cynghori cyfaddawd heddychlon a'r pennaf ohonynt oedd Hugh Gritskell ac Aneurin Bevan.

* * *

Erbyn dechrau mis Hydref roedd y *No 3 Special Unit* wedi ymgynnull ac roeddwn wedi roi'r wybodaeth i Bencadlys *Southern Command* fod yr Uned yn barod i symud i'r Dwyrain Canol.

Anfodlon iawn oedd llawer o'r milwyr oherwydd roeddynt wedi cael eu galw'n ôl i'r Fyddin ar fyr rybudd ac wedi dioddef gostyngiad o bunnoedd yr wythnos yn eu cyflogau. Lle roedd rhai ohonynt wedi bod yn ennill deg a deuddeg punt yr wythnos roedd yn rhaid iddynt yn awr fodloni ar bedair. Ar wahân i hynny roedd gan rai ohonynt bob math o drafferthion teuluol. Ond doedd dim trugaredd i'w gael; ni ryddhawyd neb i ddychwelyd adref i roi pethau mewn trefn. Yn lle hynny roedd yn rhaid i Major Samson gysylltu â mudiadau dyngarol megis y *W.V.S* a *S.S.A.F.A* a gofyn iddynt gynorthwyo'u teuluoedd gyda'u problemau.

Tua chanol mis Hydref hedfanodd y Cyrnol i Ynys Malta ac ymhen ychydig ddyddiau daeth gorchymyn o'r Pencadlys i'r Uned fod yn barod i symud ymhen wyth-awr-a-deugain. Ymhen tridiau reoddem yn hedfan o Lyneham ar awyrennau Hastings y Llu Awyr a chyn nos roeddem ym Malta lle roedd y Cyrnol yn disgwyl amdanom.

Roedd yr Ynys yn ferw o weithgarwch milwrol a'r llynges wedi ymgynnull yn y *Grand Harbour* yn Valleta gydag ugeiniau o longau rhyfel a llongau eraill i gludo'r milwyr. Gwelid gweithgarwch di-baid yn y maes awyr yn Lucca hefyd ac awyrennau yn glanio ac yn gadael yn ôl ac ymlaen rhwng Prydain, Yr Almaen ac Ynys Cyprus. Ymhlith y swyddogion roedd cyffro mawr, pob un â'i wynt yn ei ddwrn a neb yn gwybod yn iawn beth oedd yn mynd i ddigwydd, na phryd na sut. Doedd dim rhyfedd am hynny, oherwydd yn swyddogol doedd dim byd *yn* digwydd. Doedd gan Brydain ddim bwriad o gwbl o ymosod ar yr Aifft. Ceisio cael cyfaddawd heddychlon oedd Eden a'i weinidog tramor, Selwyn Lloyd. Celwydd noeth oedd yr awgrymiadau fod Prydain, o bawb, yn bwriadu defnyddio grym yn erbyn neb!

Ond tu ôl i'r llenni roedd gweithgarwch diderfyn. Roedd llu awyr Israel, gyda'r atgyfnerthiad o Ffrainc, yn paratoi ddydd a nos i gael popeth yn barod i ymosod yn ddi-rybudd ar fyddin yr Aifft. Gan mai yn y dirgel y gwneid y paratoadau roeddem ni ym Malta yn y tywyllwch. Mor ddirgel oedd y cynllwyn, digon prin bod y Cadfridog hyd yn oed yn gwybod amdano.

Ond yn sydyn yn nechrau Tachwedd daeth y newydd syfrdanol — rhyfel rhwng Israel a'r Aifft gyda'r naill yn cyhuddo'r llall o ymosod yn ddirybudd. Ymhen ychydig oriau roedd yn berffaith amlwg pwy oedd wedi ymosod gyntaf. Roedd llu awyr Israel wedi dinsitro byddin yr Aifft cyn iddi gael cyfle i danio ergyd, ac roedd ei byddin wedi rhuthro dros y ffin a chwblhau'r gwaith! Ymhen ychydig oriau roedd tanciau Israel gyda chymorth y llu awyr yn rhuthro dros wastadedd Sinai gan adael byddin yr Aifft mewn anhrefn llwyr filltiroedd tu ôl iddynt.

Yr un adeg hedfanodd awyrennau Prydain o Ynys Cyprus gan fomio meysydd awyr yr Aifft yn ddidrugaredd ac heb unrhyw rybudd. Y peth cyntaf a wyddai'r Eifftwyr oedd gweld smotiau bach ar sgriniau y setiau radar. Tybient mai awyrennau wedi colli'u ffordd oeddynt oherwydd freuddwydiodd neb erioed y byddai unrhyw wlad yn gweithredu mor waradwyddus yn eu herbyn.

Galwyd yr awyrennau ar y radio a gofynnwyd iddynt os oedd arnynt angen cymorth. Yr ateb a gawsant oedd:

"Yes. Give us a fix on Cairo airport!"

Ymhen ychydig funudau roedd y bomiau yn disgyn!

Dilynwyd y bomiau gan y milwyr. Hedfanodd paratsiwtwyr Ffrainc o Ynys Cyprus a glanio yn Ismailia, hanner ffordd rhwng Port Said a Suez. Yna, glaniodd elfennau o barasiwtwyr Prydain yng nghyffiniau Port Said, tra hwyliodd miloedd o filwyr o Malta. Roedd Eden wedi cael ei ddymuniad; roedd y rhyfel a ddymunodd wedi cychwyn ac yn awr fel heddychwr a Christion roedd yn ymyrryd i roi terfyn arno. Yr un pryd roedd yn mynd i wneud yn sicr bod y fyddin Brydeinig yn mynd i aros yn yr Aifft i gadw'r heddwch am byth. Hir oes i'r Pax Britannica! Gwyn eu byd y tangnefeddwyr!

Gyda'u Cynffonnau yn eu Geifl

Erbyn drannoeth roedd y llongau rhyfel a'r unedau ymosodol wedi hwylio o Valletta am Alexandria, prif borthladd yr Aifft a'r ddinas fwyaf ar ôl Cairo. Wedi iddynt gyrraedd taniwyd ar y dref ac aeth y milwyr i'r lan. Er i'r Eifftwyr ymladd yn ddewr fe'u trechwyd a chymerwyd meddiant o'r ddinas.

Roedd ein Cyrnol wedi hwylio gyda'r llynges gydag un cwmni o'r Uned i baratoi gwersyll ar ein cyfer. Ymhen deuddydd daeth yr alwad ar y gweddill i'w ddilyn. Aethom ar fwrdd llong a hwylio tua'r dwyrain yng nghwmni nifer fawr o longau eraill. Ond nid llongau go iawn oeddent ond yn hytrach *'barges'* yn cael eu tynnu gan dynfadau *'tugs'* eithriadol o araf. Yn lle tridiau roedd y fordaith yn mynd i gymryd deg diwrnod! Anhrefn llwyr oedd hyn a chlywyd cwynion dibaid! Roedd y ddarpariaeth ar gyfer lluniaeth yn hollol annigonol ac ymhen ychydig roedd ymddygiad llawer o'r milwyr bron yn wrthryfelgar!

Beth am Nasser? Yn wyneb ymosodiad ysgeler gan dair gwlad, ildiodd o'r un fodfedd. Amddiffynnodd ei wlad hyd eithaf ei allu a phrotestiodd ei lysgennad yn y Cenhedloedd Unedig yn erbyn yr ymosodiad. Trefnwyd i'r Pwyllgor Diogelwch gyfarfod yn arbennig a chondemniwyd Prydain, Ffrainc ac Israel gan bron bob gwlad drwy'r byd. Cefnogwyd yr Aifft gan bob gwlad Arabaidd ac ymosodwyd ar fuddiannau Prydain yn eu dinasoedd. Torrwyd y beipen fawr a gludai'r olew o Irac drwy Syria tra suddodd Nasser hen longau yn y Gamlas i rwystro llongau rhag hwylio drwyddi. Yr unig ffordd y gallai Prydain gael olew yn awr oedd drwy ei gludo ar danceri heibio arfordir De Affrica ac i fyny Môr yr Iwerydd, mordaith o filoedd o filltiroedd!

Roedd agwedd America yn allweddol yn hyn i gyd. Eisenhower oedd yr Arlywydd a John Foster Dulles y gweinidog tramor, y naill na'r llall yn or-gyfeillgar tuag at y Saeson ffroenuchel megis Eden. Cododd Eisenhower y ffôn a dweud wrtho yn blwmp ac yn blaen am alw'i fyddin yn ôl ar unwaith neu byddai ar ben arno am ddiferyn o olew tra gorchymynnodd Dulles i lynges America rwystro llongau rhyfel Prydain rhag ymosod ymhellach ar yr Aifft.

Ceisiodd Eden ddadlau mai adfer heddwch oedd ei ddymuniad ac nid rhyfela; mai gweithredu fel heddgeidwad yr oedd ond doedd neb yn barod i'w goello. Yn y cytamser roedd y cyrch yn mynd yn chwithig. Roedd byddin Israel yn nesáu at y gamlas a byddin Ffrainc yn brwydro yn Ismailia gan alw ar fyddin Prydain i wneud ei rhan ond roedd y dddarpariaeth wedi bod mor annigonol doedd dim modd iddi wneud hynny. Roedd y mymryn milwyr oedd wedi glanio yn Port Said ac Alecsandria yn rhy wan i wthio ymhellach i'r wlad a'r atgyfnerthiad o Malta yn dal ar y 'barges' ac yn anhebygol o gyrraedd am ddiwrnodiau! Ar ben y cyfan roedd Chweched Llynges America wedi dechrau ymyrryd ac yn hwylio yn igam ogam drwy ganol llongau Prydain.

Druan o Eden! Ond roedd gwaeth i ddod. Roedd Macmillan gyfrwys a oedd wedi'i gefnogi i'r carn yn y dechrau wedi synhwyro fod y cyrch yn mynd i fod yn aflwyddiannus ac wedi gweld ei gyfle i gymryd ei le. Gan mai ef oedd y Canghellor, ganddo ef oedd y pwrs. Rhybuddiodd Eden y byddai'r wlad yn fethdalwr os na roddai derfyn ar y rhyfel ar unwaith. Doedd ganddo yr un dewis. Aeth y neges allan — cadoediad! Roedd cyrch Prydain ar ben.

Croesawyd y newydd ar y 'barges' â bonllefau o gymeradwyaeth. Newidiwyd cwrs yn ôl am Malta a glaniwyd â llawenydd mawr!

Ymhen tair wythnos arall roedd y *No 3 Special Unit* yn ôl yn y *School of Infantry* yn Warminster a Major Samson a minnau yn brysur wrthi'n diddymu'r Uned fel y gallai'r milwyr ddychwelyd i'w cartrefi mewn pryd i dreulio'r Nadolig gyda'u teuluoedd.

Ni welsom y Cyrnol ar ôl iddo hwylio i Alexandria er iddo ein ffonio unwaith o'r Swyddfa Ryfel i ffarwelio ac i ddiolch inni am ein gwasanaeth.

Tra'n siarad ag ef mentrais ddweud wrtho fy mod yn teimlo cywilydd fod â rhan mewn achos mor ysgeler. Meddai yntau:

"Gwyddel ydw i ac mi rydw i'n dal yn ddinesydd y Weriniaeth. Ddaru mi feddwl fwy nag unwaith am newid ond ar ôl beth sydd wedi digwydd, digon prin y gwna i rŵan!"

I'r Llu Awyr

Roeddwn innau adref erbyn y Nadolig a chefais tua chwech wythnos o wyliau; yna un diwrnod cefais lythyr o'r Swyddfa Ryfel yn gorchymyn imi alw yno i drafod fy nyfodol!

Euthum i Lundain yn llawn chwilfrydedd. Arweiniwyd fi i ystafell lle'm croesawyd gan Gyrnol cwrtais.

"Bore da, Capten Jones!"

"Bore da, syr!"

"Eisteddwch i lawr."

"Diolch yn fawr."

"Gawsoch chi wyliau difyr?"

"Do, eithaf difyr yn wir, fel pob gwyliau."

"Wrth gwrs. Ac yn awr rydach chi'n barod am swydd arall?"

"Ydw, rydw i'n meddwl."

"Da iawn. Ond rydan ni'n awgrymu rhywbeth hollol wahanol ichi."

"O? A beth ydy hynny?"

"Wel, rydach chi'n gyfieithydd Pwyleg Swyddogol onid ydych chi?"

"Ydw."

"Mae swyddogion fel chi yn brin iawn yn y Fyddin ond yn brinnach fyth yn y Llu Awyr. Felly rydan ni wedi cytuno ichi adael y Fyddin a throsglwyddo i'r Llu Awyr os ydych chi'n fodlon gwneud hynny. Beth ydych chi'n feddwl o'r awgrym?"

"Mae o'n rhywbeth y bydd yn rhaid i mi roi ystyriaeth fanwl iddo. Y peth cyntaf sydd yn dod i'm meddwl i ydy — a ydw i am fod ar fy ngholled mewn unrhyw ffordd? A pheth arall, — pa fath o ddyletswyddau fydda i yn eu cyflawni?"

"Fyddwch chi ddim ar eich colled, gallaf eich sicrhau o hynny, oherwydd byddwch yn trosglwyddo yn eich gradd bresennol — Captain yn y Fyddin, Flight Lieutenant yn y Llu Awyr — a bydd eich gwasanaeth yn y Fyddin yn cyfrif at eich pensiwn pan fyddwch yn ymddeol o'r Llu Awyr. Eich dyletswyddau i ddechrau fydd dysgu Pwyleg yn yr Ysgol Ieithoedd yn Tangmere ond fyddwch chi ddim yno'n hir oherwydd yn ddiweddarach byddwch yn cael swydd bwysig yn yr Almaen.

Dydw i ddim yn disgwyl ateb pendant ar unwaith wrth gwrs. Cymerwch wythnos i feddwl dros y peth os mynnwch chi."

Trosglwyddo i'r Llu Awyr! Newid byd. Pan oeddwn i ar Ynys Cyprus roeddwn wedi cydweithio yn glôs iawn a'r Llu Awyr ac wedi byw am tua phedwar mis yn eu gwersyll, ac roeddwn wedi mwynhau'r profiad yn fawr. Roedd llawer mwy o amrywiaeth ymhlith staff Unedau'r Llu Awyr nag oedd yng nghatrodau'r Fyddin a dueddai gynnwys pobl o'r un rhan o'r wlad. Ar wahân i Brydeinwyr a Gwyddelod gwasnaethai brodorion o Ganada, Awstralia a Seland Newydd yn y Llu Awyr ac hefyd bobl megis Pwyliaid a Siecoslofaciaid. Yn fyr, roedd y Fyddin braidd yn ynysig tra oedd y Llu Awyr yn gosmopolitan, ac roedd hynny yn apelio ataf. Yr un pryd, roedd cyflog Flight Lieutenant yr un fath a chyflog Capten. Roedd y peth yn werth ei ystyried.

"Fydd arna i ddim angen wythnos i roi ateb ichi syr, gallaf roi ateb pendant ichi ar ôl cinio. Mae'n tynnu at hanner-dydd rŵan. A fydd gennych amser i 'ngweld i eto am ddau o'r gloch?"

"Os ydych chi'n meddwl y medrwch chi roi ateb imi erbyn dau o'r gloch byddaf ond yn rhy falch o'ch gweld chi."

"Diolch yn fawr, syr."

Codais a thorsythu, troi ar fy sawdl a mynd allan.

Cerddais i fyny Whitehall ac ar draws Trafalgar Square i'r Charrington Cross Road lle roedd tafarn a arbenigai yn yr hyn a elwid yn *'Business-man's Lunch'* am y pris rhesymol o saith swllt — tri deg pump ceiniog yn arian heddiw! Tra'n bwyta meddyliais am y cynnig a gefais gan y Cyrnol.

Roeddwn wedi bod yn y Fyddin ers deuddeng mlynedd, wedi bod yn gapten ers saith ac ar wahân i gyfnod o dri mis fel *'Acting-Major'*, heb gael dyrchafiad. Nid oeddwn yn gweld fawr o obaith am hynny chwaith oherwydd gradd capten oedd yn arferol yn y math o ddyletswyddau roeddwn i'n eu cyflawni. Hwyrach y byddai gwell cyfle i mi yn y Llu Awyr? Gan fy mod braidd yn fyrbwyll a styfnig roeddwn wedi pechu mwy nag unwaith yn erbyn yr awdurdodau, a 'doedd hynny'n gwneud dim lles imi. Byddwn yn dechrau o'r newydd yn y Llu Awyr heb adnabod neb a heb fod neb yn fy adnabod i. Gallai hynny fod yn fanteisiol. Ond y peth mwyaf deniadol oedd y ffaith y byddwn yn gwasanaethu yn yr Almaen. Roeddwn yn siarad Almaeneg yn rhugl ac yn hoff iawn o'r Cyfandir. Ond y peth a'm darbwyllodd yn bennaf oedd y newid, a apeliai'n fawr ataf.

26

Penderfynais dderbyn y cynnig.

Am ddau o'r gloch cnociais ar ddrws y Cyrnol.

"Come in!"

I mewn â fi.

"Well. Have you really made up your mind?"

"Yes, sir. I'll accept the offer of a transfer to the Royal Air Force."

Ardderchog! Rydw i'n sicr eich bod yn gwneud y peth iawn oherwydd gallaf ddweud wrthych chi'n gyfrinachol fod yna gwtogi mawr yn mynd i fod yn y Fyddin ond cynyddu wnaiff y Llu Awyr. Mae arnaf ofn mai Suez oedd y cyrch imperialaidd olaf a bod ein polisi yn y Dwyrain Canol — yn deilchion. Rhyngoch chi a fi camgymeriad mawr oedd y cyfan; cyrch nad oedd modd iddo lwyddo, wedi'i baratoi gan bobl gyda syniadau'r bedwaredd ganrif ar bymtheg. Gwers gostus ond un sydd wedi'i dysgu rydw i'n gobeithio. Yn y dyfodol bydd y pwyslais ar y Llu Awyr. Hwnnw, ac nid y Fyddin fydd yn cael yr arian mawr, felly credaf eich bod yn gwneud yn gall iawn wrth dderbyn y cynnig yma."

"Gawn ni weld syr, ond rydw i am fentro beth bynnag."

"Da iawn! Erbyn diwedd yr wythnos byddwch wedi derbyn llythyr yn cynnwys gorchymyn i fynd i'r Ysgol Ieithoedd ym Maresfield. Ymhen ychydig wedyn fe gysylltwn â chi i drefnu eich trosglwyddiad i'r Llu Awyr!"

Cododd ar ei draed ac estyn ei law imi:

"Pob lwc a gobeithio y byddwch chi'n *Wing Commander* o leiaf pan welaf chi nesaf!"

"Diolch yn fawr, syr."

* * *

Y dydd Llun canlynol roeddwn yn yr Ysgol Ieithoedd ym Maresfield, lle roedd aelodau'r Llu Awyr a'r Llynges yn cael hyfforddiant mewn ieithoedd tramor i'w paratoi ar gyfer dyletswyddau arbennig — mwyafrif ohonynt yn ddyletswyddau dirgel. Ar wahân i mi, Rwsiaid, Pwyliaid a Sieciaid oedd yr athrawon eraill i gyd a phob un ohonynt a chefndir diddorol iawn iddo. Hen ddynion oedd mwyafrif y Rwsiaid, gwrth-gomiwnyddion oedd wedi gadael eu gwlad pan gymerwyd hi drosodd gan Lenin a'i griw ar ôl y chwyldro yn 1917. Roedd llawer ohonynt wedi teithio'r byd cyn cyrraedd Prydain yn y blynyddoedd ar ôl yr Ail Ryfel Byd. Roedd rhai ohonynt wedi bod yn ymladd ochr yn ochr a milwyr Hitler yn erbyn eu cydwladwyr oherwydd roedd eu hargyhoeddiad gwleidyddol yn drech na'u cariad at eu gwlad.

Cyn-swyddogion lluoedd arfog eu gwlad oedd y Pwyliaid a phobl oedd eto'n dal i gefnogi'r hen drefn yng Ngwlad Pwyl ac yn gwrthwynebu'r llywodraeth gomiwnyddol. Yn gyffredinol aelodau o ddosbarth y tir feddianwyr oeddynt a chan fod y Comiwnyddion wedi cymryd meddiant o'u stadau a'u rhannu rhwng y werin bobl gwell oedd ganddynt aros ym Mhrydain na dychwelyd i'w gwlad. Dim ond dau Sieciad oedd yno a ffoaduriaid gwleidyddol oeddent hwythau hefyd, neu o leiaf, dyna roeddent yn honni.

Roedd hi'n ddifyr iawn eistedd yn ystafell yr athrawon yn y bore yn ystod yr egwyl a gwrando arnynt yn siarad â'i gilydd, pob un yn siarad ei iaith ei hun ac eto'r naill yn deall y llall yn berffaith gan fod y dair iaith mor debyg i'w gilydd. Petai yno bobl o Iwgoslafia a Bwlgaria ni fyddent hwythau chwaith wedi cael unrhyw drafferth i ddeall yr ymgom. Gwleidyddiaeth oedd y testun bron yn ddieithriad a'r cwestiwn a ofynnid bob amser oedd: pryd mae'r Trydydd Rhyfel Byd yn mynd i gychwyn! Dyna'r unig obaith oedd ganddynt o ddychwelyd i'w gwlad a chael eu tiroedd a'u dylanwad yn ôl. Dymchwel y Comiwnyddion yn Nwyrain Ewrop oedd eu hunig ddymuniad, costied a gostio. Gan eu bod wedi colli popeth roeddent yn fodlon mentro popeth. Ychydig fisoedd cyn imi ymuno â hwynt roedd y terfysg mawr wedi digwydd yn Hwngaria, y Llywodraeth Gomiwnyddol wedi'i dymchwel ac Imre Nagy y Prif Weinidog newydd yn ceisio newid polisïau'r wlad a'i chysylltu â gwledydd y Gorllewin megis America a Phrydain, ond aflwyddiannus oedd ei gais oherwydd anfonodd Rwsia ei byddin i mewn. Arestiwyd Nagy ac adferwyd y *status quo*. Roedd y gwrthgomiwnyddion wedi disgwyl i America ymateb drwy fygwth Rhyfel a gorfodi'r Rwsiaid i gilio'n ôl i'w gwlad eu hunain. Byddai hynny wedi achosi terfysgoedd ym mhob gwlad yn Nwyrain Ewrop a byddai Rwsia naill ai wedi gorfod ildio neu gyhoeddi'r Trydydd Rhyfel Byd.

Ond wnaeth America ddim ymyrryd, ar wahân i fynegi rhyw ychydig o brotest. Ar ôl yr holl bropaganda a'r holl areithiau tanbaid a bygythiol gan wleidyddion yn America, pan ddaeth y cyfle i weithredu profodd i'r byd nad oedd hi ddim yn barod i ryfygu ei hun er mwyn arbed gwlad fach yn Nwyrain Ewrop. Roedd y wybodaeth yn siom ac yn ergyd angeuol bron i'r athrawon ym Maresfield, a dyna oedd prif destun eu trafodaeth. Mawr oedd y collfarnu ar Eisenhower a'r Americaniaid llwfr!

Gwaith digon difyr oedd dysgu Pwyleg, roedd hefyd yn help mawr i mi i eangu fy ngwybodaeth o'r iaith. Gan fy mod yn gwybod eu hiaith roeddwn i'n ddyn mawr gan y Pwyliaid ac nid oedd dim yn ormod iddynt ei wneud imi. Yn eu cwmni y treuliwn fy amser hamdden ac roeddwn yn gyfeillgar â phob un heb eithriad.

Roeddwn hefyd yn dra chyfeillgar ag athro Rwseg o Latfia, un o dair gwlad fach, sef Lithiwania, Latfia ac Estonia a oedd am ganrifoedd yn rhan o Ymerodraeth Rwsia nes iddynt gael eu gwneud yn annibynnol ar ddiwedd y Rhyfel Byd Cyntaf. Er mai rhan o ddiriogaeth Rwsia oedd Latfia ac Estonia, yr Almaenwyr oedd y dylanwad mwyaf yno. Ganddynt hwy yr oedd y tir a hynny o ddiwydiant oedd yno, yn enwedig y masnach, oherwydd roedd prif borthladdoedd y ddwy wlad fach wedi bod yn rhan o Gyfundrefn Fasnachol Hansa.

Hannai fy nghyfaill o Riga, prif-ddinas Latfia a phorthladd pwysig iawn; drwyddo y symudai cyfran helaeth o fasnach Rwsia. O ganlyniad roedd cynrychiolaeth gref o wledydd diwydiannol y Gorllewin yn byw yn y ddinas a chan fod fy nghyfaill yn ymddiddori mewn ieithoedd tramor gwnâi bob ymdrech i gyfathrebu â hwynt, a chan ei fod hefyd yn gweithio yn un o adrannau'r Llywodraeth a oedd yn ymdrin â masnach, llwyddodd i raddau helaeth iawn.

Yn ei amser hamdden roedd yn rhoi gwersi Rwseg imi. Un diwrnod dwedodd:

"Tybed a fedrwch chi fy helpu i?"

"Ym mha ffordd?" gofynnais.

"Tybed a fedrwch chi fy helpu i ddod o hyd i'r Saeson a welais i yn Riga cyn y rhyfel?"

"Mae arna' i ofn na fedra' i ddim gwneud hynny," meddwn, "oherwydd doeddwn i ddim yn eu 'nabod nhw."

"Nid yr union rai ydw i'n ei feddwl," meddai, "ond rhai tebyg iddyn nhw. Rydw i yn Lloegr ers deng mlynedd ac er imi chwilio yn fanwl dydw i ddim wedi gweld neb tebyg iddyn nhw."

"Sut hynny?" gofynnais, "oedd 'na rywbeth unigryw ynddyn nhw?"

"Dyna'r gair yn hollol," meddai. "Unigryw! Dyna'r gair sydd yn gweddu'n berffaith. Roedd pob un ohonyn nhw yn unigryw, pob un yn ŵr bonheddig perffaith yng ngwir ystyr y gair. Roedd eu hymddygiad yn fonheddig, a'u hymddangosiad yn fonheddig. Roedd eu dillad bob amser yn gweddu'n berffaith i'r achlysur, a'u chwaeth ym mhopeth yn ddihafal. Roedden nhw'n medru gwneud popeth sydd yn gweddu i ŵr bonheddig megis, hela, pysgota, marchogaeth, chwarae polo, chwarae criced, chwarae tennis a golff. Roedd pob un yn gwybod sut i ymddwyn mewn cymdeithas a doedden nhw byth yn siarad ar draws ei gilydd oherwydd roedd cwrteisi yn eu nodweddu'n anad dim. Rydw i'n cofio unwaith imi gael gwahoddiad i'r *English Club* a chredwch chi fi welais i erioed unman i'w gymharu â'r lle! Roeddwn i wedi bod yn y *Deutsche Herrenklub* a hefyd yn y *Cercle Français* ond er mor odidog oedd y rheiny doedden nhw ddim yn cymharu â'r *English Club*. Sôn am chwaeth! – Perffaith! Popeth yn union fel y dylai fod. *Decorum* ydy'r gair gorau i'w ddefnyddio, neu fel y dywed y Ffrancod *tout comme il faut* – popeth fel y dylai fod! Rydw i'n cofio meddwl wrth edrych ar y Saeson cwrtais yn y clwb: dyma bobl unigryw! Dyma bobl o ddosbarth uwch na'r cyffredin! Dyma eneidiau ar wahân ac sydd yn deilwng o edmygedd a pharch y gweddill ohonom! Does dim rhyfedd eu bod nhw'n teyrnasu dros yr Ymerodraeth fwyaf a welodd y byd erioed! Maen nhw'n haeddu'r lle blaenaf oherwydd maen nhw'n rhagori ar bawb arall. Nid cenfigen ddylem ni deimlo tuag atyn nhw, yn hytrach dylem ddiolch i'r Hollalluog am roddi tynged y byd yn nwylo cenedl mor fonheddig, mor anrhydeddus ac mor ddeallus ac effeithiol! Wrth edrych arnyn nhw roedd fy edmygedd a'm parch yn llifo yn ddiffuant o waelod fy nghalon!"

"Felly'n wir!" meddwn. "Mae'n rhaid fod y Saeson a welsoch chi yn Riga yn bobl eithriadol iawn."

"Yn hollol! Dyna oedden nhw! Pobl eithriadol iawn! Ychydig ddiwrnodiau cyn y rhyfel bu'n rhaid iddyn nhw ddychwelyd i Brydain ond gorfu imi aros yn Riga. Yno y bûm i gydol y rhyfel a gwelais bethau dychrynllyd. Meddiannwyd y wlad gan Rwsia yn 1940, yna gan yr Almaenwyr yn 1941. Drachefn gan y Rwsiaid yn 1944. Pan ddaeth y rhyfel i ben yn 1945 roedd popeth wedi newid a doedd dim golwg y dychwelai'r hen drefn byth. Felly gadewais fy ngwlad a theithiais i'r Gorllewin drwy Lithiwania a Gwlad Pwyl, yna ar draws yr Almaen i'r Iseldiroedd.

Oddi yno i Wlad Belg ac i Ffrainc a thrwy'r amser roedd gen i un ddelfryd ac un nod, sef cyrraedd Prydain a chael y fraint o fyw yng ngwlad y boneddigion unigryw a welais i yn Riga cyn y rhyfel. O'r diwedd daeth y cyfle a glaniais yn Dover! Ond gwae fi! Chefais i ddim parch gan y swyddogion oedd yn archwilio fy mhasbort na chan swyddogion y tollau! Cefais fy nhrin fel ci! Dyna sioc oedd hynny, yn enwedig gan fy mod wedi cael fy nhrin yn barchus wrth groesi'r ffin rhwng y naill wlad a'r llall ar y Cyfandir. Ond roedd gwaeth i ddod. Teithiais ar y trên i Lundain ac ni welais erioed yn fy mywyd drên mor fudr na theithwyr mor anghwrtais. Llogais ystafell yn Llundain, a'r fath ddadrith! Ni welais erioed strydoedd mor fudr na phobl mor fler! Ond y sioc fwyaf oedd y toiledau cyhoeddus! Roeddent yn llawer gwaeth na dim a welais i yn Rwsia. A lladron! A thwyll-wyr! Wnes i erioed ddychmygu'r fath beth. Roedd fel petai pawb yn cymryd mantais arna' i! Petawn i ddim wedi gweld y Saeson yn Riga fyddai hi ddim mor ddrwg oherwydd fel arall yn hollol roeddwn i wedi dychmygu Lloegr. Roeddwn i wedi disgwyl perffeithrwydd ond wedi canfod rhywbeth hollol wahanol. Mae 'na ddeng mlynedd er hynny ond er imi chwilio'n ddi-baid dydw i ddim wedi cyfarfod neb tebyg i'r dynion hynny a welais i yn Riga. Beth ydy'ch barn chi? Ai dychmygu'r cyfan wnes i? Ai breuddwyd neu ddychymyg oedd y cyfan?"

Edrychodd i fyw fy llygaid a sylweddolais nad tynnu fy nghoes yr oedd ond gofyn cwestiwn difrifol.

"Na, nid breuddwydio wnaethoch chi," meddwn, "— gwelsoch y bobl yn y cnawd. Rydw innau wedi'u gweld nhw hefyd, ond dyma sydd yn bwysig ichi gofio — actorion oedden nhw. Actio'u rhan oedden nhw er mwyn gwneud argraff ffafriol ar drigolion Latfia a chynyrchiolwyr y gwledydd eraill oedd yno. Maen nhw wedi dysgu gwneud hynny yn y trefedigaethau, megis India a Malaya a dwsinau o wledydd eraill lle maen nhw'n tra-arglwyddiaethu dros y brodorion. Mae'n rhaid ichi gofio hefyd nad Saeson cyffredin oedden nhw ond aelodau o'r dosbarth uchaf a'u bod wedi mynychu ysgolion bonedd ac wedi cael eu trwytho mewn ffug-gwrteisi a'r modd i ymddwyn o flaen y brodorion. Pan oedden nhw'n llywodraethu yn India a'r tre-fedigaethau eraill roedd yn hanfodol bwysig iddyn nhw ym-ddwyn mewn ffordd oedd yn eu gosod nhw ar lefel uwch na meidrolion cyffredin. O wneud hynny roedden nhw'n ym-ddangos megis duwiau i'r brodorion. A sôn am frodorion cofiwch

31

fod y Saeson yn mynnu *"Wogs start at Calais!"* Felly, yn eu golwg nhw, pobl Israddol ydy brodorion Ewrop a hynny heb eithriad. Dyna'n hollol oedd pobl Latfia yn eu golwg nhw a chithau hefyd mae arna' i ofn. Yn y bôn, wrth gwrs, pobl ddigon cyffredin oedd y rheini welsoch chi yn Riga. Doedden nhw ddim o'r *"top drawer"* neu fuasen nhw ddim yn cynrychioli masnach, yn enwedig cyn y rhyfel, ond mae'n debyg bod ychydig o ddiplomyddion, yn eu mysg, hynny ydy, pobl wedi cael eu hyfforddi sut i ymddwyn o flaen yr 'isel rai' a bod y lleill yn dilyn eu hesiampl nhw. Rydach chi'n gofyn i mi os ydyn nhw yn dal i fodoli? Mae 'na gyfran ar ôl o hyd ond fel mae'r Ymerodraeth yn crebachu mae'r nifer yn gostwng. Os pery'r duedd mae arnaf ofn na fydd ond cenedl o hwliganiaid ar ôl. Mae'n rhaid ichi gofio mai'r Saeson ydy'r unig genedl yn Ewrop heb ddiwylliant gweringenedlaethol. Prif ddiddordeb y Sais cyffredin ydy chwaraeon a gamblo. Mae o wedi'i amddifadu o'r diwylliant uwch ers canrifoedd, hwyrach er gorystyngiad y Normaniaid, ond yn sicr ers y Chwyldro Diwydiannol pan adawodd y werin-bobl y wlad ac ymgynnull wrth eu miloedd mewn trefi diwydiannol hollol ddienaid a gweithio hyd at bymtheng awr y dydd mewn ffatrïoedd, ac nid yn unig y dynion ond y gwragedd a'r plant hefyd! Beth sydd yn llawer gwaeth ydy'r ffaith iddyn nhw, hefyd, gael eu hamddifadu o'u crefydd, oherwydd gwrthododd offeiriaid Eglwys Loegr symud o'u ficerdai moethus yn y wlad a chefnogaeth fach iawn oedd i'r Eglwys Babyddol ddwy ganrif yn ôl. Ddaeth honno ddim i rym yn y trefi diwydiannol nes i'r Gwyddelod sefydlu ynddyn nhw o ganlyniad i'r Newyn Mawr yn Iwerddon."

Edrychodd fy nghyfaill yn syn a meddai:

"Rydach chi'n dweud felly mai actorion oedd y bobl hynny a welais i yn Riga, pobl ddigon cyffredin yn cymryd arnynt eu bod yn well na'u cyd-ddyn?"

"Ydw, dyna'n hollol oedden nhw. Rydw i wedi gweld digon ohonyn nhw. Mae 'na ddau air Saesneg sydd yn cael eu defnyddio'n gyffredin iawn i'w disgrifio, sef *"ruling-class",* a chyn belled ag y gwn i dydyn nhw ddim yn bodoli mewn unrhyw iaith Ewropeaidd. Ym Mhrydain mae'r *"ruling-class"* yn golygu'r bobl hynny sydd wedi mynychu'r hanner dwsin ysgolion bonedd drutaf a mwyaf dylanwadol, yna rhai o'r colegau dethol yn Rhydychen a Chaergrawnt wedyn hwyrach wedi gwasanaethu yng nghatrodau'r Gwarchodlu neu'r Gwŷr Meirch ac sydd hefyd yn berchen ar filoedd o aceri o dir. Dyna'r *"ruling-class"* oddi mewn i Brydain ac wrth gwrs nhw ydy cadernid y Blaid Doriaidd — *"the Party born to rule!"* Ond yn y trefedigaethau mae pob Prydeiniwr yn aelod o'r *"ruling-class!"*

"Wyddoch chi beth?" meddai. "Rydw i wedi bod yn meddwl ar y llinellau yna fy hun ers peth amser ond doeddwn i ddim yn gwybod y cefndir hanesyddol yn ddigon da i ddod i ganlyniad pendant. Mae'ch disgrifiad chi wedi egluro llawer imi. Yn ystod y deng mlynedd rydw i wedi bod yn y wlad yma rydw i wedi bod yn hollol ymwybodol o un peth."

"O? A beth ydy hwnnnw?"

"Rydw i wedi bod yn ymwybodol mai estron ydw i a bod hynny yn bechod anfaddeuol!"

"Wrth gwrs ei fod o! Mi ddylai fod arnoch chi gywilydd o fod yn estron! Mae popeth estron yn eilradd yn nhyb y Saeson!"

"Rydw i wedi sylwi ar hynny hefyd. Ond rydw i'n methu deall y peth. Mae 'na lawer ohonyn nhw wedi bod yng ngwledydd Ewrop ac wedi gweld bod llawer o bethau yn well yno nac yma. A beth am y bobl ddysgedig? Mae'n rhaid eu bod nhw'n sylweddoli fod sefyllfa celfyddyd, llenyddiaeth, athroniaeth a cherddoriaeth yn llawer gwell ar y Cyfandir!"

"Na, dyna lle rydach chi'n gwneud camgymeriad. Y Saeson ydy'r bobl mwyaf rhagfarnllyd ar wyneb y ddaear, a mae hynny'n wir am y rhai dysgedig hefyd. Maen nhw'n eithriadol o ynysig ac yn benderfynol o beidio gweld dim byd ond yr hyn maen nhw eisiau'i weld. Mae 'na resymau hanesyddol am hyn, rhesymau sydd yn deillio o ansicrwydd y Saeson ac o'u hymdeimlad o israddoldeb; ond mae arna' i ofn nad ydy amser yn caniatau imi fynd ar ôl rheini yn awr. Rywbryd eto hwyrach."

"Wel, yn wir, rydach chi wedi taflu llawer o oleuni ar y pwnc imi. O hyn ymlaen byddaf yn edrych yn fwy beirniadol ar y Saeson ac hefyd yn cael llawer mwy o ddiddanwch wrth wneud, oherwydd mi fyddan nhw'n destun ymchwil cymdeithasegol imi!"

Yr 'R.A.F. Intelligence School'

Ym mis Ebrill fe'm galwyd am gyfweliad i'r Weinyddiaeth Awyr ac fe'm derbyniwyd yn swyddogol i'r Llu Awyr. Rhoddais fy iwnifform winau o'r neilltu am y tro olaf a theithio i R.A.F. Hendon ar gwr Llundain lle derbyniais lifrai glas newydd ac ymhen amser fy nghomisiwn gan y Frenhines.

O Hendon fe'm hanfonwyd i orsaf y Llu Awyr yn Bircham Newton yn Norfolk am chwe wythnos o hyfforddiant gweinyddol oherwydd roedd dull yr R.A.F. o weinyddu yn hollol wahanol i'r un oedd yn bodoli yn y Fyddin. Roedd wyth ohonom ar y cwrs, chwech yn gyn-swyddogion o'r Fyddin, un o'r Llynges ac un ieithydd medrus iawn o'r Gwasanaeth Diplomyddol. Roedd hwnnw wedi bod yn gwasanaethu ym Mrasil ond wedi gorfod gadael y wlad oherwydd ei fod wedi priodi ar ôl cael ysgariad, peth oedd yn hollol annerbyniol i'r Awdurdodau gan mai Pabyddiaeth yw crefydd swyddogol Brasil. Yng ngolwg yr Eglwys Babyddol doedd y ddynes a rannai ei wely ddim yn wraig iddo ac felly roedd eu cyfathrach yn bechadurus a'u buchedd ddim yn gweddu â'r hyn oedd i'w ddisgwyl oddi wrth ddiplomydd! Gobeithiai'r cyfaill na fyddai'r un wlad, Pabyddol neu beidio, yn disgwyl safonau mor uchel oddi wrth swyddog yn y Llu Awyr!

Undonnog iawn oedd y cwrs, dim byd yn gofyn am lawer o allu i'w feistroli ond y cyfan yn gofyn am amynedd, dyfalbarhâd a chof da oherwydd roedd yn rhaid inni sefyll arholiad ar y diwedd ac nid oedd unrhyw ddyfodol yn y Gwasanaeth i'r sawl na fyddai'n llwyddiannus.

Roedd Cymro arall ar y cwrs sef Glyn Thomas o Abertawe a chanddo radd yn y gyfraith ac yn edrych ymlaen am wneud gyrfa lwyddiannus yn Adran Gyfreithiol y Llu Awyr. Ychydig iawn o Gymraeg a siaradai ond wnaeth hynny mo'n rhwystro rhag dod yn gyfeillion agos.

Gan fod y cwrs yn ddiflas ac yn gofyn am lawer o waith dysgu yn ystod y nosweithiau, edrychem ymlaen at y penwythnos a mynd i Lundain i weld cyfaill i mi o'r enw Brychan Powell oedd yn berchen fflat mawr yn Bayswater. Roedd

Brychan yn canu gyda chwmni Carl Rosa ac yn denor ifanc gyda dyfodol disglair iawn ac eisoes wedi cymryd y prif ran yn Covent Garden. Hannai o waelod Sir Frycheiniog a'i wraig Natalia o Drimsaran. Roeddent yn bâr annwyl iawn a thros ben o groesawus. Byddai'r fflat yn llawn o wahoddedigion pob nos Sadwrn, y mwyafrif ohonynt yn Gymry Cymraeg ac yn cynnwys llawer o fyd yr Opera. Roedd ganddynt gannoedd o recordiau, yn eu plith lleisiau gorau Cymru yn unawdwyr a chorau a hefyd gynrychiolaeth eang o gantorion pennaf y byd. Canai Brychan inni hefyd yn ogystal â nifer o'i ffrindiau o'r llwyfanau proffesiynol. Ar ôl cael digon ar y canu, dawnsiem tan oriau mân y bore, yna dychwelai Glyn a minnau i Norfolk, taith o rhyw gan milltir gan fynd yn syth i'n gwelyau ac aros yna tan fin nos.

Bûm yn ffrindiau â Brychan a Natalia am rai blynyddoedd a galwn i'w gweld bob tro yr ymwelwn â Llundain. Roedd Brychan yn mynd o nerth i nerth ac roedd pawb oedd yn ei adnabod yn darogan llwyddiant mawr iddo. Roedd wedi astudio yn yr Eidal ac wedi arbenigo ar operau Verdi ac roedd galw mawr amdano. Ond yn sydyn diflanodd! Galwais yn ei fflat un tro yn 1958 pan yn ymweld â Llundain o'r Almaen a chanfod pobl eraill yn byw yno ac er imi holi ni lwyddais i ddarganfod i ble roedd fy nghyfeillion wedi mynd. O hynny ymlaen dechreuais edrych drwy golofnau'r papurau newydd oedd yn hysbysebu a thrafod operâu a chyngherddau ond ni ddeuthum ar draws enw Brychan Powell serch y ffaith iddo ymddangos ynddynt yn aml iawn cyn hynny oherwydd roedd ei lais ardderchog, ei bersonoliaeth ddeniadol a'i berfformiadau gwych wedi bod yn destun cryn dipyn o drafodaeth ymhlith y beirniaid. Er imi chwilio am fisoedd nid oedd golwg ohono ac ni welais ef byth wedyn. Roedd y ddau fel petaent wedi diflannu oddi ar wyneb y ddaear er mawr ofid imi.

* * *

Ar ôl gorffen y cwrs cefais wythnos o wyliau cyn cychwyn ar gwrs arall o ddau fis yn y School of R.A.F. Intelligence yn Whitehall yn Llundain. Ni allaf sôn am y darlithoedd oherwydd roeddent yn ddirgel ac maent yn dal yn ddirgel. Roedd rhai ohonynt yn ddiddorol dros ben ac yn agoriad llygad gan eu bod yn sôn am bob agwedd amddiffyn Prydain, Gorllewin Ewrop a'r Byd Gorllewinol yn gyffredinol. O du Rwsia roedd y perygl yn cael ei ragweld wrth gwrs, ond yn fy marn i camgymeriad mawr oedd hynny, oa camgymeriad hefyd! Ni chredai fod Rwsia yn beryglus i'r Gorllewin nac i unrhyw wlad arall. Nid yw'r Rwsiaid yn chwenychu dim ond heddwch fel y gallent ddatblygu eu gwlad enfawr a chyfoethog sydd yn meddu ar bron bob defnydd crai sydd yn angenrheidiol i gynnal diwydiant modern. Ar wahân i hynny nid oes yn Rwsia gwmnïau mawr rhyngwladol a chyfalafwyr fel yng ngorllewin Ewrop ac America sydd yn estyn eu crafangau i bob gwlad er mwyn eu hecsploitio er budd eu cyfranddalwyr. Nid oes neb yn gwneud arian o gynhyrchu arfau yn Rwsia. Yn y Gorllewin, ar y llaw arall, cynhyrchu arfau a'u gwerthu yw'r diwydiant mwyaf proffidiol. Onid yw'n naturiol felly inni amau mai gwneud elw yw'r prif gymhelliad dros arfogi? I gyfiawnhau hynny mae'n rhaid wrth elyn ac yn y byd sydd ohoni, pa elyn arall teilwng o'r enw a all ein harweinyddion gynnig inni ond Rwsia? Nid oes yr un wlad arall yn ddigon grymus i gyfiawnhau arfogi ar y fath raddau. Cofier mai America a gynhyrchodd y bom atomig a chofier hefyd iddi ei defnyddio ddwywaith a hynny heb unrhyw reswm gan fod Siapan eisoes wedi'i threchu ac yn barod i ildio. Gollyngwyd y bomiau ar Hiroshima a Nagasaki i brofi eu heffeithiolrwydd ond yn bennaf fel rhybudd i Rwsia.

Ar ôl y rhyfel, apeliodd y gwyddonwyr a ddyfeisiodd y bom ar i'r Unol Daleithiau un ai i wneud i ffwrdd â hi neu rannu'r gyfrinach gyda Rwsia. Gwrthododd llywodraeth Truman ac nid oes unrhyw amheuaeth na chafodd gyngor i wneud hynny gan Churchill, gelyn pennaf Rwsia.

Gyda'r math o arweinyddion oedd mewn grym yn y Gorllewin ni allai Rwsia adael ei hun yn ddiamddiffyn. Gorfodwyd hi i gynhyrchu arfau niwclear i gadw cydbwysedd â lluoedd arfog y Gorllewin. Fel hyn y dechreuodd y ras arfau, cystadleuaeth sydd wedi llyncu rhan helaeth o incwm y byd ac sydd yn peryglu dyfodol dynolryw.

Yn Ôl i'r Almaen

Yn y flwyddyn 1958 fe'm anfonwyd i'r Almaen i uned neilltuol a chanddi ddyletswyddau mor ddirgel nes prin y gallaf gyfeirio atynt heddiw hyd yn oed. Fodd bynnag, gallaf ddweud fod y ffaith fy mod yn ieithydd Pwyleg ac Almaeneg yn holl-bwysig a hefyd fy mod yn ymwelydd cyson â G.C.H.Q. yn Cheltenham.

Ni allaf, hyd yn oed, sôn am leoliad yr Uned ar wahân i'r ffaith ei bod yn ymyl un o wesylloedd mwyaf y Llu Awyr yn yr Almaen ac yn ymyl un o'r trefydd mwyaf godidog yn nyffryn y Rhein.

Er bod yr Uned ar wahân i'r prif wersyll roedd y swyddogion i gyd yn perthyn i'r un *Mess*, rhyw ddeg ar hugain ohonom yn byw i mewn a'r gweddill yn byw mewn *married quarters* gyda'u teuluoedd.

Gan na allaf sôn am fy ngwaith soniaf ychydig am rai o'r cymeriadau y deuthum ar eu traws ac yn enwedig am Group Captain Lyne-Chute, y *Commanding Officer*.

* * *

Roeddwn yn yr *Officers Mess* rhyw brynhawn pan ganodd y ffôn. Codais y derbynydd. Cyn imi gael amser i ddweud gair dyma lais:

"That the Officers' Mess?"

"Yes."

"This is your new Commanding Officer!"

"Good afternoon, sir."

"Have you any bread there?"

"I dare say we have, sir."

"Any eggs?"

"I expect so, sir."

"Any butter?"

"I'm sure some could be found."

"Well find some and have it sent round to my residence plus a loaf of bread and half-a-dozen eggs! Who are you?"

"My name is Flight Lieutenant Jones, sir."

"Very well I'll leave it to you Flight Lieutenant," a rhoi'r ffôn i lawr!

"Dyma greadur!" meddwn wrthyf fy hun. "Mae'n rhaid imi gael golwg ar hwn!"

Trefnais i'r rhingyll oedd yn gyfrifol am y gegin roi'r bara, wyau a menyn mewn bocs bach ac euthum â'r cyfan i dŷ'r C.O. Cenais y gloch. Agorwyd y drws gan ddyn tal, main gyda mwstas melyn a gwallt o'r un lliw oedd eisoes wedi dechrau cilio oddi ar ei dalcen.

"Is that the stuff I ordered from the Mess?" gofynnodd.

"Yes, sir."

"Good! Give it here."

Estynnais y bocs iddo. Cydiodd ynddo a chau'r drws heb na "diolch yn fawr" na dim arall!

Gallwch ddyfalu sut y teimlwn!

Pan welais ysgrifennydd y *Mess* y noson honno dywedais wrtho beth oedd wedi digwydd a meddai hwnnw:

"Wel, dyna gythraul digywilydd!. 'Does ganddo ddim hawl i wneud y fath beth. Ni, y bobl sydd yn byw i mewn biau'r bwyd! Byw allan mae o ac mae'n cael hyn a hyn y dydd i brynu'i fwyd ei hun. Mae'n rhaid iddo dalu, a chan mai ti roddodd y bwyd iddo dy gyfrifoldeb di fydd cael y pres ganddo."

"Anfon fil iddo."

"Na, fedra i ddim gwneud hynny. Dos ato a gofyn am y pres — mae o'n siŵr o dalu."

"Iawn."

Rhoddais dridiau i'r Group Captain setlo i mewn yna ffoniais yr *Adjutant* a gofyn iddo atgoffa'r dyn pwysig fod arno bres i'r *Mess* am dorth o fara, hanner pwys o fenyn a hanner dwsin o wyau.

"Dim peryg yn y byd!" oedd yr ateb, "dydi pethau ddim mor dda rhyngom fel mae hi. Cymer gyngor gen i ac anghofia am y peth, dydi rhyw fymryn o fwyd ddim llawer allan o ddognau tua deg-ar-hugain ohonoch chi. Welwch chi mo'i golli fo!"

"Ddim dyna ydy'r peth," atebais,"ond yr egwyddor."

"Egwyddor! Ha-ha-ha! 'Dydy'r gair yna ddim yng ngeirfa'r dyn yma, coelia di fi."

"Dwyt ti ddim am ofyn iddo?"

"Nag ydw!"

"O'r gorau. Dywed wrtho fy mod i yn gwneud cais am gyfweliad."

"Os wyt ti'n mynnu, ond mi fyddai'n gallach iti anghofio am y peth."

"Rydw i'n mynnu!"

"O'r gorau, cei wybod beth fydd ei ymateb o."

Ychydig o ddiwrnodiau yn ddiweddarach cefais y cyfweliad. Cnociodd yr *Adjutant* ar ei ddrws, ei agor a dweud:

"Flight Lieutenant Jones is here, sir."

"Show him in!"

Euthum i mewn a chyfarch y Group Captain. Roedd yn eistedd tu ôl i'w ddesg gyda gwên hawddgar ar ei wyneb iach ac yn edrych yn ymgorfforiad o awdurdod a braint.

"'Morning, Flight Lieutenant! What can I do for you?"

"Well, sir, you remember the day you arrived in the Station you 'phoned the Mess and asked for some provisions, — bread, butter and eggs?"

"Yes I do. What about it?"

"Well, sir, you probably remember my bringing the stuff over."

"I remember getting it at the door. It was in a box, but I don't remember anyone there."

"Well, it was I, sir . . ."

"You? Really?"

"Yes, sir. I brought it. You didn't think it was the ravens did you?"

"What? The ravens? What have the ravens to do with it?"

"Well, it was the ravens that fed Elijah according to the Old Testament."

"Ha! Ha! Ha! I like that! Lucky chap, Elijah, being fed by the ravens for nothing, what?"

"Very lucky, sir."

"Glad you agree! Well, now, what did you want to see me about?"

"It's the Mess Secretary, sir. He doesn't know how to account for those items I brought to your house."

"He doesn't? Not very bright your Mess Secretary. Why don't you suggest he put them down to entertainment? You do entertain don't you?"

"Yes, sir."

"Good, I'll be your guest one of these days. On your way out tell the Adjutant to come in. By the way — remind me to thank you sometime for playing the role of the ravens! Ha-ha-ha!"

39

"Aros di, 'ngwas i,'' meddwn wrthyf fy hun "Mi ga' i di eto!''

* * *

Creadur eithriadol oedd Group Captain Lyne-Chute. Roedd yn gwneud fel y mynnai â phawb ac yn malio dim am reolau.

Rwyf yn ei gofio un diwrnod yn y *Mess-bar* a chriw o swyddogion ifanc yn gwrando arno'n traethu:

". . . and then I was posted to Venezuela as Air Attaché. Marvellous place Venezuela, ruled by a Military Dictator, a General, excellent chap. Got on with him like a house on fire. You see, we understood each other, two of a kind so to speak. We both knew how to seize the main chance. Made a lot of money there. Quite honestly of course. You see, as a diplomat I was entitled to a driver. I didn't bother − drove myself and pocketed the driver's wages. I was also entitled to a butler − did my own butlering and pocketed the money. Also entitled to a gardener, left the gardening to my wife, gave her something to do and I pocketed the gardener's wages. All that money mounted up in three years. Wish I could have stayed longer. Air Attaché, damned good posting, thoroughly recommend it! Now then! Whose turn is it to buy me a drink?''

Nid oedd gan Lyne-Chute unrhyw gyfrifoldeb am yr Unedau unigol oedd yn y gwersyll dim ond bod y cyfrifoldeb gweinyddol arno. Wrth gwrs, 'doedd hynny ond y nesaf peth i ddim gan fod ganddo staff i gyflawni'r holl waith. O ganlyniad nid oedd ganddo ddigon o waith i'w gadw'n brysur, a meddyliai beunydd am weithgareddau ymylol er diddanu ei hun ac ymyrryd yn uniongyrchol ym mywyd ei staff. Roedd yn ddyn oedd yn mynnu sylw bob amser.

Gan fod diodydd meddwol yn ddi-doll ac felly'n eithriadol o rad − er enghraifft, potel o'r cwrw gorau am bedair ceiniog yn arian heddiw, potel o wisgi, *gin* neu fodca am dri-deg ceiniog a'r brandi gorau ma lai na phunt − roedd nifer y damweiniau gyrru yn frawychus o uchel.

Gwelodd Lyne-Chute gyfle i wneud enw iddo'i hun a chychwynnodd ymgyrch i leihau'r damweiniau ond nid drwy annog pawb i yfed llai. Doedd dim perygl o hynny oherwydd roedd yfed yn rhan o'u bywyd. Roedd y frawddeg *"an enthusiastic supporter of Mess functions"* yn glodwiw iawn ar

40

Confidential Report blynyddol unrhyw swyddog. Yn hytrach, ceisiodd ddychryn gyrwyr drwy ddangos iddynt ganlyniadau echrydus damweiniau ar y ffyrdd. Er enghraifft, os byddai modur wedi bod mewn damwain ddifrifol ac wedi'i ddifrodi'n fawr a rhywun wedi'i ladd neu wedi dioddef niweidiau dychrynllyd gorchmynnai i'r modur gael ei lusgo at fynedfa'r gwersyll. Yna perai arllwys paent coch fel gwaed drosto ac ar y llawr wrth ei ymyl. Hefyd perai i ddynion y gweithdy wneud ffigyrau o goed, sachliain a gwellt a'u gwisgo mewn lifrai'r Llu Awyr ac yna eu gosod yn y math o osgo y gellid dychmygu gweld pobl ar ôl bod mewn damwain. Tybiai Lyne-Chute y byddai gweld y fath olygfa wrth yrru allan o'r gwersyll yn atgoffa'r gyrwyr i fod yn ofalus.

Un diwrnod cafodd *Corporal* oedd yn gweithio imi ddamwain ddifrifol. Roedd ei fodur wedi troi drosodd ar y ffordd ac roedd yntau wedi dioddef niwed i'w ben. Aethpwyd ag ef mewn ambiwlans i'r ysbyty militaraidd ddeng milltir ar hugain i ffwrdd. Bu yn anymwybodol am ddeuddydd neu dri.

Anfonodd Lyne-Chute beiriant mawr i gludo ei fodur i'r gwersyll. Yna tywalltwyd y paent coch drosto a gosodwyd y ffigyrau ffug ynddo ac ar lawr o'i gwmpas.

Gan mai wedi troi drosodd oedd y modur ac heb fod mewn gwrthdrawiad â dim, nid oedd wedi'i ddifrodi ryw lawer ac ni fyddai'r gost o'i adnewyddu yn uchel o gwbl. Y gost drymaf fyddai cael gwared â'r paent coch.

Euthum i'r ysbyty i weld y *Corporal* a chefais ef yn ymwybodol ac yn dechrau gwella ryw fymryn. Ar ôl sgwrsio ychydig ag ef gofynnais iddo a oedd wedi rhoi caniatâd i'r *Group Captain* ddefnyddio'i fodur fel bwgan i ddychryn gyrwyr eraill.

Nagoedd! Nid oedd wedi gwneud y fath beth! Roedd y wybodaeth yn gryn sioc iddo.

Perais iddo beidio â phoeni eiliad am y peth oherwydd byddwn yn mynnu bod y *Group Captain* yn cymryd y cyfrifoldeb am gael gwared â'r paent coch ac yna rhoi *"re-spray"* i'r modur.

"Sut fedrwch chi wneud hynny?" gofynnodd.

"Gadewch chi hynny i mi," oedd fy ateb.

Pan ddychwelais i'r gwersyll gofynnais am gyfweliad â'r *Group Captain*. Cytunodd, ac ar yr amser priodol cerddais i'w swyddfa. Sefais fel delw o'i flaen a'i gyfarch yn fachog yn y dull a'm hyfforddwyd yn y Gwarchodlu Cymreig — rhywbeth na pheidiai â gwneud argraff ddofn yn y Llu Awyr!

"To what do I owe this honour Flight Lieutenant?" meddai Lyne-Chute. *"Have you come here to ask me to make you Commander of the Guard of Honour on the occasion of the Air Officer Commanding's Annual Inspection?"*

"No, sir," meddwn, *"I wouldn't dare aspire to such heights."*

"Come! Come! No fake modesty! You know and I know that you fancy yourself for the job."

"I don't deny it would not be an honour, sir, but I'm afraid that it is something far less pleasant that I've come to see you about!"

"Oh? What can that be? You know I don't like anything unpleasant. So spit it out and get it over with!"

"Wel, sir, its about the car by the camp entrance, the one that is covered in red paint."

"What about it?"

"It belongs to a Corporal in my Section."

"So what?"

"He objects to having his car covered in paint."

"What? He objects? I'll give him object! Go and get him and I mean now! This instant!"

"He's in hospital and still seriously ill."

"Oh? In hospital is he? He's probably lucky he's not in the cemetery. But what has all this got to do with you?"

"I feel responsible for the men in my section, and I consider it my duty to look after their interests."

"You don't say! I never thought of you as a do-gooder! Be that as it may, you can tell your Corporal that if he doesn't like what I've done to his car I'll have it towed away to the local German municipal dump."

"I'm sorry to have to tell you, sir, but the Corporal intends to petition the Air Council for a Redress of Grievance under the appropriate section in Queen's Regulations, that he has formally asked me to represent him and, as you well know, sir, it is a request that I cannot very well refuse."

Neidiodd Lyne-Chute o'i gadair. *"You're a traitor! You should support your Commanding Officer and not encourage a mutinous attitude in your subordinates!"*

"I'm sorry, sir, but I have no alternative other than to represent the Corporal in this matter."

"What the hell does he want? When he comes out of hospital

42

I'll give him a can of white spirit from Station Workshops and he can clean the paint from his damned car himself!"

"I would suggest, sir, that Station Workshops do it and have the car re-sprayed in its original colour."

"What! Work on a private vehicle in Station Workshops! Do you want to have me court-martialled?"

"God forbid, sir! But it wouldn't be the first time that sort of thing has been done."

Roedd honno'n ergyd drom oherwydd roedd Armstrong Siddeley mawr, moethus Lyne-Chute yn y *Station Workshops* byth a beunydd.

Edrychodd arnaf drwy lygaid cath. Sylweddolodd y bygythiad oedd yn llechu tu ôl i'm geiriau.

"Maybe" meddai *"but higher rank carries certain priveleges as you well know."*

"Only too well, sir, as we all know."

Culhaodd ei lygaid drachefn. Yna:

"Flight Lieutenant!"

"Yes, sir?"

"You are an ex-Pongo aren't you?"

"I beg your pardon, sir?"

"You know what I mean. You are ex-Army?"

"Yes, sir."

"Brown job?"

"I've heard soldiers referred to in those words in the Air Force."

"Royal Air Force, Flight Lieutenant."

"Of course, sir."

"Yes. Pongos get shot at occasionally I know. Some of them even get shot in the back! In the Royal Air Force, Flight Lieutenant, we get shot down and sometimes from a great height and as the Good Book says 'great is their fall'!"

"I'm acquainted with the quotation, sir."

"Heed it, Flight Lieutenant, in case you get shot down! You can go."

"Sir!"

Torsythais. Cyfarchais ef fel petawn o flaen y Frenhines yna trois ar fy sawdl a cherdded allan.

Dridiau yn ddiweddarach canfûm fod modur y *Corporal* yn y *Station Workshops* yn cael *re-spray*!

43

Y Cefndir Gwleidyddol

Onibai am wleidyddiaeth ni fyddai Lluoedd Arfog yn bodoli ac oni bai am y polisïau gwleidyddol a ddilynwyd gan America a Phrydain yn y blynyddoedd ar ôl yr Ail Ryfel Byd ni fyddai'r Uned a wasanaethwn ynddi mewn bodolaeth.

Dywed yr haneswyr i'r hen drefn ganoloesol yn Ewrop ddod i ben gyda'r Dadeni Dysg a ddechreuodd yn yr Eidal yn y drydedd ganrif a'r ddeg. Daeth y drefn a'i canlynodd i ben gyda Heddwch Westfalia yn 1648 ar derfyn y Rhyfel Tri-Deg o Flynyddoedd a'r drefn a ddilynodd honno gyda'r Chwyldro Ffrengig yn 1789. Gan i Napoleon ymyrryd a gwneud ei hun yn Ymherodr ni chyflawnwyd y Chwyldro ond serch ei ymyrraeth daliai'r syniadau i fudlosgi trwy y degawdau canlynol. Gwelwyd y tân marwaidd yn ymfflamychu o bryd i'w gilydd, megis ym Mhrydain yn nau-ddegau'r ganrif ddiwethaf ac a greodd ddigon o ddychryn i'r Llywodraeth basio'r Great Reform Act yn 1832. Wedyn, eto ym Mhrydain, daeth terfysg y Siartwyr a brwydr Casnewydd. Dilynwyd hwnnw gan Chwyldro 1848 yn Ffrainc. Ymyrrodd Napoleon arall i ddiddymu hwnnw, sef yr Ymherodr Louis Napoleon y Trydydd.

Pan drechwyd y gŵr gwirion hwnnw gan y Prwsiaid yn 1871 gwelwyd sefydlu'r *Commune* chwyldroadol ym Mharis.

Y nesaf oedd y Chwyldro yn Rwsia yn 1905 pan drechwyd y wlad fawr honno gan Siapan yn y rhyfel 1904-5. Sylwer bod pob un o'r chwyldroadau hyn yn dilyn argyfwng gwleidyddol yn deillio o golli rhyfel neu gwymp economaidd!

Ond y Chwyldro a newidiodd y byd mewn modd nas gwelwyd erioed o'r blaen oedd y Chwyldro Comiwnyddol a ddigwyddodd yn Rwsia yn 1917. Sylwer eto i hwnnw ddilyn colli rhyfel a chwymp economaidd. Eto, dylid cofio mai syniadau'r Chwyldro Ffrengig, sef Rhyddid, Cydraddoldeb a Brawdgarwch a ysbrydolodd ei harweinyddion, ar ôl i ddynion fel Hegel a Marx ac Engels gaboli llawer ar y damcaniaethau.

Ni fu'r byd yr un fath ar ôl i'r Chwyldro Comiwnyddol yn Rwsia lwyddo. O'r diwrnod hwnnw ymlaen prif nod pwerau cyfalafol y Gorllewin oedd dymchwel y Llywodraeth Gomiwnyddol a rhoi llywodraeth o'u dewis yn ei lle. Nid oes dichon deall na gwleidyddiaeth na hanes y degawdau a ddilynodd 1917 heb sylweddoli hynny. Dyna'r unig ffordd i esbonio sut y daeth troseddwyr megis Mussolini, Hitler a Franco i rym a sut y'u goddefwyd a'u cefnogwyd gan wledydd megis Prydain a Ffrainc.

Ofn pennaf y cyfalafwyr oedd gweld gwledydd eraill yn dilyn esiampl Rwsia, yn enwedig gwledydd y Trydydd Byd. Petai hynny'n digwydd byddai ar ben arnynt am ddefnyddiau crai am y nesaf peth i ddim, am lafur rhad ac am farchnadoedd oedd mor hawdd eu rheoli. Yn fyr, byddai'n rhaid iddynt fyw ar eu hadnoddau eu hunain. A beth fyddai'r canlyniad? Gostyngiad sylweddol yn safon byw eu gwerthwyr. A chanlyniad hynny? Anniddigrwydd a chwyldro yn ôl pob tebyg. Roedd y cyfalafwyr a'u cynrychiolwyr yn y llywodraeth yn chwys oer drostynt wrth ystyried y fath beth. Nid oeddent am adael i hynny ddigwydd, costied a gostio. Roedd yn rhaid felly drechu comiwnyddiaeth yn Rwsia. Sut? Yn nhyb y cyfalafwyr doedd y cwestiwn hwnnw ddim yn un anodd i'w ateb. Rhyfel! Ond nid oeddent hwy am ryfela. Onid oedd y Ffasgiaid o dan arweiniad Hitler a Mussolini a llywodraethwyr y gwledydd Ffasgaidd eraill megis Y Ffindir, Hwngaria, Rwmania, gwledydd bach y Baltig, a Sbaen wedi'u creu i'r union bwrpas? Byddai rhyfel rhwng Ffasgaeth a Chomiwnyddiaeth yn dileu dau elyn ag un ergyd! Onid oedd arweinyddion Prydain a Ffrainc a'u cefnogwyr cyfalafol drwy'r byd yn hynod o gyfrwys? Ond yn anffodus iddynt hwy roedd arweinydd comiwnyddol Rwsia yn fwy cyfrwys. Er i Ffrainc a Phrydain lwyddo i sicrhau buddugoliaeth i Mussolini yn Abyssinia ac i Franco yn Sbaen ac er iddynt lwyddo i drosglwyddo tiroedd ffrwythlon y Sudetenland o feddiant Siecoslofacia i ddwylo Hitler ni lwyddasant i gyfeirio byddin yr Almaen tuag at Rwsia pan oresgynwyd Gwlad Pwyl yn 1939. Erbyn hynny roedd Stalin wedi gweld y fagl a osodwyd ar ei gyfer ac wedi gwneud y trefniadau angenrheidiol i'w hosgoi. Ar draul Gwlad Pwyl, gwnaeth gytundeb â Hitler a thrwy hynny sicrhau iddo'i hun bron ddwy flynedd o amser i baratoi ei luoedd arfog ar gyfer y rhyfel a wyddai oedd yn anochel. Yn fwy na dim — creodd yr amgylchiadau a sicrhâi y byddai'n rhaid i Brydain a Ffrainc hefyd wynebu'r gelyn. Oni bai iddo wneud hynny, byddai Hitler wedi trechu Rwsia a byddai Ewrop gyfan, gan gynnwys Prydain, o dan ei awdurdod. Ni fyddai ond America ar ôl. Gyda Siapan yn ei bygwth yn y Dwyrain Pell ni fyddai dim ar ôl iddi hithau ond derbyn yr anochel a chydymffurfio â threfn

Natsïaidd Hitler.

Sawl un sydd wedi dychmygu'r canlyniadau a fyddai wedi deillio o'r fath ddigwyddiad? Sut olwg fyddai ar y byd? Faint o Iddewon a fyddai ar ôl? A beth fyddai tynged yr *Untermenschen* eraill, sef y cenhedloedd hynny a oedd yn nhyb y Natsïaid yn israddol, yn wir, yn is-ddynol, cenhedloedd megis Slafiaid Dwyrain Ewrop — Rwsiaid, Pwyliaid, Sieciaid ynghyd â'r holl genhedloedd Negroaidd? Oni wyddom yn rhy dda heddiw mor ymfflamychol ac mor agos i'r wyneb yw atgasedd hiliol ac oni wyddom mor fedrus y gallai Hitler ennyn y fath deimladau?

Mae llawer o bethau echrydus wedi cael eu dweud am Stalin ac yn dal i gael eu dweud. Nis gwn ai gwir ai peidio ydynt ond rwyf yn argyhoeddedig o un peth: oni bai amdano, Hitler a fyddai wedi ennill y rhyfel.

Gwyddom mai fel arall y bu. Gwyddom fel y bu'n rhaid i bron bob gwlad ddemocrataidd drwy'r byd ymuno â'i gilydd i orchfygu Hitler ac mai byddin Rwsia a frwydrodd bob milltir o'r ffordd i Berlin ac a enillodd y frwydr olaf dyngedfennol.

A oedd hynny wrth fodd pawb? Nag oedd yw'r ateb. Nid dyna'r fath o fuddugoliaeth roedd pawb wedi'i deisyfu na'i disgwyl. Nid oedd pob un yn fodlon ar roi terfyn ar Ffasgaeth a gadael Comiwnyddiaeth i lenwi'r bwlch a adawyd ar ei ôl. A phwy oedd y mwyaf blaenllaw ymysg y rhai hynny? Wel Churchill, wrth gwrs. Gydol y rhyfel cefnogodd bolisïau a fyddai'n arwain at gwtogi dylanwad Rwsia ar ôl y fuddugoliaeth. Roedd ei agwedd wrth-Rwsiaidd yn deillio o ddwy ffynhonnell. Yn gyntaf, roedd wedi bod yn elyn mawr i Gomiwnyddiaeth er y Chwyldro yn 1917 ac wedi cymryd rhan yn yr ymyrraeth arfog yn erbyn y Bolsieficiaid rhwng 1918 a 1920. Yn ail, roedd yn imperialydd Prydeinig hyd at fêr ei esgyrn ac i'w fath ef, Rwsia oedd y prif elyn yn ystod y ddwy ganrif a aethai heibio. Onid oedd tiroedd Rwsia yn cyrraedd bron at ffin yr India — perl coron Prydain, ac oni allai hi chwenychu'r perl amhrisiadwy a cheisio'i dwyn oddi ar ei 'pherchen cyfreithiol'?!

Ergyd drom a chwerw i Churchill oedd gweld y Fyddin Goch yn gwersylla yn Nwyrain yr Almaen. Ond nid oedd yn un i ildio. Yn hytrach aeth i America a rhoi anerchiad ysgytwol yn Fulton. Soniodd am Len Haearn wedi'i gosod ar draws Ewrop. Soniodd am farbariaid Asia yn dyfrio'u ceffylau yn nwfr yr afon Elbe, am Gristnogaeth Ewrop yn cael ei dileu gan anffyddwyr bolsheficaidd, am diroedd ac eiddo yn cael eu gwladoli. Aeth ei wrandawyr ymaith mewn dirfawr fraw wrth feddwl am y perygl mawr oedd yn wynebu Gwareiddiad y Gorllewin!

Hwyrach mai dyna'r anerchiad mwyaf llwyddiannus a wnaeth Churchill erioed. Mae un peth yn sicr, dyna'r anerchiad a ddygodd fwyaf o ffrwyth. Dygodd honno ffrwyth ar ei chanfed a mwy! Rhannodd honno'r byd yn ddau wersyll, gan roi cychwyn i'r Rhyfel Oer ac arfogi niwclear. O dan arweiniad America, sefydlwyd N.A.T.O., y *North Atlantic Treaty Organization,* Cynghrair arfog i amddiffyn Ewrop rhag ymosodiad tybiedig gan Rwsia. Atebodd y "gelyn" drwy lunio Cytundeb Warsaw, sef cynghrair arfog i amddiffyn Dwyrain Ewrop rhag unrhyw ymosodiad gan wledydd N.A.T.O.!

Parhaodd y Rhyfel Oer a'i arfogi drwy gydol y pumdegau, a dyna pam y ffurfiwyd yr Uned arbennig y gwasanaethwn i ynddi. Mae'n dal mewn bodolaeth ac mor ddirgel nes nad oes wiw i neb grybwyll ei henw. Fodd bynnag, os dywedaf fod pob swyddog sydd ynddi yn ieithydd, mae dichon dyfalu beth yw eu dyletswyddau. Medraf ddweud fod yr Uned yn cymryd un o'r rhannau mwyaf blaenllaw yn y Rhyfel Oer a'i bod mewn cysylltiad dyddiol â'r Swyddfa Ryfel yn Llundain a'r Pentagon yn Washington.

Rywbryd yn 1958 ymwelodd pennaeth y Llu Awyr, Air Chief Marshall, Sir Dermot Boyle, gŵr y Foneddiges Katie sydd yn hysbysebu persawr ar y teledu, â'r pencadlys yn yr Almaen, i annerch nifer o swyddogion oedd a dyletswyddau allweddol. Dywedodd yr hyn a ganlyn:

'The whole concept of war has changed. In fact, we in N.A.T.O. have a new policy which will make war between the major powers impossible. It is called Deterrence. It means, that we have built a nuclear offensive capability of such magnitude that we could at the touch of a button paralyze Russia by wiping out all her major centres of population. Her huge armies would be like a head-less body, quite unable to carry out any cohesive action. Her own nuclear forces are, as yet, in no position to retaliate. Should she try to match our capability we shall increase ours. There would then ensue a competition which she cannot win. On the contrary, in attempting to do so, the strain on her economic resources would be such as would result in economic collapse, widespread disaffection among her working population and the probable overthrow of the ruling Communist Party. That, I suggest, gentlemen, is a classic situation, of 'heads

I win — tails you lose.'

This policy will also bring pressure to bear on Russia far beyond her own borders. It will prevent her from introducing what is known in diplomatic circles as a forward policy in the Third World. Above all, it makes a major war impossible. The policy of 'nuclear deterrence' is a policy for peace and gentlemen, a peace on our terms!"

Cymerais gryn dipyn i dreulio ei neges ond wedi imi wneud, ni fedrwn beidio â meddwl mai arall eiriad oedd *"nuclear deterrence"* am *"nuclear blackmail."*

Dychmygwn arweinyddion Rwsia yn crynu yn eu 'sgidiau. Gwyddwn eu bod yn hollol analluog i ymateb i'r math o ymosodiad a ddisgrifiodd yr uchel-swyddog, ond gwyddwn hefyd eu bod yn paratoi â'u holl egni.

Ychydig ar ôl hyn cafodd y Rwsiaid fwy o achos i frawychu.

Y Marshall Arglwydd Montgomery oedd arweinydd byddinoedd N.A.T.O. a gwnaeth hwnnw hefyd anerchiad bygythiol yn ei ddull dihafal ei hun. Meddai:

"The next show will start with a bang and will end with a bang! We shall use the Big Bomb right from the word go. No more foot-slogging, no more fighting for limited objectives! The enemy will be running around like a wet hen wondering what has hit him! There'll be no need for a costly Army of Occupation. Oh no, that will be quite unnecessary! This policy which we have adopted is a policy of deterrence. It is a policy for peace. There'll be no more wars!"

Ni soniodd yn ôl ei arfer am y *'God mighty in battle'!* na chwaith annog ei gynulleidfa i gyd ganu *'Onward Christian Soldiers',* yr hyn a barodd syndod imi, oherwydd roedd yn un o'r *'Christian Soldiers'* amlycaf. Onid oedd ei deulu yn frith o esgobion?

Edrych i'r Dyfodol

Fel y dywedais roedd y gwersyll yn un mawr iawn ac yn cynnwys nifer o wahanol Unedau, yn eu plith Uned o'r enw 'The Higher Education Centre'. Roedd swyddogion yr Uned honno i gyd yn raddedigion a rhai ohonynt yn eithaf goleuedig.

Fy mhrif gyfaill yn fy Uned i oedd Mike Tophem, y dyn mwyaf disglair a deallus a gyfarfyddais erioed. Roedd ganddo radd 'double-first' o Rydychen mewn Astudiaethau Clasurol ac Athroniaeth. Yn ychwanegol, roedd ganddo wybodaeth drylwyr o Ffrangeg, Almaeneg a Rwseg. Roedd ganddo grap eithaf da ar hanes bron bob gwlad yn Ewrop a gwybodaeth eang am bob agwedd ar wleidyddiaeth. I ddangos sut ddyn oedd Mike, dyma fraslun o'r hyn a ddigwyddodd iddo ar ôl gadael yr Uned. Dychwelodd i'w Uned wreiddiol i hedfan oherwydd roedd yn beilot. Ymhen amser rhybuddiwyd yr Uned i baratoi i symud i Borneo lle roedd y brodorion yn gwrthryfela yn erbyn eu meistri Ewropeaidd — Prydeinwyr, yn bennaf.

Nid oedd Mike yn edrych ymlaen at ollwng bomiau ar frodorion difreintiedig Borneo, felly gwnaeth gais i roi'r gorau i hedfan a chael ei drosglwyddo i'r Adran Addysg.

Roedd wedi cyflawni un o'r pechodau mwyaf! Yr adeg honno roedd hyfforddi peilot yn costio degau o filoedd o bunnoedd. Erbyn heddiw wrth gwrs, mae'r swm yn gannoedd o filoedd.

Anfonwyd Mike i un o Ysbytai y Llu Awyr a gosodwyd ef mewn ystafell ar ei ben ei hun yng ngofal seiciatrydd! Mynnai'r awdurdodau ei fod un ai'n wallgof neu yn llwfr, hynny yw, yn ôl yr awdurdodau: 'lacking moral fibre'!

Poenydiwyd Mike gan nifer o seiciatryddion am gyfnod o ddau fis. Ni faliai ddim am hynny: yn hytrach aeth ati i ddysgu Sbaeneg! Pan ryddhawyd ef o'r ysbyty o'r diwedd gwnaeth gais i sefyll arholiad cyfieithydd Comisiynwyr y Gwasanaeth Sifil mewn Sbaeneg ac enillodd wobr o ddau gant o bunnoedd!

A beth oedd dyfarniad y seiciatryddion? Ni wyddys, ond trosglwyddwyd Mike i'r Adran Addysg a chafodd ei ddyrchafu ar unwaith yn *Squadron Leader*!

Tua'r flwyddyn 1968, pan oeddwn yn byw ger Dolgellau daeth Mike i aros gyda mi am ychydig ddyddiau. Roedd wedi paratoi yn dda cyn dod. Roedd wedi dysgu Cymraeg a hynny yn eithaf rhugl!

Pan gysylltais ag ef ddiwethaf roedd wedi ymddeol o'r Llu Awyr ac wedi ymsefydlu gyda'i deulu ym Munich yn yr Almaen ac wedi cael swydd pennaeth yr Adran Glasurol mewn ysgol Ramadeg. Ysgrifennodd ataf a dweud:

"Rwyf yn falch o glywed fod y mudiad cenedlaethol yng Nghymru yn dechrau gweithredu yn eithafol. Ewch ati! Dyna'r unig ffordd i ddelio â'r Saeson. Rwyf yn Sais fy hun ac mi ddylwn wybod!"

Ie, Sais yw Mike yn ôl ei hil ond dinesydd y byd yn ôl ei argyhoeddiad.

Roedd Mike a minnau a dau neu dri o swyddogion o'r *Higher Education Centre* yn cyfarfod o bryd i'w gilydd yn ei dŷ i drafod y sefyllfa wleidyddol a militaraidd ac ar yr un pryd i fwynhau poteliad neu ddwy o gwrw da a rhad.

Un noson rhoddodd Mike ysgytiad i ni gyda'r sylw canlynol:

"Onid yw'n gywilydd inni gefnogi polisïau sydd yn hollol wrthun inni, ac nid yn unig eu cefnogi ond eu gweithredu? Oni ddylen ni ymddeol a gwneud rhywbeth sydd yn gweddu'n well â'n daliadau? Dyna'r pwnc trafod heno. Pwy sydd yn mynd i agor y ddadl?"

Dyna ddechrau dadlau. Yn gyntaf: a oedd y polisïau y cyfeiriai Mike atynt yn hollol wrthun inni? Cytunwyd, er i Mike awgrymu hwyrach mai'r Gorllewin a fyddai'r cyntaf i ddioddef cwymp economaidd wrth geisio ymarfer y polisi o *'nuclear deterrence'?* Cyfeiriodd at ddiffyg disgyblaeth poblogaeth y Gorllewin o'i gymharu â disgyblaeth lem y byd Comiwnyddol. Soniodd am y gystadleuaeth ddigyfaddawd oedd yn bodoli rhwng y cyfalafwyr a'r ddeuoliaeth gynhenid oedd yn rhan annatod o gyfalafiaeth yn ôl Marx. Roedd dadl Mike yn un gref ond roedd yr hyn a dybiai allai ddigwydd yn fwy perthnasol i'r dyfodol pell na'r presennol bygythiol. Roedd hyn yn arbennig o wir o gofio fod John Foster Dulles gyda'i bolisi o *'brinkmanship'* yn dal i lywyddu dros bolisïau America tra oedd Eisenhower yn chwarae golff, a bod ei frawd Allen Dulles yn bennaeth y C.I.A.

Beth am gefnogi a gweithredu'r polisïau? Wel, ni allai Mike na minnau wadu nad oeddem yn eu gweithredu er nad oeddem yn eu cefnogi.

Pan ddaethom i drafod ymddiswyddo, torrodd pob math o ddadleuon allan. Yn bennaf, — pa effaith fyddai hynny'n ei gael ar y polisïau? Roedd yn rhaid inni ddod i'r canlyniad mai'r ateb oedd 'dim'. Ni fyddai'r awdurdodau fawr o dro yn cael hyd i rywun a gymerai ein lle. Ac oni allent fod yn rhai llawer mwy — eithafol? Onid gwell, felly, fyddai inni aros yn ein swyddi?

Ond ymgymryd â gwaith oedd yn gweddu â'n daliadau a achosodd y benbleth fwyaf inni. Sut fath o waith allai hwnnw fod? Gyrfa wleidyddol? Roedd y syniad yn chwerthinllyd! Mynd yn athrawon? Roedd pob un ond y fi wedi bod yn athro. Troi'r awgrym i lawr a wnaeth y pedwar.

Er dadlau'n hir, methwyd â dychmygu unrhyw swydd a fyddai'n gweddu yn well â'n daliadau. Daethom i sylweddoli o ddifrif mor ddiymadferth yw'r unigolyn. Yr unig beth a all wneud o'r bron yw cefnu ar y cyfan. Ond pa les yw hynny? Dim. Mae'r drygioni a berodd i rywun wneud hynny yn mynd rhagddo heb gyfle i'w wrthwynebydd wneud dim yn ei gylch.

Gorffennwyd y ddadl heb benderfynu ar ddim.

Roedd y demtasiwn i aros yn ein swyddi yn un gref, gan ein bod yn mwynhau breintiau a oedd o fewn cyrraedd ond ychydig iawn o drigolion Prydain. Nid oedd y dyletswyddau'n drwm ac roedd bywyd yn yr *Officers' Mess* yn foethus iawn. 'Doedd sigarennau ond coron am ddau gant, — 25 o geiniogau yn arian heddiw — a diod am y nesaf peth i ddim. 'Bwytewn, yfwn a byddwn lawen' oedd ein harwyddair a'r trethdalwyr yn talu'r bil. Derbyniem docynnau i brynu petrol yn rhad a chan fod y Cyfandir yn agored inni crwydrem yn ddi-baid — i lawr i'r Goedwig Ddu, neu i Bafaria, Awstria neu Ogledd yr Eidal lle roedd gwely a brecwast yn costio ond hanner can ceiniog yn arian heddiw. Anaml yr aem i Ffrainc gan fod aelodau Lluoedd Arfog Prydain yn amhoblogaidd yno. Roedd y Cadfridog De Gaulle wedi gorfodi awyrennau *Strategic Air Command* America i ymadael gan ei fod yn mynnu dilyn polisïau annibynnol yn ei wlad. Os oedd Ffrainc am fod yn darged i awyrennau Rwsia roedd y Cadfridog yn benderfynol o wybod y rheswm pam! Cafodd yr awyrennau groeso cynnes ym Mhrydain gan Macmillan. Nid anghofiodd De Gaulle hynny yn ddiweddarach pan geisiodd hwnnw ymuno â'r Farchnad Gyffredin! Ar fore Sadwrn aem i'r Iseldiroedd a oedd ond ychydig filltiroedd i ffwrdd i fwyta cregyn gleision a bara brown a'u golchi lawr â *Genever* am chwe cheiniog y gwydraid. Chwith iawn fyddai inni ddychwelyd i Brydain!

Ond roedd y ddadl wedi gwneud imi feddwl am y dyfodol. Gallwn ddal atl yn y Llu Awyr nes cyrraedd pum deg pump oed. Ond beth a wnawn i wedyn? Cawn bensiwn hael mae'n siŵr ond byddwn yn rhy hen i gael swydd arall. Ar y llaw arall gallwn ymddeol ar ôl cyrraedd yr oedran o bedwar a deugain. Cawn bensiwn ond ddim cymaint ag a gawn pe bawn yn dal i wasanaethu un mlynedd-ar-ddeg arall. Nid oedd gennyf unrhyw gymhelliad addas i geisio am swydd, a chan fod tractorau wedi disodli ceffylau go brin y gallwn fynd yn ôl i ganlyn y wedd!

Roeddwn wedi ymadael â'r ysgol yn bymtheng oed heb unrhyw dystysgrif. Felly roedd yn rhaid imi geisio cael rhyw ddau neu dri.

Roeddwn yn lwcus. Hawdd oedd mynychu gwersi yn yr *Higher Education Centre* a gyda chymorth Mike a'm cyfeillion eraill a oedd yn athrawon yno llwyddais mewn dwy flynedd i gael deg tystysgrif lefel "O" a phedair lefel "A" sef Almaeneg, Rwseg, Pwyleg a Hanes. Roedd prifysgolion Rhydychen a Chaergrawnt yn cadw nifer o lefydd bob blwyddyn i fyfyrwyr 'aeddfed' oedd yn ymddeol o'r Lluoedd Arfog. Siawns na fedrwn fod yn un ohonynt.

Y Mur

Roedd gan yr Uned is-uned ym Merlin a phob rhyw dair wythnos teithiwn yno ar awyren. Arhoswn yno am ychydig ddyddiau ac yna dychwelwn.

Ar un achlysur pan oeddwn yno daeth y newydd un bore bod Awdurdodau Dwyrain yr Almaen wedi rhoi gorchymyn i fur uchel gael ei godi ar draws y ddinas i rannu ei rhan hwy ohoni oddi wrth y rhan oedd yn perthyn i Orllewin yr Almaen neu yn hytrach i'r rhannau hynny a reolid gan Luodd Arfog America, Ffrainc a Phrydain.

Euthum i weld y mur yng nghwmni nifer o swyddogion eraill. Roedd eisoes rai troedfeddi o uchder oherwydd roedd y gweithwyr wedi bod wrthi'n ddiwyd ers y wawr. Tu ôl iddynt safai milwyr arfog ac o'u blaenau ar yr ochr orllewinol roedd miloedd o bobl yn eu herio ac yn bloeddio gwawd a bygythion tra ceisiai'r heddlu gadw ryw lun o drefn. Roedd y sefyllfa yn ymfflamychol. Ar y strydoedd tu ôl i'r dyrfa roedd cynrychiolaeth gref o'r Fyddin Brydeinig yn barod i ymyrryd petai raid. Byddai'r gair trydanol yn un addas i ddisgrifio'r sefyllfa oherwydd roedd poblogaeth Gorllewin Berlin wedi cynddeiriogi. A dim rhyfedd, oherwydd roedd miloedd o'u perthnasau yn byw tu hwnt i'r mur a hyd at y diwrnod cynt roedd pawb wedi bod yn rhydd i fynd a dod o'r naill ran o'r ddinas i'r llall.

Syllais ar y mur a meddyliais: 'Mae'n rhaid bod rhyw reswm dirgel ac anesboniadwy ond eto'n hollol anochel am hyn! 'Does dichon bod Awdurdodau Dwyrain yr Almaen wedi cyfeiliorni! Beth bynnag yw'r rheswm maent wedi rhoi erfyn propaganda amhrisiadwy yn nwylo eu gelynion! Mae'n rhaid bod rhyw argyfwng difrifol wedi achosi iddynt wneud y fath beth!'

Dychwelais i'r gwersyll. Am un o'r gloch daeth y newyddion ar y radio o Lundain.

Y 'mur o .warth' oedd y pennawd cyntaf. Yn ôl y darllenydd cwymp economaidd oedd y rheswm dros ei adeiladu, a bod poblogaeth Dwyrain Berlin yn 'pleidleisio gyda'u traed' — hynny yw, yn croesi i'r Gorllewin wrth eu miloedd i geisio bywyd gwell yn y wlad oedd yn llifeirio o laeth a mêl.

Y diwrnod wedyn cyrhaeddodd y papurau newydd. Yr un oedd y stori, pennawdau megis "Wall of Shame", "Prison State" "Captive Citizens", "What Price Communist Freedom?", "Bankruptcy of a Communist State!"

Dyna'r diwrnod gorau oedd y papurau newydd wedi'i gael ers amser maith, ond 'doedd dim i'w ryfeddu ato yn hynny. Onid oedd Llywodraeth Dwyrain Berlin wedi rhoi'r ddolen am ei gwddf ei hun? Nid oedd ganddynt felly le i gwyno. Ond *pam* oedd y cwestiwn oedd yn fy mhoeni. Ni allwn aros i ddychwelyd at Mike i glywed beth fyddai ei ymateb ef.

* * *

"Wel Mike, beth wyt ti'n feddwl o'r mur gwarthus yna yn Berlin?"

"Gwarthus?"

"Wel ia, yn fy marn i."

"Ac ers pryd rwyt ti o'r un farn â phapurau newydd Lloegr?"

"Ddim fel arfer mae'n wir ond y tro yma mae arnaf ofn fod yn rhaid imi gyfaddef eu bod nhw'n iawn."

"Roedden nhw yn sicr o gollfarnu'r mur. Glywest ti nhw yn clodfori unrhyw beth a wnaeth llywodraeth Dwyrain yr Almaen?"

"Naddo, ond Mike, does dim dichon cyfiawnhau adeiladu mur a throi'r wlad yn garchar! Dwyt ti erioed am ddweud dy fod yn cydweld â'r fath weithred?"

"Ydy hwnna yn gwestiwn?"

"Ydy, ac mi hoffwn gael dy ateb.!"

"O'r gorau, ond mi atebaf drwy ofyn cwestiwn i ti."

"Beth?"

"Wnei di gydweld â mi bod y berthynas rhwng yr Unol Daleithiau a Chanada yn debyg iawn i'r berthynas rhwng Gorllewin yr Almaen a Dwyrain yr Almaen er eu bod yn wledydd ar wahân ac annibynnol?"

"Gwnaf, ond wela' i ddim beth sydd a wnelo hynny â'r mur."

"Cymer di bwyll, mi ddo' i at hynny. Saesneg ydy iaith yr Unol Daleithiau a Chanada ac Almaeneg ydy iaith y ddwy wlad yma. Ydw i'n iawn?"

"Wyt, ond rydw i'n dal heb weld y cyswllt . . ."

"Aros di am funud. Ystyria ddiwylliant a chyfundrefn addysg y gwledydd dan sylw, a chyn lleied o wahaniaeth sydd rhwng pobl yr Unol Daleithiau a phobl Canada a rhwng pobl Gorllewin a Dwyrain yr Almaen."

"Rydw i'n cydweld, does dim gwahaniaeth gwerth sôn amdano."

"O'r diwedd! Rŵan, cymer fod awdurdodau a chyfalafwyr yr Unol Daleithiau yn denu pobl ifanc Canada i groesi'r ffin cyn gynted â'u bod nhw yn graddio yn y Colegau drwy gynnig iddyn nhw dŷ, arian i'w ddodrefnu a swydd dda gyda chyflog bedair gwaith uwch na fydden nhw yn ei dderbyn yn eu gwlad eu hunain. Ac nid yn unig y graddedigion ond y technegwyr a'r crefftwyr. Wyt ti'n meddwl y byddai llawer yn gwrthod y fath gynnig?"

"Go brin."

"Mi elli fentro dweud hynny! Ond dywed i mi, sut olwg fyddai ar Ganada ar ôl deng mlynedd o'r polisi?"

"Truenus mae'n sicr. Mi fyddai'n dioddef symptomau difrifol y 'brain drain'!"

"A'i heconomi?"

"Yn yfflon, mae'n debyg."

"Wel?"

"Rydw i'n gweld at beth wyt ti'n gyfeirio. Rwyt ti'n aw-grymu mai clefyd y 'brain drain' sydd wedi gorfodi Dwyrain yr Almaen i gymryd cam mor eithafol?"

"Yn hollol. Tyrd inni ddychwelyd at Ganada. I wrthsefyll y bygythiad i economi'r wlad byddai'n rhaid i'r awdurdodau gymryd camau effeithiol i rwystro'u harbenigwyr rhag ymfudo i'r Unol Daleithiau. Wyt ti'n cydweld?"

"Ydw."

"Pa fesurau fedrai Canada eu cymryd? Fedrai hi adeiladu mur fel enghraifft?"

"Na fedrai, mae'r ffin tua tair mil o filltiroedd o hyd."

"Yn hollol; a faint o filltiroedd sydd ar draws Berlin?"

"Rhyw bump feddyliwn i."

"Felly mae adeiladu mur bum milltir o hyd yn hollol ym-arferol."

"Ydi."

"Gan na allai Canada adeiladu mur byddai'n rhaid iddi feddwl am rywbeth arall felly. Am beth tybed?"

"Mae'n anodd dweud, Mike. Mi allai hi brotestio a hwyrach

geisio gwneud rhywbeth drwy gyfrwng y Cenhedloedd Unedig.''

"Wyt ti'n meddwl y byddai hynny'n effeithiol?''

"Nag ydw."

"Ymhen ychydig flynyddoedd mi fyddai ar ben ar economi Canada felly?''

"Mae'n sicr y byddai.''

"A beth fyddai'n digwydd?''

"Dyna gwestiwn, Mike!''

"Dyro ateb imi!''

"Mi fyddai yna ddiweithdra a thlodi yno mae'n sicr.''

"'Does dim amheuaeth am hynny. A beth am anniddigrwydd a therfysgoedd?''

"Hynny hefyd mae'n debyg.''

"A'r canlyniad?''

"Dywed di beth fyddai'r canlyniad.''

"Mi ddweda i beth ydw i'n ei feddwl fyddai'r canlyniad.''

"Wel?''

"Uno â'r Unol Daleithiau wnâi Canada, yn enwedig y rhannau diwydiannol ohoni.''

"Hwyrach dy fod ti'n iawn fel arfer! Ond tyrd inni ddychwelyd at Ddwyrain yr Almaen. Wyt ti'n dweud mai cyfrwng i achub ei hannibyniaeth oedd adeiladu'r mur ac oni fyddai hi wedi gwneud byddai cyflwr ei heconomi yn mynd mor druenus nes byddai'n rhaid iddi uno â'r Gorllewin sef yr Almaen Ffederal?''

"Dwyt ti ddim yn rhoi'r pethau yn hollol iawn. Pwrpas y Gorllewin drwy ddenu arbenigwyr y Dwyrain oedd dinistro ei heconomi a thrwy hynny greu amgylchiadau ffafriol i hybu uno'r ddwy wlad.''

"Ond Mike, 'does ar yr un wlad yn Ewrop eisiau gweld Almaen Unedig. Mi fyddai gwledydd Dwyrain Ewrop yn crynu yn eu 'sgidiau wrth weld y fath rym yn eu hwynebu. A beth am Ffrainc? Does ar Ffrainc ddim eisiau gweld y fath beth. Mi ddywedwn i mai prif bwrpas Ffrainc wrth ffurfio'r Farchnad Gyffredin oedd sicrhau rhaniad parhaol yr Almaen.''

"Ac mi fyddet yn dweud yn iawn. Ond America ydy gwlad gryfaf y Gorllewin ac mi hoffai America adfer yr Almaen i'w gogoniant a'i grym.''

"A beth fyddai pwrpas hynny, Mike?''

"Wyt ti meiddio gofyn a thithau'n swyddog *Intelligence*?''

"Mae ar America angen cynghreiriad cryf wrth ei hochr i

wynebu Rwsia?"

"Iawn. A phwy well na'r Almaen? Pa obaith fyddai i Rwsia yn erbyn Lluoedd Awyr yr America a byddin yr Almaen Unedig?"

"Dim."

"Dyna ti."

"Mike, wrth ystyried beth wyt ti wedi'i ddweud bendith ydy'r mur! Mae o'n rhwystro'r Almaen rhag dod yn wlad unedig ac o ganlyniad yn rhwystro'r Trydydd Ryfel Byd rhag dechrau. Ai dyna wyt ti'n awgrymu?"

"Fwy neu lai."

"Pwy fyddai'n meddwl!"

"Ychydig iawn, mae'n sicr. Ond wedi dweud hynny faint o bobl sydd yn meddwl? Nid yw'r mwyafrif yn sylweddoli nad y pethau sydd yn cael eu dweud ar y newyddion sydd yn bwysig ond y pethau sydd ddim yn cael eu dweud!"

Ymadawiad Trist

Roedd y *Squadron Leader* yn dipyn o ddyn, yn enwedig i'r sawl oedd yn gwasanaethu oddi tano. Dyn o daldra cymedrol ydoedd ond eithaf ysgwyddog a chydnerth ag wyneb crwn. Yn un o feibion Swydd Efrog, roedd yn barod bob amser i fynegi ei farn yn bendant ac yn hollol anfodlon i dderbyn unrhyw feirniadaeth. Roedd wedi ymuno â'r Llu Awyr fel prentis yn y tri-degau ac wedi dringo'n araf ac eithaf poenus mae'n debyg o ris i ris nes cyrraedd gradd *Squadron Leader* yn yr Adran Dechnegol. Cawn yr argraff ei fod yn dioddef o ymdeimlad o is-raddoldeb yng nghwmni swyddogion nad oeddent yn perthyn i'r Adran Dechnegol ond ceisiai oresgyn yr ymdeimlad drwy ymddwyn yn hunanol, herfeiddiol a chwerylgar.

Yn anffodus roedd un o'm cyfeillion yn ei Uned. *Flying Officer* ifanc oedd hwnnw ac roedd ei fywyd bron yn annioddefol. 'Doedd waeth beth a wnâi, byddai'r *Squadron Leader* anghynnes yn sicr o weld rhyw fai ynddo ac yn hytrach na'i geryddu'n gyfrinachol cymerai bleser mewn gwneud hynny wrth y bwrdd bwyta yn y *Mess* a gwneud y swyddog ifanc yn destun gwawd.

Fel brodorion Swydd Efrog yn gyffredinol roedd y *Squadron Leader* yn casáu ac yn dirmygu pawb nad oedd yn hannu o'i sir ac yn enwedig pobl megis Cymry, Gwyddelod ac Albanwyr. Albanwr oedd y swyddog ifanc ac, wrth gwrs, roedd hynny'n wendid mawr ynddo. Ar ben hynny roedd ganddo radd o Brifysgol, felly roedd yn hollol annerbyniol.

Fel y gellid disgwyl roeddwn i fel cadach coch i darw i'r gŵr annymunol gan y manteisiwn ar bob cyfle i fynd yn groes iddo. Gan ei fod ris yn uwch na mi gwyddwn pa mor bell i fynd — digon pell i'w gynhyrfu ond dim digon i roi cyfle iddo ddwyn cyhuddiad yn fy erbyn. Gwyddwn yn iawn mai dyna'r cyfle a ddisgwyliai. Disgwyliwn innau am gyfle hefyd ond un hollol wahanol!

Un diwrnod a phawb o amgylch y bwrdd cinio, meddai rhywun:

"Where's young Graham then? I haven't seen him for a couple of days."

He's gone to attend a Commissioning Board," meddai'r Squadron Leader, "but he's wasting his time."

"Commissioning Board?"

"Yes. He's only a Short Service Officer. He wants a Permanent Commission but he's going to be disappointed I fear."

"Oh? Why is that then? I should have thought that he was just the type they are looking for — smart young man, keen and an Engineering graduate.

"Engineering graduate my back-side! Three years in a University and he thinks he knows everything. Experience is what counts with me not bits of paper. I make it a point never to recommend people with degrees for Permanent Commissions. I much prefer to recommend ex-Non-Commissioned Officers who've come up the hard way."

"Really! Why is that?"

"Because they're used to doing what they're told, that's why! What's more, they've learnt from experience and owe everything to the Service!"

"Nobody is going to quarrel with you about the value of experience, but tell me why young Graham is not going to get a Permanent Commission."

"Because I haven't recommended him, that's why. On the contrary I've given him an adverse report."

Edrychodd pawb ar ei gilydd a meddai rhywun:

"Don't you think you might have ruined a young man's career?"

"To hell with his career! What's that to me? I'm only con- cerned with the good of the Service. I'm not fooled by bits of paper from Universities if others are. It's discipline and loyalty we need in the Air Force."

Roeddwn yn teimlo'n rhy flin i yngan gair oherwydd roedd arnaf ofn pe dechreuwn yr awn yn rhy bell ond tyngais lw y dialwn ar y cythraul pe cawn y cyfle.

* * *

Rhyw dri mis yn ddiweddarach daeth y newydd fod y *Squadron Leader* yn ymadael i lenwi swydd mewn gwersyll yn Swydd Efrog o bob man. Roedd yn wên i gyd ac yn brolio:

"I let the Postings Branch at Air Ministry know I wasn't prepared to go anywhere except Yorkshire!"

Pan fyddai swyddog yn ymadael â'r gwersyll arferid cynnal cinio mawr yn y *Mess* y noson cyn ei ymadawiad. Byddai pob swyddog yn bresennol, y rhai oedd yn byw allan yn ogystal â'r rhai oedd yn byw i mewn. Byddai'r cinio yn cynnwys rhyw chwech neu saith o gyrsiau a'r gwinoedd priodol i ganlyn pob cwrs a thra byddai'r gwesteion yn gloddesta byddai'r seindorf yn chwarae yn un pen i'r stafell fawr. Byddai llwnc-destunau yn dilyn ei gilydd ond arwr y noson fyddai'r swyddog oedd yn ymadael. Byddai'n rhaid iddo sefyll ar ben y bwrdd ar ddiwedd y cinio a thra byddai'r *Port Wine* yn mynd o law i law disgwylid iddo wneud araith fachog a doniol. Câi bob anogaeth gan y gwesteion a chymeradwyaeth fyddarol ar derfyn ei araith pa mor ddiflas bynnag fyddai.

Daeth noson fawr y *Squadron Leader*. Eisteddai wrth y bwrdd cinio ar ddeheulaw y *Commanding Officer*. Yfwyd llwnc destunau i ddymuno llwyddiant iddo yn ei swydd newydd a dyrchafiad buan i radd *Wing Commander*. Roedd wedi darparu araith ysgrifenedig, un hir ac ôl dipyn o bendroni arni. Roedd hi'n frith o ymadroddion megis *"the honour of the Service"*, *"the Royal Air Force is in the front line. We don't need the Navy any more nor the Pongos!"* — cymeradwyaeth byddarol! *"With our 'V Bomber Force' we can pulverize the Russkies!"* Sylwadau wrth fodd ei wrandawyr, ond — llwyddodd hefyd i orffen gyda stori ddigri a chan ei bod braidd yn amrwd eisteddodd i lawr i fonllefau o gymeradwyaeth. Llwyddiant ysgubol!

Ar ôl y *Port Wine*, y Brandi a'r sigarets ac ar ôl i nodau olaf yr Anthem Genedlaethol dewi symudodd pawb o'r ystafell fwyta i'r bar i orffen y dathlu.

Safai'r *Commanding Officer* ac arwr y noson ysgwydd wrth ysgwydd am awr neu ychwaneg yn yfed a chyfnewid llongyfarchiadau a gweniaith tra safai'r swyddogion eraill o amgylch yn yfed ac ymgomio ac yn disgwyl am ymadawiad y *Commanding Officer* oherwydd ni allai neb fynd nes iddo ef adael.

O'r diwedd aeth y 'dyn mawr' a dechreuodd y bar wagio. Cyn hir nid oedd ond y swyddogion oedd yn byw i mewn ar ôl. O dipyn i beth aethant hwythau hefyd fesul un a dau.

Daliai'r *Squadron Leader* i yfed. Ni thynnais fy llygaid oddi arno. Dechreuodd fy nghalon guro'n ysgafn. Erbyn hyn roedd yr amser yn nesáu at hanner nos, amser cau y bar. Pwy tybed fyddai'r olaf i adael? Y *Squadron Leader*? Roeddwn yn benderfynol o aros cyhyd ag y byddai ef yno. Onid oedd yn mynd i ffwrdd pen bore drannoeth i ddal yr awyren oedd i'w gludo o'm cyrraedd, hwyrach am byth?

Gwyliais y swyddogion yn cychwyn am eu stafelloedd, y naill ar ôl y llall ac fel y gwagiai'r bar cyflymai curiad fy nghalon. A oedd y cyfle hir-ddisgwyliedig wrth law? Oedd!

Pan gaewyd y bar am hanner nos nid oedd ond dau ohonom ar ôl — y *Squadron Leader* a minnau!

"Trouble with today's Air Force," meddai fy nghydymaith *"is that the Officers can't take their drink any more. During the war we used to drink all night and be on parade the following morning at six o'clock!"*

"Don't I know it," meddwn, *"men were men in those days. They could drink and fight and never knew when they'd had enough!"*

"Drink and fight! What do you know about drinking and fighting?"

"Probably not as much as you but I've never turned down a challenge."

"No? Right then! Let's go behind the bar and I'll drink you under the table!"

"Alright. Let's go!"

I ffwrdd â ni.

Sais o'r enw George oedd y barman. Roedd wedi cymryd rhan yn y Rhyfel Byd Cyntaf a thra'n gwasanaethu ar y Rhein ar ôl diwedd y rhyfel roedd wedi priodi Almaenes. Ar ôl ymddeol roedd ef a'i wraig wedi dychwelyd i'r Almaen. Brodor o Sir Gaerhirfryn ydoedd a braidd yn siaradus, yn enwedig os byddai wedi bod yn llymeitian. Ei brif destun bob amser oedd y Rhyfel Byd Cyntaf.

"Whisky, George!" meddai'r *Squadron Leader* *"and never mind measuring it. Just pour it into the glasses!"*

"Is that an order, sir?"

"Yes, that's an order, so let's have it, quick!"

"As an old soldier, sir, I'm used to orders."

"Well, if you're used to orders, hold your tongue and let's have the drink."

"Yes, sir!"

Estynnodd tua hanner gwydriad o wisgi i ni bob un.

"Right!" meddai'r *Squadron Leader, "let's see you downing that!"*

"After you!"

Dyna ddechrau yfed. Roedd George wedi arllwys wisgi iddo'i hun hefyd ac wedi iddo danio sigarèt dechreuodd ar ei hoff destun:

"Eh-up!" meddai, *"when I was in trenches in't last was there were an officer . . ."*

"What do you mean 'last war'?" meddai'r *Squadron Leader "you weren't in the last war. You were too bloody old and decrepit!"*

"I mean the Great War," meddai George *"well, this 'ere officer, he were dead scared of shells. Whenever a shell came over . . ."*

"Shut up!" meddai'r *Squadron Leader "I don't want to hear about you or you're bloody Great War. What do you know about it anyway? You bloody old has-been!"*

"Well," meddwn *"Let's put it this way. George was there. You were not. It therefore follows that he knows more about it than you do."*

Rhoes ei wydr i lawr a throi tuag ataf:

"You!" meddai, *"I've been waiting for you! Drinking and fighting you said. Do you think I asked you here to drink with me? You bloody Welshman, I've got you at last!"*

Caeodd ei ddyrnau.

"That's where you're wrong!" meddwn, *"I've been waiting for you and I've been waiting a long time!"*

Cyn iddo wybod beth oedd wedi digwydd roedd wedi teimlo fy nyrnau o dan ei asennau ac roedd yn ei ddyblau ar lawr.

Ceisiodd godi ond roeddwn yn plygu drosto.

"Stay where you are!" meddwn. *"Unless you want more. That's for your treatment of young Graham amongst other things."*

"Court Martial!" meddai *"Court Martial! I'll have you kicked out of the Service! Assaulting a superior officer! George! You're a witness!"*

Edrychai yr hen George a'i geg yn llydan agored.

"George," meddwn, *"did you see anything?"*

Edrychodd George arnaf am ysbaid hir. Yna, lledodd gwên dros ei wyneb:

"No, sir. I didn't see nowt!"

"Of course you didn't. Lock up, George. Leave the clearing up till the morning and go to your room."

"Yes, sir."

Agorais y drws. Cydiais yn y *Squadron Leader* a'i luchio allan i'r coridor.

"Go and get the Duty Officer!" meddwn *"and tell him what's happened. At the same time explain why you were drinking in the bar after closing hours!"*

Cyn gynted ag y clodd George y bar euthum ag ef i'w stafell, yna euthum i fy ngwely yn hapus dros ben!

Bore drannoeth pan euthum am frecwast roedd y *Squadron Leader* eisoes wedi cychwyn am y Maes Awyr i ddal yr awyren oedd i'w gludo i'w swydd newydd yn ei annwyl Swydd Efrog.

"Mae'r cythraul wedi mynd o'r diwedd, diolch byth," meddai *Flying Officer* Graham.

"Gobeithio dy fod ti wedi codi'n gynnar i ffarwelio'n gynnes â fo," meddwn.

"Dim diawch o berygl" oedd ei ateb, "roedd yn ofid i nghalon i neithiwr ei weld o'n cael y fath gymeradwyaeth ar ôl ei araith ddi-chwaeth. Byddai rhywun yn meddwl mai fo oedd y dyn mwyaf poblogaidd yn y gwersyll."

"Mi fyddai'n well gen ti hwyrach ei weld o'n gadael dan gwmwl?"

"Fyddwn i'n gofidio dim am hynny! Fyddet tithau ddim chwaith pe baet ti wedi gorfod dioddef cymaint odditano ac y bu'n rhaid imi."

"O, felly! Wel, os ydy'r wybodaeth yn gysur iti, mi fedra i ddweud wrthot ti fod ei ymadawiad wedi bod yn un trist iawn iddo."

"Trist?"

"Ia, trist a chwerw iawn hefyd."

"Sut hynny?"

"Paid â gofyn am y manylion. Yn hytrach, cred fi a chymer gysur — ni ddaw noson olaf y *Squadron Leader* yn y gwersyll yma ag atgofion melys iddo, ddim tra bydd o byw!"

Dipyn o Fraw!

Un min nos yn y flwyddyn 1960 a minnau yn digwydd bod yn *Duty Officer* cefais alwad ffôn o'r Uned, oddi wrth un o'r swyddogion:

"I think you had better come over right away!"

"Why? Anything unusual happening?"

"Yes, rather."

"I'll be over right away!"

Pan gyrhaeddais yr Uned gofynnais:

"Wel, beth sydd?"

"Edrychwch!"

Edrychais ar sgrîn yr offer radar. Roedd yn sgrîn fawr yn adlewyrchu llun o'r awyr am bellter o tua wyth cant o filltiroedd mewn cylch i bob cyfeiriad, ac arno fel smotyn bach o oleuni ymddangosai pob awyren oedd yn hedfan. Newidiai'r llun bob hanner munud ac o ganlyniad, gyda chymorth cyfrifiadur gellid darganfod cyfeiriad yr awyrennau yn ogystal â'u cyflymdra.

"Ai dyna sydd yn eich poeni chi?" gofynnais gan gyfeirio at nifer fawr o smotiau o oleuni yn dod o gyfeiriad y dwyrain.

"Ia. Welais i erioed gymaint efo'i gilydd."

"Ers faint ydach chi'n eu gwylio nhw?"

"Ers tua hanner awr."

"Ble roedden nhw pan ddaru chi sylwi arnyn nhw gynta'?"

"Newydd groesi'r ffin o Rwsia i Wlad Pwyl."

"Maen nhw rywle i'r de-orllewin i Warsaw rwan."

"Ydyn, ac yn dal i ddod ar yr un uchder a'r un cyflymdra."

"Pa mor uchel ydyn nhw?"

"Tri deg mil o droedfeddi."

"A'r cyflymdra?"

"Rhyw bedwar can milltir yr awr."

"Pa awyrennau ydyn nhw yn eich tyb chi?"

"*Bear* mae'n siŵr gen i."

"Dyna 'marn innau hefyd ac, os felly, ymarfer amddiffyn-feydd Gwlad Pwyl maen nhw."

"Os ydyn nhw'n gwneud hynny peth od na fydden ni'n gweld awyrennau Gwlad Pwyl yn gwneud ffug-ymosodiadau arnyn nhw."

"Ia, mae hynny yn od iawn. Ond hwyrach mai rhoi prawf ar offer radar y Pwyliaid maen nhw."

"Mae hynny yn bosibl, ond pam maen nhw'n defnyddio cymaint o awyrennau i wneud hynny? Byddai hanner dwsin yn hen ddigon."

"Byddai mae'n siŵr. Ond dwedwch, beth ydach chi'n feddwl ydi'u pwrpas nhw?"

"Fedra' i yn fy myw â dyfalu! Welais i erioed gymaint o awyrennau teip *'Bear'* efo'i gilydd o'r blaen. Mae'r nifer yma yn cynrychioli dros hanner y cyfanswm sydd ganddyn nhw!"

"Mae hynny'n wir. Arhoswn ni nes byddan nhw wedi croesi'r ffin i Ddwyrain yr Almaen. Gawn ni weld beth a ddigwydd wedyn. Mi fydda' i'n synnu os na welwn ni awyrennau yn codi i wneud ffug-ymosodiadau arnyn nhw. Petaen ni'n gwrando ar *VHF* caem glywed y peilotiaid yn siarad:

"Da sind sie! Da sind sie! Rote Sterne zehn tausend meter — Geschwindigkeit sechshundértfun funfzig! Ich greife an!"

(Dyma nhw! Dyma nhw! Sêr cochion — uchder deng mil metr — cyflymdra chwe chan cilometr! Rwyf yn ymosod!)

"Gobeithio."

"Gobeithio'n wir! Beth sydd yn bod arnoch chi? Oes arnoch chi ofn? Dydach chi erioed yn meddwl fod rhain yn mynd i ymosod ar y Gorllewin?"

"Dwn i ddim beth i feddwl yn wir. Ond beth bynnag sydd yn mynd i ddigwŷdd mi fydd o'n rhywbeth anghyffredin iawn!"

"Wel, wna' i ddim dadla' efo chi."

Eisteddasom a gwylio'r sgrîn. Dal i symud ymlaen tua'r gorllewin wnâi'r smotiau bach o oleuni. Gan fod y llun yn newid bob hanner munud nid oedd eu symudiadau yn wastad a chyson ond yn hytrach fel cyfres o lamau, yn union petaem yn gwylio haid o chwain bychain. Ond chwain a oedd yn meddu ar golynnau digon grymus i ddinistrio dinasoedd cyfan oedd y rhain!

Wfftiais y fath syniad a dweud:

"Rydw i'n mynd yn ôl i'r *Mess*," dywedais, "rhowch alwad imi os digwydd rhywbeth allan o'r cyffredin."

"Cyn ichi fynd ydach chi ddim yn meddwl y dylen ni alw'r Pennaeth?"

"I beth sydd isio galw hwnnw? Ŵyr hwnnw ddim mwy na ninnau am beth sydd yn digwydd nac yn agos gymaint hyd yn oed. Os ydach chi mor bryderus â hynny, Cartwright ydy'r dyn i'w alw."

"Mae o wedi mynd i lwrdd."

"O? I ble?"

I GCHQ. Fydd o ddim yn ei ôl am ddiwau.

"Beth bynnag a wnewch chi, peidiwch â galw'r *Wing Commander!* Y fi ydy'r *Duty Officer* ac mi gymeraf y cyfrifoldeb am beidio â'i alw."

"O'r gorau, ond os deil rhain ar y cwrs maen nhw'n hedfan rŵan am hanner awr arall, mi fydda' i'n mynnu eich bod chi yn cymryd fy nyletswydd i drosodd!"

"Â phleser!" A ffwrdd â mi.

Hanner awr yn ddiweddarach, a minnau yng nghanol gêm o snwcer daeth llais:

"Duty Officer . . . Unit wanted on the phone!"

Gydag ochenaid gadewais y bwrdd snwcer a mynd at y ffôn:

"Beth sydd rŵan?"

"Rydw i'n meddwl y byddai'n well ichi ddod drosodd ar unwaith!" Doedd ei lais ddim ymhell o fod yn wich! Beth oedd yn digwydd tybed?"

Cyrhaeddais yr Uned a gofyn:

"Wel? Ydy'r sefyllfa wedi gwaethygu?"

"Mi ddweda' i un peth! — mae'r dirgelwch wedi dyfnhau!"

"Ym mha ffordd?"

"Wel, edrychwch lle maen nhw! Hanner ffordd ar draws Dwyrain yr Almaen a'r un awyren wedi codi i weld be' maen nhw'n wneud. Dydy peth fel 'na erioed wedi digwydd o'r blaen. Mae'r peth yn hollol anhygoel!"

"Mae o'n anghyffredin iawn rydw i'n fodlon cyfaddef, ond does dim achos ichi boeni o gwbl."

"Dim achos imi boeni — a thros gant o awyrennau gelyniaethus yn hedfan yn syth amdanon ni!?"

"Gelyniaethus?"

"Ia! Gelyniaethus! Awyrennau gelyniaethus ydy awyrennau Rwsia ac mi ddylai aelodau'r Uned yma o bawb wybod hynny."

"Pawb ond y fi hwyrach?"

"Chi sydd yn dweud hynny, nid y fi."

"Ac mi rydw i'n dweud hefyd! Credwch chi fi — does 'na yr un mymryn o berygl oddi wrth yr awyrennau yma. Dim gronyn!"

"Pam eu bod nhw'n hedfan tuag atom ni ynteu?"

"Dydyn nhw ddim."

"Edrychwch! Dydyn nhw ond prin ddau gan milltir o'r ffin! Os dalian nhw ar y cwrs yma am hanner awr arall mi fydden dros Orllewin yr Almaen. Ydach chi'n sylweddoli beth mae hynny yn ei olygu?"

"Ydw yn iawn. Rhyfel. Y Trydydd Rhyfel Byd a thaflegrau yn gwibio drwy'r awyr o'r Gorllewin i'r Dwyrain ac o'r Dwyrain i'r Gorllewin a ninnau'n dau heb wneud ein hewyllys."

"Nid testun sbort ydy rhyfel!"

"Dd'wedsoch chi erioed ddim byd mwy gwir, ond credwch fi wnaiff yr awyrennau yma byth ddechrau rhyfel!"

"Be wnân nhw ar ôl cyrraedd y ffin meddech chi?"

"Troi tua'r gogledd a hedfan tuag at Fôr y Baltig cyn troi tua'r Dwyrain a hedfan yn ôl i'w nythod yn Rwsia. Dyna be' wnân nhw."

"Sut ydach chi mor siŵr?"

"Am y rheswm syml mai defnyddio taflegrau wnâi Rwsia pe bai hi am ymosod a hynny heb unrhyw rybudd o gwbl!"

"Os felly pam maen nhw'n cadw dros ddau gant o awyrennau *'Bear'* ?"

"Ystyriwch am funud, mae Rwsia yn ffinio â gwledydd megis Twrci, Iran, Affganistan a Phacistan, gwledydd ansefydlog gyda llywodraethau hollol anghyfrifol. Ydach chi ddim yn meddwl bod arni hi angen awyrennau confensiynol, hen ffasiwn os mynnwch chi, fel *'Bear'* i gadw trefn ar hyd ei gororau?"

"Hwyrach."

"Mae hi'n eu defnyddio nhw hefyd fel targedau i ymarfer ei hawyrennau amddiffynnol megis y *'Migs'*."

"Edrychwch! Edrychwch! Maen nhw'n troi!"

"Ydyn, tua'r gogledd. Taflwch olwg ar y cyfrifiadur i weld pa mor bell maen nhw oddi wrth y ffin."

Pwysodd nifer o fotymau a dweud:

"Hanner can milltir, fwy neu lai."

"Da iawn. Dyna'r argyfwng drosodd."

"Hwyrach, os na wnan nhw droi i'r gorllewin eto."

"Ydach chi erioed yn meddwl y gwnân nhw hynny?"

"Pwy all ddweud?"

"Rydw i'n gobeithio eich bod chi'n sywleddoli eu bod nhw'n gwybod ein bod ni ac eraill yn eu gwylio nhw ar y sgrîn yma?"

"Ydw, maen nhw'n siŵr o fod yn sylweddoli hynny."

"Felly does gennych chi ddim byd i'w boeni yn ei gylch.

Rydw i'n mynd yn ôl i'r *Mess* rŵan ac rydw i'n gobeithio na cha'
i mo 'ngalw allan eto heno. Rhowch ddinc imi ar ôl iddyn nhw
droi tua'r dwyrain. Nos da!''

* * *

Bore drannoeth anfonwyd brys neges mewn côd drwy
gyfrwng *Telex* arbennig yr Uned i'r Swyddfa Ryfel yn Llundain
a'r Pentagon yn Washington gyda disgrifiad o'r ymarferiad
rhyfeddol a ddigwyddodd y noson cynt, ond ni chawsom unrhyw
esboniad o unman i egluro beth oedd ei bwrpas.

"Beth oedd pwrpas y sioe yna, Mike?" gofynnais.

"Fedra i ddim dychmygu ond roedd o'n eithriadol o brof-
oclyd ond mi ddweda i beth sydd yn fy rhyfeddu i fwyaf."

"Beth ydy hynny?"

"Y diffyg ymateb o du'r Americanwyr."

"Mae hynny wedi peri i minnau grafu 'mhen hefyd. Peth od
iddyn nhw beidio ag anfon awyrennau at y ffin. Fel rheol dydyn
nhw ddim ond yn rhy falch o wneud hynny ac i brofocio i'r
eithaf."

"Ydyn. Mae'u diffyg ymateb neithiwr yn ddirgelwch imi.
Hawdd fyddai i rywun gredu eu bod nhw'n gwybod beth oedd yn
mynd i ddigwydd ac wedi cadw'n ddistaw yn fwriadol i osgoi
unrhyw ddigwyddiad annymunol."

"Mae hynny mor od nes peri imi feddwl bod rhywbeth mawr
wedi digwydd yn rhywle. Y cwestiwn holl-bwysig ydi: beth ac
ymhle?"

* * *

Cafwyd ateb i gwestiwn Mike ym Mharis ymhen ychydig
ddyddiau ar achlysur cyfarfod hir-ddisgwyliedig Eisenhower,
Arlywydd America a Khruschev Prif Weinidog Rwsia ac o flaen
llu o newyddiadurwyr o bron bob gwlad yn y byd. Achlysur
dramatig, achlysur bythgofiadwy oedd hwn.

Yn sydyn a heb unrhyw rybudd gofynnodd Khruschev i
Eisenhower i wadu fod America yn anfon awyrennau arbennig,
rhai yn hedfan yn eithriadol o uchel, dros Rwsia i ysbïo arni.

Gwadodd Eisenhower yn daer a pham lai? Ni wyddai ef fod
y fath beth yn digwydd!

"Os felly," meddai Khruschev, "sut lwyddon ni i saethu un i

lawr dros ganolbarth ein gwlad?"

"Amhosib!" meddai Eisenhower.

"Yr unig ateb a allaf ei roi ichi" meddai Khruschev, "yw hyn: yr ydych un ai'n gelwyddog neu yn hollol aneffeithiol a heb syniad am bolisïau eich gwlad. Os y cyntaf yw'r gwir ni allaf ˉwneud dim â chwi oherwydd pa werth a allaf roi ar eiriau dyn celwyddog! Os yr ail osodiad sydd yn wir onid gwastraff amser fyddai cynnal trafodaethau gydag Arlywydd nad oes ganddo syniad am bolisïau ei wlad ei hun! Felly," a throdd at y newyddiadurwyr, "rwyf yn gobeithio gwnewch chi faddau imi o dan yr amgylchiadau ond mae'r cyfarfod hir-ddisgwyliedig drosodd. Pnawn da!" A cherddodd allan.

Nis gwelwyd erioed y fath beth rhwng arweinyddion dwy wlad! Rhuthrodd pob newyddiadurwr am y ffôn agosaf er mwyn ceisio bod y cyntaf i ryddhau'r stori anhygoel i'r byd!

Beth oedd wedi digwydd mewn gwirionedd? A phryd? Daeth yr ateb i hynny imi mewn amrantiad y diwrnod cyn yr ymarferiad rhyfeddol gan awyrennau Rwsia dros Wlad Pwyl a Dwyrain yr Almaen. Ond beth oedd wedi digwydd? Daeth yr ateb i'r cwestiwn hwnnw i'r amlwg hefyd a hynny o fewn ychydig ddyddiau.

Ymddengys bod America wedi adeiladu awyren arbennig iawn ar gyfer ysbïo, un a allai hedfan ar uchder o dros saith deg mil o droedfeddi ac a oedd felly tu hwnt i gyrraedd unrhyw awyren a feddai Rwsia. Enw'r awyren arbennig oedd — yr *U2*! Nid oedd ynddi ond un dyn, sef y peiloi Dyn ifanc yn derbyn cyflog eithriadol o uchel oedd hwn, ac nid rhyfedd oherwydd roedd i gyflawni hunan laddiad pe bai unrhyw berygl iddo syrthio i ddwylo'r Rwsiaid! Chwarae teg! Onid yw dyn sydd yn gweithio ar delerau mor enbyd yn haeddu cyflog mawr!? Onid yw yn debygol o ddweud wrtho'i hun: 'os byr bydd fy mywyd bydded fan leiaf felys'?"

O Brydain yr hedfanai'r awyren ond digon prin fod Macmillan, y Prif Weinidog yn gwybod am ei bodolaeth mwy na wyddai Eisenhower druan. Hedfanai'n uchel dros Sgandinafia, yna ar draws Rwsia dros lefydd a oedd o ddiddordeb neilltuol i'r hebogiaid yn y Pentagon a glaniai'n ddirgel ym Mhacistan. Ar ôl ychydig o seibiant i'r peilot a gwasanaeth angenrheidiol i'r awyren ac yn bwysicach na dim, ar ôl newid y ffilmiau yn y camerâu dychwelai i Brydain gan gyflawni dyletswyddau dirgel ar ei ffordd yn ôl yr un modd.

Ni wyddys am ba hyd y bu hyn yn digwydd ond o'r diwedd canfu'r Rwsiaid. Yn anffodus nid oedd ganddynt awyren a allai gyrraedd yr uchder angenrheidiol i ddelio â'r *U.2.* Felly aethant ati i adeiladu taflegryn i ymgymryd â'r gwaith. O'r diwedd cawsent lwyddiant a saethwyd yr awyren i lawr dros ganolbarth Rwsia ac i ychwanegu at y llwyddiant cawsant afael ar y peilot yn fyw a bron yn ddianaf. Ei enw? Garry Powers!

Roedd Garry druan wedi bod yn eithaf bodlon derbyn un rhan o'i gytundeb, sef y cyflog, ond profodd yn anfodlon i dderbyn y rhan arall, sef cyflawni hunanladdiad i rwystro'r Rwsiaid rhag cael eu dwylo arno a'i groesholi. Hir a thost fu'r ddadl ymysg peilotiaid yr *R.A.F.* ynghylch ymddygiad Garry — rhai yn berffaith sicr ac argyhoeddedig o'u dyletswydd o dan y fath amgylchiadau ac eraill heb fod mor bendant.

Bu Khruschev yn gyfrwys iawn. Onid gwerinwr o'r Iwcrain ydoedd ac felly yn debyg iawn i Gardi!? Gwyddai'n iawn fod Garry Powers ym Mosco yn cael ei groesholi pan gyfarfu ag Eisenhower ym Mharis, ond ni chymerodd arno wybod.

Cadwodd ei gyfrinach am ddyddiau a gadael cynrychiolwyr yr Unol Daleithiau i wadu, rhaffu celwyddau a'i gyhuddo o ymledu propaganda cywilyddus yn erbyn *'the Land of the Free and Home of the Brave'!* Gwnaethai ensyniadau am y wlad oedd yn ymgorfforiad o bob rhinwedd, y wlad gyda'r gymdeithas fwyaf agored yn y byd a lle nad oedd dim yn cael ei gelu! Dychmygwch yr hwyl a gafodd Khruschev wrth wrando ar gwynion yr Americanwyr ac ar eu protestiadau ynglŷn â'u diniweidrwydd.

Ond doedd hynny'n ddim o'i gymharu â'r hwyl a gafodd pan ymddangosodd Garry ym Mosco o flaen llu o newyddiadurwyr tramor a chyfaddef ei holl gamweddau. Dywedodd mai gŵr ifanc tlawd ydoedd, mab i rieni difreintiedig a bod y cyflog mawr a gynigiwyd iddo am ysbïo wedi profi'n drech na'i gydwybod. Cyfaddefodd ei fod wedi ymddwyn yn hollol waradwyddus a'i fod yn wir edifarhaol. Aeth yn ei flaen i ddweud mai ar y gytundrefn gyfalafol ac anghyfiawn oedd yn bodoli yn America roedd y bai am ei gwymp moesol. Mewn gair, ymddygodd fel y gellid disgwyl i filwr cyflogedig ymddwyn, — milwr sydd yn ymladd er budd materol ac nid o argyhoeddiad moesol.

Wrth gwrs, dywedai llawer fod ymddangosiad ac ymddygiad Garry Powers o flaen y newyddiadurwyr ym Mosco yn enghraifft glasurol o ymddygiad dyn oedd wedi dioddef y broses a elwir yn *'brain washing'* ond wnaeth neb geisio dweud nad Garry Powers peilot yr *U2* ydoedd!

* * *

Tybed a yw'r Arlywydd Reagan druan yn yr un sefyllfa heddiw ag Eisenhower yn 1960 yn helynt yr *U2*? Mae'n debyg ei fod yn dweud y gwir wrth wadu gwybodaeth am y troseddau a gyflawnwyd wrth werthu arfau i Iran a throsglwyddo'r arian i'r Contras mileinig sydd yn ceisio dymchwel llywodraeth gyfreithlon Nicaragua. Unwaith eto nid yr Arlywydd sydd yn rheoli polisiau yr Unol Daleithiau ond y *C.I.A.* – carfan o eithafwyr peryglus sydd yn gweithio yn y dirgel ac sydd yn atebol i neb ond iddynt eu hunain.

Tybed a fydd yr achos diweddaraf hwn yn gyfrwng inni weld ym mha wlad y mae'r gwir berygl i heddwch y byd?

Dychwelyd i Brydain

Yn Hydref 1962 fe'm trosglwyddwyd o'r Almaen i Suffolk fel *Intelligence Officer H.Q. No. 11 Group.*

Roedd Prydain wedi ei gweddnewid ers pan euthum i'r Almaen yn 1958. Prin yr adwaenwn y wlad. Un peth trawiadol a ddigwyddasai oedd y ffaith fod y Saeson wedi darganfod 'rhyw'! Nid yn unig eu bod wedi ei ddarganfod ond wedi'i gofleidio a'i wneud yn brif nod eu bywyd. Nid oedd modd ei osgoi yn unman — ar y radio, ar y teledu, yn y sinemâu, mewn papurau newydd — yn y Sioe Foduron hyd yn oed. Dywedodd un gohebydd am y moduron newydd:

"This year's new models are more sexy than ever!"

Mae'n debyg fod cyhoeddi *Lady Chatterly's Lover* wedi hybu diddordeb mewn rhyw i raddau nas gwelwyd ym Mhrydain er pan ddychwelodd Iago'r Ail i'r orsedd yn niwedd yr ail ganrif ar bymtheg. Prin y gallai unrhyw awdur gyhoeddi llyfr os na fyddai'n frith o weithredoedd rhywiol. Rhoes y gwyddonwyr cymdeithasol yr enw 'Chwyldro Rhywiol' ar y digwyddiad. Beth tybed a achosodd y fath chwyldro? Tybed ai'r hysbysebion ar y teledu masnachol a'i achosodd? Nid oedd unrhyw amheuaeth nad oedd yr hysbysebion yn defnyddio rhyw i ddylanwadu ar y cyhoedd i brynu drwy awgrymu bod meddu'r nwyddau dymunol a ymddangosai ar y sgrîn yn ychwanegu at eu hatyniadau rhywiol. Ai elwa yn unig oedd wrth wraidd y 'chwyldro', ynteu a oedd achos arall yn gyfrifol? Ansicrwydd yn deillio o'r Rhyfel Oer rhwng y Gorllewin a'r Dwyrain a bygythiad y bom niwcliar hwyrach?

Ysgrifennais at Mike yn gofyn am ei farn. Dywedodd mai polisïau gwleidyddol y Torïaid oedd yn gyfrifol! Eu bwriad, meddai oedd tynnu sylw'r cyhoedd oddi wrth y sefyllfa wleidyddol a'i chael i ymddiddori mewn pethau hollol arwynebol!

Os oedd Mike yn iawn bu'n rhaid i'r Torïaid dalu'n ddrud am eu ffolineb! Bu'n rhaid iddynt ddioddef y gwarth mwyaf cywilyddus i unrhyw blaid o fewn cof dyn. Wedi iddo wadu'r cyhuddiad yn Nhŷ'r Cyffredin bu'n rhaid i John Profumo, y

Gweinidog Rhyfel gyfaddef iddo gael cyfathrach rywiol â merch ifanc o'r enw Christine Keeler a oedd hefyd yn rhannu'i gwely â diplomatydd yn Llysgenhadaeth Rwsia, sef y *Commander* Antonov!

Ysgytwyd y Sefydliad i'w sylfaen! Pan ddaeth y manylion i'r amlwg prin bod neb amlwg yn y deyrnas allan o gyrraedd y gwaradwydd a'r sgandal. Roedd y pethau a ddigwyddodd yn Llundain yn llawer gwaeth na dim a ddigwyddodd yn *Lady Chatterly's Lover.* Yn wir, roedd y llyfr hwnnw yn batrwm o ddiniweidrwydd mewn cymhariaeth. Ni chafodd y cyhoedd erioed y fath hwyl wrth ddarllen am ymddygiad cywilyddus eu "gwell" na'r papurau newydd erioed y fath elw wrth ddisgrifio'r gweithgareddau yn fanwl-gywir. Roedd darllen am arglwyddi ac arglwyddesau yn cymryd rhan mewn cyfeddach noeth yn ddiddanwch pur i'r bobl gyffredin!

Mor eithafol oedd y sefyllfa nes peri i'r *Times* sydd, fel rheol, uwchlaw'r fath gyffredinrwydd, gyhoeddi erthygl yn dwyn y pennawd *"It is a moral issue!"*

Dyna ergyd wedi'i anelu at sylfaen y gymdeithas. Roedd yn rhaid i'r Prif Weinidog Macmillan gynnal ymchwiliad. Beth yw pwrpas ymchwiliad? Gwyngalchu meddai rhai; taflu llwch i lygaid y cyhoedd meddai eraill; treiddio at y gwir meddai awdur yr ymchwiliad. Ond pwy sydd i lywyddu dros ymchwiliad o'r fath a chyhoeddi'r canlyniadau? Pwy ond y gŵr fydd debycaf o gyhoeddi canlyniadau ffafriol? Dyna sinig meddai'r darllenydd! Beth a atebaf? Yr wyf yr hyn a greodd amgylchiadau fi.

Dywed fy mrawd. 'Os bydd rhyfel niwcliar rywbryd gobeithiaf na leddir unrhyw anifail nac unrhyw frodor yn y Trydydd Byd.' Rwyf yn cydweld ag ef yn hollol. Sut mae'n bosibl i unryw un sydd â'i ddau lygad yn llydan agored beidio bod yn sinig yn y byd sydd ohoni?

Ond i ddychwelyd at yr ymchwiliad. Pwy a ddewisodd Macmillan ond y Barnwr . . . . . ? Pwy a allai gael yn well? Ac onid yw'r gŵr mawr hwnnw wedi cael gyrfa ddisglair o'r diwrnod y rhoddwyd arno'r fath gyfrifoldeb?

Beth oedd canlyniad yr ymchwiliad trylwyr? Os oedd rhai yn disgwyl canlyniadau dramatig gyda phennau yn disgyn ar bob llaw, cawsant ei siomi. O na, nid oedd dim byd difrifol iawn wedi digwydd. Chwant y cnawd oedd wrth wraidd y cyfan! Ac onid yw hynny'r peth mwyaf naturiol sy'n bod ac yn beth y gellid ei faddau oherwydd oni fyddai pawb wedi pechu'n yr un modd pe caent y cyfle? Wrth gwrs! *Errare est humanum!*

Dyna wledd a gafodd y cyhoedd wrth ddarllen canlyniadau ymchwiliad y Barnwr dysgedig a diduedd! Dyna enwau a ddaeth i'r amlwg! Quintin Hogg — Lord Hailsham heddiw wrth gwrs, — Reginald Maudlein, gweinidog yn y llywodraeth, Ian McLeod, gweinidog arall yn y llywodraeth, Lord Hare — cyn-weinidog yn y Swyddfa Ryfel, yr Arglwydd a'r Arglwyddes Astor a Mandy Rice Davies.

Os gall rhywun sôn am arwr neu arwres mewn achos mor ffiaidd, yna Mandy oedd honno. Drwy gydol yr ymchwiliad ac yna'r llys barn lle bu'n rhaid iddi ymddangos ymddygodd fel tywysoges. Nid oedd ond dwy-ar-bymtheg oed, ac eto roedd mor osgeiddig ag alarch, mor hardd â rhosyn yr haf ac mor ddigywilydd â phlentyn. Pan wadodd yr Arglwydd Astor iddo gael cyfathrach rywiol â hi atebodd yn ddiflewyn ar dafod: *"he would say that wouldn't he?"* Mandy oedd arwres 'Sgandal Profumo' a ffefryn y cyhoedd.

Darllenais ei hunangofiant ychydig fisoedd yn ôl. Medraf ei gymeradwyo yn ddiffuant. Nid yw yn datgelu'r cyfan o bell ffordd ond serch hynny mae'n werth ei ddarllen ac os mai Mandy ei hun a'i sgrifennodd mae'n meddu ar gryn ddawn lenyddol. Ymhlith pethau eraill, meddai hi: "Fe'm disgrifiwyd yn rhai o'r papurau newydd fel hoeden fach gyffredin. Ni wnaeth neb erioed y fath gamgymeriad! Nid oes dim yn gyffredin ynof fi oherwydd mae gwaed tywysogion Cymru yn byrlymu yn fy ngwythiennau. Gallaf olrhain fy achau yn ôl at Rhys ap Tewdwr, Tywysog y Deuheubarth. Mae hynny gryn dipyn pellach yn ôl ac yn dipyn mwy gogoneddus na dim all yr Arglwydd Astor ei arddel! Wnes i erioed fy ngwerthu fy hun i neb ond mae hynny tu hwnt i amgyffred perchnogion papurau'r gwter sydd yn ceisio fy nifwyno. Diolch i'r nefoedd fy mod fel fy hynafiaid, yn malio dim am neb!"

Os yw Mandy yn un o ddisgynyddion Rhys ap Tewdwr mae hi felly yn berthynas pell hefyd i Nest ei ferch, y *femme fatale* fwyaf blaenllaw yn hanes y genedl. Roedd hon yn un a gyfathrachodd â brenhinoedd a thywysogion ac yn enwog drwy holl ynys Prydain am ei phrydferthwch a'i swyn.

Ban the Bomb!
Keep the Bomb!

Pwnc trafod mawr y chwedegau oedd y bom niwcliar. Roedd y wlad wedi'i rhannu yn ddwy garfan, un yn bloeddio: *'Ban the Bomb!'* a'r llall yn crochlefain: *'Keep the Bomb!'* Digwyddiad mawr y flwyddyn oedd yr orymdaith flynyddol o Aldermaston — gorsaf niwcliar enfawr — i Sgwâr Trafalgar lle traddodid areithiau tanbaid gan gewri megis Michael Foot, y gwleidydd o egwyddor diysgog a Bertrand Russell yr athronydd byd enwog.

Gorymdeithiai ugeiniau o filoedd o bobl yn wŷr, yn wragedd, yn blant a hyd yn oed yn fabanod. Gwelais hwy ar y teledu a rhyfeddu at yr olygfa. Edrychai pob un mor hapus, fel pe bai yno i'w fwynhau ei hun ac nid i brotestio yn erbyn arfau dieflig oedd yn bygwth dinistrio'r byd. Ni allwn ond gofyn i mi fy hun pa mor ddwfn oedd eu hargyhoeddiad a pha mor fodlon oeddent i ddyfalbarhau.

Cafodd fy amheuon eu cyfiawnhau erbyn diwedd y chwedegau. Daeth yr orymdaith o Aldermaston i Sgwâr Trafalgar i ben. Carcharwyd Bertrand Russell, tewodd Michael Foot, ac ni chlywyd mwyach y floedd: *'Ban the bomb!'* Serch hynny roedd y bom yno o hyd ac yn cael ei chludo o amgylch y byd yn awyrennau B52 *Strategic Air Command* yr Unol Daleithiau. Os nad oes arwydd o lwyddiant ar y gorwel buan iawn y mae'r mwyafrif o brotestwyr yn blino gan adael dim ond dyrnaid o'r argyhoeddedig ar ôl!

Cefais innau fy rhan yn y protestiadau ond ddim ar yr ochr y dymunwn fod arni.

Roeddwn yn gwasanaethu yn ymyl Ipswich pan gefais orchymyn ynghyd â channoedd o aelodau eraill o'r Llu Awyr i fynd ar unwaith i Faes Awyr Weathersfield lle roedd nifer o awyrennau Llu Awyr America wedi'u lleoli. O'r fan honno roeddent yn hedfan yn ddyddiol hyd at ffin Rwsia.

Roedd yr awdurdodau wedi cael gwybodaeth bod protestwyr C.N.D. yn bwriadu torri i mewn i'r Maes Awyr a gorwedd ar lawr i rwystro'r awyrennau rhag hedfan.

Aethpwyd â ni mewn lorïau i'r gwersyll cyn y wawr a'n gosod o'i amgylch ar y tu mewn i'r wifren bigog i rwystro neb rhag torri i mewn.

Yno y buom am orïau maith heb weld yr un adyn byw. Roedd yr Americaniaid wedi'u cyfyngu i'w barics i rwystro unrhyw berygl o wrthdaro rhyngddynt a'r protestwyr. Roedd yr Heddlu wedi ymgymeryd â'r cyfrifoldeb o warchod y brif fynedfa ac roedd nifer fawr ohonynt yno o dan arweiniad swyddog uchel.

Tua hanner dydd cyrhaeddodd y protestwyr ond yn lle ceisio torri i mewn i'r gwersyll ac ymyrryd â'r awyrennau y cyfan a wnaethant oedd eistedd ar y ffordd o flaen y fynedfa a throsglwyddo llythyr i'r awdurdodau Americanaidd i egluro iddynt pam yr oeddent yn protestio. Roedd rhai cannoedd ohonynt yn bresennol, y mwyafrif ohonynt yn wragedd — rhai â phlant a hyd yn oed fabanod yn eu breichiau.

Ar ôl trosglwyddo'r llythyr protest i bennaeth yr Heddlu eisteddodd pob un ar y ffordd.

Galwodd pennaeth yr Heddlu arnynt drwy fegaffon i godi a mynd ymaith. Daliodd y protestwyr i eistedd a dechrau canu.

Aeth y plismyn atynt i geisio'u llusgo o'r ffordd. Ni cheisiodd neb eu rhwystro, ond yn hytrach gadawyd i'r heddlu eu llusgo o'r ffordd a'u bwrw o'r neilltu, yna cododd pob un a dychwelyd i'r ffordd ac eistedd drachefn. Ar hynny dechreuodd y plismyn gipio unigolion o'r dyrfa a'u lluchio yn ddiseremoni i lorïau oedd yn sefyll gerllaw. Aeth hyn ymlaen am awr neu chwaneg ond gan nad oedd digon o lorïau yno ni lwyddwyd i gludo ymaith ond cyfran fechan o'r dorf.

Newidiodd yr heddlu eu tactegau. Dechreuasant guro'r bobl â'u dyrnau. Safwn innau yno yn eu gwylio a'm gwaed yn berwi ond yn hollol analluog i wneud dim er cymaint oedd fy awydd i ymyrryd. Ond roedd llawer gwaeth i ddod.

Glaniodd hofrennydd gerllaw ac ohonni cerddodd neb llai na'r gweinidog yn y Cabinet oedd yn gyfrifol am y Llu Awyr. Erbyn heddiw nid wyf yn hollol sicr pwy ydoedd, un ai Hugh Fraser neu Julian Amery. Ar ôl iddo ymgynghori â phennaeth yr Heddlu dychwelodd at yr hofrennydd a rhoi gorchymyn i'r peilot.

Gwelais yr hofrennydd yn codi i uchder o ddau gan troedfedd, troi ac yna hedfan ar hyd y cae nes cyrraedd pen pellaf y rhes o brotestwyr. Disgynnodd yn araf wedyn nes oedd yn hofran ddeg troedfedd ar hugain uwchben y bobl. Yna hedfannodd uwch eu pennau ar hyd y rhes gyda'i pheiriannau'n rhuo'n fyddarol a chyda'i llafnau yn troi fel edyn melin wynt mewn tymestl. Os gwelsoch wellt mewn trowynt gallwch ddychmygu beth a ddigwyddodd i'r bobl.

Sgubodd y trowynt hwy i bob cyfeiriad, codwyd dillad y gwragedd dros eu pennau a chipiwyd babanod o'u breichiau. Roedd sgrechiadau'r gwragedd yn ddigon i fferru'r gwaed.

Gerllaw safai'r Gweinidog Cabinet yn gwylio'r drosedd ddifrifol a chreulon oedd yn cael ei chyflawni yn ôl ei orchymyn. Prin y medrwn reoli fy hun.

Hedfanodd yr hofrennydd yn ôl ac ymlaen lawer gwaith dros y bobl ddiniwed ond serch yr holl ddioddefaint daliasant eu tir nes ei bod yn amser dirwyn eu protest i ben. Yna cododd pob un a chychwyn o'r fan gyda'u caneuon protest ar eu gwefusau a'u babanod yn eu breichiau. Mawr oedd fy edmygedd ohonynt!

Dychwelasom ninnau hefyd. Y noson honno meddyliais yn ddwfn am yr hyn a welais, ac edrychais i'r dyfodol gyda braw. Roeddwn wedi gweld plismyn, dynion cyffredin, — y mwyafrif llethol ohonynt yn aelodau o ddosbarth y gweithwyr — yn camdrin pobl ddiniwed, yn ymarfer eu hawl cyfreithiol i brotestio yn erbyn polisïau'r llywodraeth. Yn waeth na hynny bûm yn dyst i weinidog Cabinet yn gorchymyn i drosedd ddifrifol gael eu chyflawni er mwyn ceisio gorfodi'r cyhoedd i dderbyn polisi oedd yn annerbyniol iddynt. Roeddwn wedi gweld gweithredoedd gormesol oedd yn hollol groes i bob egwyddor ddemocrataidd ac nid oeddwn wedi hoffi'r hyn a welswn.

Argyfwng Cuba

Roedd y cyfryngau yn llawn o newyddion cyffrous a bygythiol o Ynys Cuba lle roedd y brodorion o dan arweiniad Fidel Castro, ac ar ôl hir ymladd, wedi llwyddo i ddisodli llywodraeth lygredig Batista a sefydlu cyfundrefn sosialaidd er gwaethaf holl ymdrechion yr Unol Daleithiau i'w rhwystro.

Yn ôl honiadau yr Arlywydd Kennedy roedd Castro wedi rhoi caniatâd i Rwsia osod taflegrau a oedd yn bygwth yr Unol Daleithiau ar yr ynys ac roedd yn gorchymyn iddo eu symud oddi yno yn ddi-oed neu dderbyn y canlyniadau. Ar yr un pryd gorchmynnodd i'w Luoedd Arfog fod yn barod i ymosod.

Daliai'r byd cyfan ei wynt oherwydd gwyddai pawb fod llongau o Rwsia wedi'u llwytho ag arfau yn hwylio i gyfeiriad Hafana dros Gefnfor Iwerydd.

Roedd yr hyn oedd y byd wedi'i ofni ers mwy na degawd ar fin digwydd, sef gwrthdaro rhwng y ddau gawr niwcliar — America a Rwsia!

Rhoes Kennedy orchymyn i'w lynges hwylio i gyfarfod llongau Rwsia a'u gorfodi i droi yn ôl a phe baent yn gwrthod i'w suddo bob un! Nid oedd na thrafodaeth na chyfaddawd gan y Cenhedloedd Unedig na neb arall yn dderbyniol.

Clywais y newyddion brawychus am chwech o'r gloch un min nos. Y cwestiwn mawr oedd: beth a fyddai ymateb Khruschev? Ceisiais roi fy hun yn ei sefyllfa. Y cwestiwn cyntaf y byddai'n rhaid cael ateb iddo oedd: ai twyll oedd bygythiad Kennedy? Os oedd o ddifrif a oedd unrhyw beth y medrai ei wneud i achub ei longau? Gwyddwn mai'r ateb i'r cwestiwn hwnnw oedd — nagoedd! Cwestiwn arall oedd: os suddid ei longau a allai rwystro arweinyddion ei luoedd arfog rhag mynnu dial? Ei ateb fyddai — hwyrach, ond ddim yn hawdd! Cwestiwn arall wedyn: a fyddai'n bosibl dial heb achosi'r Trydydd Rhyfel Byd? A'r ateb — go brin!

Roedd gan arweinydd Rwsia lu o gwestiynau i'w hateb cyn penderfynu beth i'w wneud. Un cwestiwn mawr oedd: 'Pe bawn yn ufuddhau i orchymyn Kennedy a throi fy llongau yn ôl pa effaith gâi hynny ar fy mholisïau mewnol a thramor?'

Ar ôl swper euthum i'r bar a oedd yn llawn swyddogion yn trafod yr argyfwng. Yn groes i'r arfer teyrnasai rhyw ddifrifoldeb anarferol yno, fel petai pawb yn ymwybodol fod heddwch y byd yn y fantol.

Penderfynais yfed hanner potelaid o wisgi a mynd i'm gwely yn gynnar. Os oeddwn ar fin wynebu tragwyddoldeb gwell oedd gennyf wneud hynny yn fy nghwsg!

Ond yn hollol ddiarwybod imi wrth gwrs roedd gan Khruschev nifer o bethau o'i blaid. Roedd eisoes wedi cyfarfod Kennedy ac yn ddi-au wedi'i bwyso a'i fesur a'i gael yn brin. Onid oedd yn werinwr o'r Iwcrain ac mor gyfrwys ag unrhyw gadno? Roedd ganddo hefyd yr 'hot-line' wrth ei benelin, sef y ffôn uniongyrchol o'i swyddfa yn y Kremlin i swyddfa Kennedy yn y Tŷ Gwyn. Eto, yn hollol ddiarwybod i mi wrth gwrs, nid rhwng ei longau masnach a Llynges yr Unol Daleithiau oedd y gwrthdarawiad yn mynd i fod ond rhyngddo ef yn bersonol ar un pen i'r 'hot-line' a Kennedy ar y pen arall. Mewn sefyllfa o'r fath credaf iddo fod yn eithaf hyderus — y cadno a'r ci anwes wyneb yn wyneb!

Pan euthum i'r 'stafell fwyta bore drannoeth roedd yr awyrgylch yn dra gwahanol i'r hyn ydoedd y noson gynt. Yn lle difrifoldeb, teyrnasai llawenydd mawr! Roedd Rwsia wedi ildio a throi yn ôl. Crasfa i Khruschev, buddugoliaeth lwyr i Kennedy! Hwrê! Nid oedd achos i ofni Rwsia byth mwy, roedd ei grym a'i dylanwad ar drai a haul Khruschev ar fachlud!

Yn ystod y dyddiau canlynol roedd y cyfryngau yn llawn o'r fuddugoliaeth a Kennedy yn arwr yr awr.

Ni wyddwn beth i feddwl o'r sefyllfa ond roeddwn yn ddiolchgar dros ben i Khruschev am beidio â rhyfygu heddwch y byd. Yn fy marn i, ef oedd y gwir enillydd a'r ddynolryw oedd wedi elwa o'i benderfyniad doeth. Ofnwn y gosodai'r Gorllewin bwysau annioddefol ar Rwsia o ganlyniad i'w buddugoliaeth ac y byddai hynny'n gorfodi Rwsia i ymateb yn fygythiol. Ofnwn hefyd fod y cydbwysedd rhwng y Gorllewin a'r Dwyrain wedi'i amharu ac y byddai hynny yn fwy peryglus i heddwch na dim oedd wedi digwydd ynghynt.

Ond druan ohonof, ni wyddwn am y castiau oedd gan Khruschev wrth gefn! Ni ddaeth rheini i'r amlwg am tua phythefnos.

* * *

Un diwrnod darllenais yn y papur newydd fod Kennedy a Khruschev yn mynd i gyfarfod yn Fienna i drafod mesurau i leihau y tyndra oedd yn bodoli rhyngddynt. Fienna! Darllenais y gair amryw weithiau gyda fy chwilfrydedd yn cynyddu bob tro. Kennedy yr enillydd yn teithio bob cam i Fienna i gyfarfod y dyn a drechwyd ganddo? Pam nad oedd wedi gorfodi Khruschev i fynd i'r Unol Daleithiau ar ei liniau fel oedd yn weddus i'r sawl oedd wedi'i orchfygu?

Oedd yr hen gadno wedi'i orchfygu? Dechreuais goleddu amheuon am hynny.

Ni ddaeth llawer o newyddion o'r cyfarfod yn Fienna, ond o dipyn i beth cyhoeddwyd fod Rwsia yn symud eu taflegrau o Giwba a bod yr Unol Daleithiau yn symud taflegrau *'Minutemen'* o Dwrci! *Quid pro quo!*

Roedd Kennedy y ci anwes wedi syrthio i'r fagl a osodwyd iddo gan yr hen gadno Khruschev!

* * *

Ychydig yn ddiweddarach, yn rhinwedd fy swydd, cefais y fraint o weld lluniau a dynwyd o'r awyr o'r taflegrau a osodwyd yng Nghiwba. Dychmygwch fy syndod pan sylweddolais mai taflegrau S.A.M. — *surface to air missiles* — oeddent: hynny yw taflegrau amddiffynnol.

Roedd Kennedy wedi dweud celwydd drwy gyhoeddi mai taflegrau ymosodol oeddent a thrwy hynny wedi rhoi heddwch y byd yn y fantol. A phaham? Er mwyn ennill etholiad! Dyma'r dyn oedd pawb wedi'i groesawu fel y Mab Darogan ond erbyn heddiw gwyddom mai ffug-broffwyd ydoedd.

R.A.F. Hornchurch

Un diwrnod ym mis Medi 1963 cefais wybod y byddwn yn symud ymhen tair wythnos i fod yn *Intelligence Officer* yn y *'Bomber Command'* yn Swydd Huntingdon.

Nid oedd yr wybodaeth yn fy mhlesio o gwbl, gan y bwriadwn ymddeol ymhen blwyddyn, felly codais y ffôn a chysylltu â'r Pencadlys.

"H.Q. Bomber Command!"

"Intelligence Officer, please."

"Connecting you . . . !" Yna llais arall:

"I.O!"

"Good morning! I.O. No 11 Group!"

"Good morning to you too! Can I help you?"

"You probably can . . ."

"Fire away, then!"

"I've just been informed that I'm to take over from you in three weeks time."

"About time too! That's the best news I've had since I came here."

"Really! Aren't you happy in your work then?"

"I might be if I could get some leave now and again."

"Don't you?"

"Haven't been away from here for nearly two years."

"Why not?"

"This is a twenty-four-hour job and it's practically impossible to find a stand-in."

"I see. The sort of job you wouldn't recommend to your best friend?"

"You might say that."

"Any other snags?"

"A few . . ."

"Such as . . . ?"

"Anything that goes wrong the I. O. carries the can . . ."

"That is nothing new . . ."

'Perhaps not . . . By the way, are you fond of foreign

travel?"

"Why?"

"Well, if you're coming here you can forget about traipsing around Europe or anywhere else for three years after finishing your stint."

"That's not very funny but thanks for telling me. I feel a tiny germ of an idea starting to take root in my fertile I.O's brain . . ."

"Well feed and water it well! I don't care who relieves me. All I know is they have to find a replacement for me as my time is up."

"Thanks again. You're a real gentleman and the best of luck in future. It seems to me you deserve it . . ."

"I do, and the same to you. Dosfidania!"

"Dosfidania!"

Wedi rhoi'r ffôn i lawr ystyriais beth a wnawn nesaf. Roeddwn yn berffaith sicr o un peth: nid oeddwn yn awyddus o gwbl o fynd i Swydd Huntingdon!

Codais y ffôn drachefn a chysylltu â Phencadlys yr R.A.F. yn Llundain :

"Air Minsitry exchange! Can I help you?"

"Officer Postings, please."

"Connecting you . . ." Yna:

"Officer Postings!"

"Good morning. Flight Lieutenant Jones, I.O. H.Q. No 11 Group!"

"What can I do for you?"

"You've posted me to H.Q. Bomber as I.O."

"Have we?"

"Yes."

"Hang on, I'll get the file . . ." ysbaid o dawelwch, yna:

". . . Got it. What's it about anyway?"

"When you made that posting did you know that I'll be retiring in a year's time?"

"Yes. So what?"

"Well, as you know, I'm an interpreter in Polish and I have been offered a job which will involve regular visits to Poland and of course I don't have to remind you that Poland is behind the Curtain . . ."

Distawrwydd llethol! Yna:

"Are you telling me that you are going to work in Poland?"

"No, only that my work will require my going there now and

again . . ."

Distawrwydd eto! Yna:

"I think you had better put that in writing."

"Certainly, you'll get my letter in two days at the latest."

Wedi imi roi'r ffôn i lawr 'sgrifennais y llythyr. Amgaeais ef mewn dwy amlen. Ar yr un fewnol sgrifennais: *'Priority! Personal and Confidential!"*

Ymhen wythnos cefais wybod nad i Bencadlys *Bomber Command* y byddwn yn symud ond yn hytrach i R.A.F. Hornchurch fel *Officer Commanding!*

Roedd hynny'n swnio'n dda iawn nes imi ddarganfod fod R.A.F. Hornchurch wedi'i gau i lawr ac nad oedd ond rhyw ddwsin o aelodau'r Llu Awyr yno a rhyw hanner cant o ddynion cynnal a chadw (sifil).

"Iawn," meddwn wrthyf fy hun "siawns na chaf fywyd digyffro heb ryw lawer o gyfrifoldeb."

Saif Hornchurch ar gwr dwyreiniol Llundain. Yn ystod y rhyfel roedd y Maes Awyr yn un o'r rhai pwysicaf yn y wlad oherwydd yno lleolid nifer fawr o'r awyrennau oedd yn amddiffyn y brif-ddinas yn erbyn cyrchoedd bomio'r Almaenwyr. Roedd rhai o'r peilotiaid enwocaf wedi esgyn o Hornchurch, yn eu plith, yr arwr mawr Guy Gibson a arweiniodd y cyrch sydd wedi'i anfarwoli yn ymdeithgan y *"Dam Busters"*. Er iddo ddychwelyd yn holliach o'r cyrch hwnnw fe'i lladdwyd dros yr Iseldiroedd ychydig yn ddiweddarach.

Pan gyrhaeddais y gwersyll canfûm fod fy rhagflaenydd eisoes wedi gadael ar ei wyliau terfynol cyn ymddeol. Felly, nid oedd neb yno i drosglwyddo'r gwersyll i'm gofal.

Fel gwersylloedd eraill tebyg iddo yng nghyffiniau Llundain roedd Hornchurch o dan awdurdod *H.Q. Air Minsitry Unit* rhyw ugain milltir i ffwrdd yn Kenley, Surrey.

Codais y ffôn a chysylltu â'r *Group Captain* yn Kenley.

"Good morning sir! Flight Lieutenant Jones, Hornchurch. I'm in situ."

"Jolly good! Welcome to Air Ministry Unit, I'm sure you'll be very happy with us. Everybody else is."

"That's nice to know, sir, but I do have one little problem . . .!"

"What, already? You've only just arrived! What's your problem?"

"There's no-one here to hand over to me."

"Isn't there? Where's Murdoch then?"

"It appears that he's on terminal leave."

"How tiresome! Do you mean to say that we've sent him on leave without handing over to you?"

"It looks like it."

"What a stupid thing to do! But never mind. I'm sure you'll manage."

"I expect I will, sir, but there's the little matter of the exchange of Handing-Over Certificates in accordance with A.M. Standing Orders and what is far more important to me the accounting for inventory deficiencies."

"Oh, I wouldn't worry if I were you. Your predecessor was a sound chap. You won't find anything much wrong."

"You wouldn't consider recalling him from leave for a day or two just to effect the hand-over would you sir?"

"Certainly not! How would you like to be recalled from leave?"

Distawrwydd. Yna:

"I've asked you a question, Flight Lieutenant and when I ask a question I expect an answer! How would you like to be recalled from leave?"

"I would'nt, sir."

"Why should Murdoch be recalled then? Tell me!"

"If you think not, then he shouldn't, sir."

"That's better. That's a far more sensible attitude. Anything else?"

"I don't think so, sir."

"Jolly good! In that case I'll bid you good morning!"

"Thank you, sir!"

Felly'n wir! Sefyllfa od iawn, ond mi wyddwn sut i ddelio â hi. Eisteddais i lawr ac ysgrifennu llythyr at y *Group Captain* i gadarnhau ein sgwrs ar y ffôn a rhoi copi ohonno yn y ffeil.

* * *

Ymhen mis dychwelodd *Flight Lieutenant* Murdoch.

"Ah!" meddwn *"you've come to hand over?"*

"No," meddai, *"I'm a civilian now — since the day before yesterday."*

"But you can't leave without handing over to your successor!"

"I can and that's what I'm doing!"

"That's highly irregular."

"It's what happened to me when I took over and I'm not taking any responsibility for things that have gone missing during the last five years or so."

"So! This heap is a bit of a dog's breakfast is it?"

"You can say that again! You might even call it a pig's trough!"

"Who's to blame for that?"

"The Group Captain at Kenley is the C.O. He's ultimately responsible."

"That explains his attitude on the phone yesterday — the steel mitt in the velvet glove."

"I know what you mean only too well. Watch him! He's as artful as a wagon-load of monkeys. Someone will eventually have to answer for this mess. The Group Captain won't if he can set someone else up. You had better watch that you are not the fall-guy."

"I'll do more than watch! I'll take damned good care that I'm not! I've got a year to go, that's all, and during that year I'm going to box cleverer than I've ever done before."

"Good for you, but don't drop your guard!"

"I won't, but tell me, if you haven't come here to hand over, what have you come for?"

"To give you the keys to that steel safe."

"Ah, yes. I've been wondering about that. What's in it?"

"I don't know."

"What! How long were you here?"

"Just over a year."

"I see, this unit is one of those places where they dump people like you and me who are about to retire and who might have caused their Lordships displeasure as I believe I have?"

"Right."

"You mean to tell me that you have never opened that safe during all the time you've been here?"

"I do."

"Perhaps it's empty?"

"No."

"How do you know if you haven't opened it?"

"Because every quarter, I got a letter from Air Ministry Plans asking me to confirm that certain classified documents are still held. They were referred to by notations and from time to time were accompanied by amendments."

"And what have you done with those letters and amendments?"

"You'll find them in a pink file in the bottom drawer of that desk."

"Good God man! Aren't you lucky you've left the Service?"

"Yes, I expect I am. I was terrified of going near that safe."

"Why didn't you tell the Group Captain?"

"What? Tell him? He would have dropped me right in the cart."

"So you say. I'll have to form my own opinion about that. I could drop you in the cart. All I have to do is pick up this phone and speak to Security at Air Ministry. What's more, it's what I ought to do to clear myself. I've been sitting in this office for a month looking at that safe containing classified documents and leaving it unguarded overnight in an insecure building."

Roeddwn wedi gwylltio'n gacwn! Dyn gwellt oedd hwn!

"I'm sorry," meddai, "I've tried to steel myself to do something about it but I had no faith in the Group Captain. He'd see me go down the river before he'd take any of the blame. What's more, I've never been used to paper-work. I was an Air-Signaller. Classified documents give me the creeps. I expect you're a Staff Officer and used to dealing with them. I'm not!"

Medrwn gydymdeimlo ag ef. Roeddwn wedi cyfarfod digon o swyddogion tebyg iddo.

"Well, this business is going to be cleared up and right away! Don't you worry, I shall do my best not to involve you. If anyone is going to be dropped in the cart over this it will be the Group Captain. He should have carried out periodical inspections of every unit under his command, including this one. There's one thing that is absolutely certain — my head is not going to be on the block!"

"That's fair enough. But what about mine?"

"Nor yours if I can help it. You might as well go now and leave the rest to me."

"I'm sorry about this mess I've landed you in and I'm very grateful to you."

"Never mind that. Let's hope everything is going to be alright. Best of luck to you in your retirement."

Ysgydwodd fy llaw a mynd.

Agorais y *safe* a thynnu dwsin o ffeiliau allan. Roedd yno un goch, rhai gleision a rhai gwyrddion, hynny yw:

Top Secret, Secret a *Confidential.*

Ar y dudalen flaen y ffeil goch darllenais:

Mobilization Plans — R.A.F. Hornchurch.

Brawychais. Prin bod dim byd yn fwy sensitif. Edrychais ar un o'r rhai gleision:

Command and Signals.

Un arall:

Logistics!

Edrychais ar y rhai gwyrddion: manylion cyfrinachol am fywyd preifat gwahanol swyddogion!

Nid oedd ond un gair i ddisgrifio cynnwys y *safe* — ffrwydrol!

Roedd gennyf broblem ar fy nwylo. Sut oeddwn yn mynd i'w datrys?

Rhoddais y ffeiliau yn ôl yn y *safe* a'i chloi, yna eisteddais i lawr a rhoi fy meddwl ar waith. Roedd yn rhaid imi gael cyngor o rywle. Ond o ble?

Adran neilltuol o Heddlu'r Llu Awyr oedd yn gyfrifol am ddiogelwch. Tybed a oeddwn yn adnabod unrhyw aelod o'r Adran? Ni allwn feddwl am neb. A oeddwn yn adnabod unrhyw swyddog oedd yn aelod o'r Heddlu cyffredin? Oeddwn, amryw. A oedd un ohonynt yn gwasanaethu yn y brifddinas? Oedd, yn Hendon. Roeddem ein dau wedi cydweithio yn *No 11 Group* ac wedi bod yn eithaf cyfeillgar. Byddai'n rhaid iddo ef wneud y tro.

Ffoniais Hendon. Nid oedd ar gael. Gofynnnais i'r swyddog a atebodd y ffôn am roi neges iddo.

Ymhen hanner awr canodd y ffôn:

"R.A.F. Hornchurch, Flight Lieutenant Jones speaking."

"Squadron Leader Harrison here. What can I do for you?"

"A lot I hope! You don't remember me?"

"Can't say that I do."

"H.Q. 11 Group Int. Does that ring a bell?"

"Not that wild Welshman?"

"The very same."

"What are you doing in Hornchurch?"

"Penance!"

"What! Have they caught up with you at last?"

"I'm afraid so. It had to happen I suppose . . ."

"And not a moment too soon I would say . . . What can I do for you? Not in trouble with the Police are you or is that a silly question?"

"I admit nothing and reserve my defence, but I could do with a little advice of a confidential nature."

"That sounds bad. Not women is it?"

"No such luck. Security."

"That sounds worse. How can I help?"

"I don't think you can directly but I'm hoping you can put me in touch with someone who can."

"How?"

"Do you know anyone trustworthy in Security? Someone who is willing to listen and if he doesn't like the proposition, forget it?"

"Just a minute, is it a really serious matter?"

"Yes, quite serious but not for me."

"I see. Are you trying to clear up someone else's mess?"

"You've put it in a nutshell."

"I do know a number of people in Security, — might even know the type of chap you are looking for. In fact, he's another wild Welshman, a chap by the name of Roberts . . ."

"Good name Roberts, and do you think you can really recommend him?"

"Yes, I think I can, but whether he is prepared to co-operate is another matter."

"Can you get in touch with him?"

"Oh yes, that's no problem. I can ring him up tomorrow. What do I tell him?"

"Tell him that I would appreciate his advice on a matter of security. Will you?"

"Why not? There's no skin off my nose in telling him that. I've no guilty knowledge, neither am I an accessory before the fact nor after the fact. In other words I'm fireproof. I hope you've got an asbestos suit ready too!"

"I don't need one. Tell Roberts to call rather than phone and that he is welcome just as soon as he cares to come."

"You mean you want him in a hurry?"

"Putting it bluntly, yes."

"Will do. I'll try and get in touch with him before the day is out."

"I hope you know that I am most grateful."

"And so you damned well should be! Let me know in due course how things have worked out."

"I certainly will and thanks again."

"Don't mention it, just part of the service!"

Cymro! Siawns nad oedd gwaredigaeth wrth law!

Ymhen ychydig ddyddiau cefais ymweliad:

"Good afternoon, Flight Lieutenant Roberts, Air Ministry Security."

"Pnawn da! Jones ydy'r enw. Rydach chi'n siarad Cymraeg mae'n siŵr?"

Edrychodd arnaf yn syn am funud, yna meddai gyda gwên:

"Mi ddylwn beth bynnag a minnau'n dwad o Gaernarfon!"

Estynnodd ei law imi.

"'Steddwch i lawr a mi ddweda i wrthoch chi beth sydd yn fy mhoeni i. Ond yn gynta' gadewch imi ddweud fod gen i gysylltiad agos â Chaernarfon er mai un o Sir Feirionnydd ydw i."

"O? Pa gysylltiad felly?"

"Roeddwn i'n aelod o Heddlu Sir Gaernarfon am dair blynedd."

"Wel tewch! Pryd oedd hynny?"

"O 1947 tan 1950."

"Ac ymhle roeddech chi?"

"Ym Mangor a Llanfairfechan."

"Wel, pwy fasa'n meddwl! Rydach chi'n nabod fy nhad hwyrach?"

"Sut hynny? Ddylwn i 'nabod o? Pwy ydi o felly?"

"Y fo oedd pennaeth yr Adran Dditectif yn Sir Gaernarfon."

"Nid yr Arolygwr Llew Roberts?"

"Ia. Ei fab o ydw i."

"Wel, tawn i byth o'r fan! Dydi'r byd yma yn fach? Ydi'ch tad yn dal yn yr Heddlu?"

"Ydi. Mae o'n Arolygydd rŵan."

"Ac yn dal yn yr Adran Dditectif?"

"Ydi."

"Mae'n dda gen i glywed. Wrth gwrs, fel plismon ar y stryd fûm i erioed yn gwneud dim byd â fo, ond roedden ni i gyd yn 'nabod ein gilydd yn Sir Gaernarfon. Ers faint ydach chi yn y Llu Awyr?"

"Ers dros ddeng mlynedd rŵan."

"Ac yn 'Security'?"

"Ers dwy."

"Os felly, rydw i'n meddwl y medrwch chi fy helpu i."

"Mi wna i os medra i. Beth sy'n bod?"

Agorais y *safe* a dangos y dogfennau dirgel a chyfrinachol iddo.

Edrychodd arnynt. Yna:

"Yn y *safe* yna ydach chi'n eu cadw nhw?"

"Ia."

"Wel, mae'n groes i'r rheolau. Dylai rhain fod mewn *combination safe* a honno wedi'i smentio fel na fedr neb ei symud."

"Mi wn i hynny, ond newydd etifeddu'r Uned yma ydw i ac y mae'r dogfennau yna wedi bod yma ers rhai blynyddoedd."

"Mae rhywun wedi bod yn esgeulus iawn felly."

"Rydw i'n cydweld â chi'n hollol. Beth sydd arna' i isio rŵan ydy cael gwared ohonyn nhw."

"Ydach chi wedi cysylltu â *War Plans* yn y Pencadlys?"

"Naddo. Petawn i wedi gwneud hynny mi fyddai fy rhagflaenydd mewn helynt."

"Beth am hynny? Arno fo mae'r bai. Mae o wedi esguluso'i ddyletswydd, felly does ganddo ddim lle i gwyno."

"Dydi pethau ddim mor syml â hynny: ar y *Group Captain* yn Kenley mae'r bai. A dweud y gwir, 'chafodd fy rhagflaenydd ddim rhyw lawer o chwarae teg a dweud y lleia'. I ddechrau cychwyn, ddaru neb drosglwyddo cynnwys y *safe* iddo a phan ddaeth o i wybod amdani roedd arno ormod o ofn gwneud dim."

"Sut mai'r *Group Captain* sydd ar fai?"

"Wel, mae'r Uned yma yn dod o dano fo yn uniongyrchol ac mi ddylai fod wedi ymweld â'r lle ac edrych i mewn i bethau, yn enwedig i ddogfennau dirgel a chyfrinachol."

"Rydach chi'n iawn. Mi ddylai fod wedi gwneud hynny unwaith pob chwarter."

"Be' wnawn ni rŵan?"

"Wel, mi wn i be' ddylwn i wneud. Mynd â'r dogfennau yma efo mi oherwydd dydyn nhw ddim yn ddiogel fan hyn, ac yna gwneud ymchwiliad i'r cefndir a rhoi adroddiad llawn ar y cyfan."

"A beth fyddai'r canlyniad?"

"Wel, mi fydd 'na rywun, a hwyrach fwy nag un, yn ymddangos o flaen ei well. Ond does dim rhaid i chi boeni, rydach chi'n glir."

"A beth am fy rhagflaenydd — a chofiwch ei fod o eisoes

wedi ymddeol."

"Maen nhw'n siŵr o'i alw yn ôl, does dim amheuaeth am hynny!"

"Does arna' i ddim isio i hynny ddigwydd, oherwydd ar y *Group Captain* mae'r bai ac nid arno fo."

"Mae bai ar hwnnw mae'n siŵr, ond fedra i ddim celu'r llall."

"Os felly fedrwch chi anghofio'r cwbl am y peth?"

Edrychodd arnaf fel petawn yn cynnig ffiol o wenwyn iddo.

"Anghofio trosedd o'r fath?"

"Ia."

"Beth aflwydd oeddech chi'n feddwl y medrwn i ei wneud?"

"Wel, cyn belled â bod y dogfennau cyfrinachol yn bod medrwch fynd â nhw efo chi a fydd neb ddim callach. Does yna ddim byd i ddweud iddyn nhw erioed fod yma, oherwydd does dim sôn amdanyn nhw yn y gofrestr."

Ystyriodd am funud yna meddai:

"Iawn. Mi fedraf fynd â rheini efo mi, ond beth am y dogfennau *Secret* a *Top Secret*?"

"Mi fedrwch fynd â rheini hefyd a rhoi derbynneb i mi amdanyn nhw."

"A be' wedyn?"

"Mynd i weld rhywun yn *War Plans* ac awgrymu fod Hornchurch yn le hollol anaddas i gadw dogfennau mor sensitif a'ch bod chi fel swyddog diogelwch yn eu cynghori i'w symud o'r Uned yma i Kenley i ofal y *Group Captain*."

Tynnodd sigarèt o becyn. Estynnais dân iddo a dechreuodd smygu'n awchus heb dynnu ei lygaid oddi arnaf. Yn araf, lledodd gwên dros ei wyneb.

"Dyna gythraul o gynllun da!" meddai. "Mi ddaw bob un allan ohoni felly, ac o hyn allan bydd y cyfrifoldeb i gyd ar y *Group Captain*, lle dylai fod yn y lle cynta'!"

"Wel, mae 'na fwy nag un ffordd i gael Wil i'w wely ond does' na?"

"Dwedwch i mi — ydach chi wedi bod yn gweithio i *Security*?"

"Mae'n rhaid imi gyfadda' fy mod i."

"Pryd?"

"Pan oeddwn i yn y fyddin."

"A dyna ble ddaru chi ddysgu castia' mor gyfrwys!"

"Hwyrach, ond yn bennaf mi ddysgais sut i edrych ar ôl fi fy hun a chael yr ergyd gynta' i mewn."

"Bydd hon yn ergyd drom i'r *Group Captain*."

"Dydi hynny'n poeni dim arna' i. Y cwestiwn mawr ydi hyn: ydach chi'n meddwl y medrwch chi ddarbwyllo *War Plans* i dderbyn eich cyngor heb ofyn gormod o gwestiynau?"

"Wel, mi fedraf roi fy nghyngor iddyn nhw yn hollol ddiffuant oherwydd mae gan y *Group Captain* well darpariaeth ar gyfer cadw dogfennau dirgel nag sydd gennych chi. Cyn belled â bod yr ymchwiliad yn bod, mi fydd hwnnw yn fy nwylo i a siawns na fedra i ddylanwadu ar y canlyniad."

"Dyna ni felly, dyna'r broblem wedi'i datrys a fydd neb ddim gwaeth."

"Gadewch i ni obeithio hynny! Ond peidiwch gofyn imi wneud dim byd fel hyn eto! Yn ôl be' ddwedodd *Squadron Leader* Harrison rydach chi wedi arfer byw yn beryglus. Dydw i ddim, a does arna i ddim isio darostyngiad yn fy ngradd chwaith. Ar i fyny sydd arna i isio mynd ac nid ar i lawr!"

"Peidiwch â phoeni, mi wyddoch yn iawn beth yw arwyddair swyddog go iawn: mae rheloau wedi'u gwneud i'w dilyn yn fanwl i'r llythyren gan y gwan a'r difenter ond i'w dehongli a'u haddasu gan y call a'r hyderus!"

"Hwyrach yn wir ond ddim gan aelodau o Adran Diogelwch y Pencadlys!"

"Mi goelia i hynny ond peidiwch â phryderu, mae gen i ffrind yn yr Adran Gyfreithiol a mi ofynna' i iddo fo eich amddiffyn yn y Llys!"

"Peidiwch â chellwair! Rydw i'n mynd rŵan rhag ofn i rywbeth gwaeth ddigwydd. Os na chlywch rywbeth ymhen pythefnos gallwch anghofio am bopeth ond os y gwnewch chi, brysiwch at eich ffrind — mi fyddaf angen ei wasanaeth ar frys! Un peth olaf — peidiwch byth â dod yn agos ataf eto!"

"Does dim perygl o hynny a diolch yn fawr am bopeth."

"Peidiwch â sôn, mae gwaed yn dewach na dŵr yn y pen draw!"

* * *

Deng niwrnod ar ôl ffarwelio â mab Llew Roberts, cefais alwad ffon oddi wrth y *Group Captain*:

"... *that was a neat little job you pulled off the other day; it's a pity that there aren't more officers prepared to show a little initiative these days. Not too much of course . . ."*

"That sounds very complimentary, sir, but I'm not quite sure to what you are referring . . ."

"Come off it! You know perfectly well to what I'm referring. To the way you managed to hive off those documents and make someone else responsible for them."

"Oh that! Oh yes. I had a security check by Air Ministry Security and they decided that my facilities here for safeguarding sensitive documents left a lot to be desired, so they simply took them away. I presume they have returned them to the originators."

"Then you presume wrongly. They've brought them here with some cock and bull story about my being ultimately responsible for them . . ."

"I wonder why they thought that!"

"So do I, but I have an idea. Be that as it may, it is probably the best solution and it may have avoided some slight embarrassment. In any case it doesn't affect me as I've simply handed them over to my Adjutant for safe keeping. Inserting amendments from time to time. will give him a little extra work and that's all to the good . . ."

"Can I take it then, sir, that all's well that ends well?"

"You can, all things considered. By the way why don't you come over on next Guest Night . . . Let me see . . . next Friday. Assemble at seven for drinks, dinner at eight. You won't be sorry. We do ourselves proud. No need to go back on Friday night, bring your small-kit and I'll have a room reserved for you. What do you say?"

"Thank you, I'll be delighted!"

"See you then . . ."

"One little thing, sir . . ."

"Yes, what's that?"

"Well sir, since we are now on a five-day week have you any objection to my attending a Language Course every other weekend at Bristol University — from Friday night to Sunday afternoon?"

"Not taking advantage are you . . .?"

"I wouldn't dream of it, sir!"

"I'm not so sure . . . but no, I've no objection. Send your application up here and I'll sign it. By the way, what language are you studying?"

93

"Russian."

"I might have guessed! Just the sort of language a 'Bolshie' like you would study!"

"Naturally, sir, and thank you."

Am y gweddill o'r amser a dreuliais yn Hornchurch awn i Fryste bob yn ail penwythnos. Cyrhaeddwn yno nos Wener ac aros mewn gwesty moethus yng nghwmni tuag ugain o swyddogion eraill o'r Lluoedd Arfog a mynychu gwersi drwy ddydd Sadwrn a bore Sul cyn dychwelyd i Hornchurch yn y prynhawn. Cefais gwmni difyr a digon o hwyl a'r cyfan ar gost y trethdalwyr! Beth allai fod yn well?

Coleg y Drindod

Roedd prif swyddog Adran Addysg y *Air Ministry Unit* yn awyddus imi geisio am ysgoloriaeth i Rydychen neu Gaergrawnt ond wfftiais y syniad. Nid oedd treulio tair mlynedd fel myfyriwr ar grant isel a than ddisgyblaeth yn apelio ataf o gwbl. Felly ysgrifennais i Goleg y Drindod, Caerfyrddin i ofyn beth oedd y posibiliadau imi gael fy nerbyn fel myfyriwr aeddfed ar gwrs o flwyddyn yn unig. Cefais ateb ffafriol a gwahoddiad i fynd am gyfweliad.

Medrwn fod wedi cael swydd heb ddim trafferth yn *G.C.H.Q.* a hynny ar gyflog o £2,700 i gychwyn, rhyw dair gwaith yn fwy na chyflog athro ar y radd uchaf! Ond byddai'n well gennyf fynd i lawr pwll glo nac ymgymryd â'r math o ddyletswyddau y byddai *G.C.H.Q.* yn disgwyl imi eu cyflawni!

Bûm yn llwyddiannus yn fy nghyfweliad gyda Dirprwy-Brifathro Coleg y Drindod a chefais wahoddiad i ddechrau ar fy nghwrs blwyddyn ym Mis Medi 1964.

Symudais fy nheulu i San Clêr a dechreuais fynychu'r darlithoedd.

Gan nad oedd raid imi astudio unrhyw bwnc ar wahân i Hanes Addysg a Seicoleg Addysg roedd fy amserlen yn hynod o ysgafn a threuliwn y rhan fwyaf o'r amser yn pysgota afon Tywi a nentydd gogledd Sir Gâr.

Gan mai ychydig iawn o gyfathrach a gefais â'r mwyafrif o staff y coleg ni allaf sôn ryw lawer amdanynt ond mae'n rhaid imi ddweud mae pleser mawr oedd sgwrsio â Miss Norah Isaac a gwrando ar ddarlithoedd Mr Lodwig a ymddangosai i mi fel dyn o argyhoeddiad cadarn a chanddo syniadau doeth ac iach.

Mae'n rhaid imi ddweud fod y myfyrwyr ieuanc, ac yn arbennig y rhai oedd yn paratoi ar gyfer dysgu'r plant ieuengaf wedi gwneud argraff ffafriol iawn arnaf. Roedd eu hymroddiad i'w gwaith yn llwyr ac roedd yr offer a baratoid ganddynt yn eu hamser ei hun yn deilwng o le mewn unrhyw arddangosfa a'u dyfeisgarwch yn ddihysbydd.

Wedi dweud hyn tybiaf imi gyfarfod ymysg staff y Coleg un neu ddau a oedd llawn mor wirion ag unrhyw un a gyfarfyddais

yn ystod yr ugain mlynedd a dreuliais yn y Lluoedd Arfog. Er
enghraifft clywais un darlithydd yn dweud:

*"When I go out to supervise students during their teaching
practice in schools I consider my day wasted unless I make at
least one girl cry!"*

Rwyf yn cofio imi ddweud wrthyf fy hun: 'rydw i'n
gobeithio er dy fwyn di, 'ngwas i, na fyddi di ddim yn fy arolygu
i ar fy ymarfer dysgu. Ti fyddai'r debycaf o wylo mae arnaf ofn!
Nid oedd gennyf fawr o amheuaeth o hynny!

Ond bûm yn ffodus iawn. Cefais fy anfon i Ysgol Ramadeg
Llanelli i wneud fy ymarfer dysgu. Mr Stan Rees, dyn am-
ryddawn, call, rhadlon a ffraeth oedd y prifathro a daethom yn
gyfeillion ar unwaith. Roeddwn i fod i roi tair-ar-ddeg o wersi
bob wythnos ond yn lle hynny rhoddwn dros ddeg-ar-hugain.
Cynorthwywn yn yr Adran Almaeneg, a Rwseg a hefyd yn yr
Adran Gymraeg a Hanes ac os na fyddai hynny'n ddigon i lenwi'r
diwrnod gofynnwn i un o'r athrawon eraill os oedd yn dymuno
gwers rydd, ac os oedd, cymerwn ei ddosbarth yntau.

Roeddwn yn hynod o ffodus hefyd yn fy nhiwtor sef Mr
Lodwig, er imi achosi llawer o bryder iddo. Roedd pob myfyriwr
i fod i ddarparu ei wersi ymlaen llaw a gosod y cyfan i lawr mewn
llyfr neilltuol a hynny mewn dull safonol.

Deuai Mr Lodwig i'm gweld unwaith yr wythnos i Lanelli
ond pan ofynnai am weld y gwersi darparedig 'doedd gennyf
byth yr un i'w dangos iddo. Erfyniai arnaf i ddarparu un neu
ddwy erbyn y galwai yr wythnos ganlynol. Addawn innau'n
daer ond ni lwyddwn byth i gadw f'addewid. Ac nid cymryd
mantais o'i garedigrwydd yr oeddwn. Byddwn wedi bod yn fwy
parod i'w blesio ef na'r un darlithydd arall, ond gwir reswm oedd
cymysgedd o atgasedd at wneud rhywbeth a gyfrifwn yn hollol
arwynebol a dibwrpas ynghyd â'r ffaith fy mod yn treulio pob
munud a gawn yn rhydd i astudio Rwseg.

Tua terfyn y chwech wythnos olaf o ymarfer dysgu
dywedodd Mr Lodwig wrthyf y byddai'r prif-arholwr, Athro
Emeritus, yn ymweld â'r ysgol i arolygu un o'm gwersi. Erfyn-
iodd arnaf i'w pharatoi'n fanwl a'i gosod i lawr yn y llyfr yn y
dull safonol. Addewais a chedwais f'addewid.

Paratois wers ar gyfer y pedwerydd dosbarth mewn pwnc a
elwid *'civics'*. Nid gwers draddodiadol mohoni ond un ar ffurf
drama. Nod y wers oedd pwysleisio hawliau'r unigolyn mewn
Llys Barn ac roedd rhan i bob aelod o'r dosbarth yn y ddrama —

barnwr, rheithgor, erlynydd, amddiffynnwr, y cyhuddedig, y tystion, heddwas ac unrhyw un arall a allai fod yn gysylltiedig ag achos o flaen llys. Roeddwn wedi 'sgrifennu stori fach am ddyn oedd wedi cael ei gyhuddo o ladrad ar gam-dystiolaeth a hynny ddim yn cael ei ddatguddio nes i'r bargyfreithiwr medrus lwyddo i wneud hynny ar ddiwedd y prawf wrth groesholi'r tyst cel-wyddog.

Roedd y bechgyn wedi ymroi i ddysgu eu rhannau yn ardderchog ac wrth eu boddau yn perfformio'r ddrama, gyda'r canlyniad iddi fod yn llwyddiant ysgubol. Gan fy mod hefyd wedi rhoi'r wers yn y llyfr swyddogol roedd Mr Lodwig wrth ei fodd. Yn fwy na dim roedd yr arholwr allanol yn uchel ei glod. Meddai Mr Lodwig wrthyf yn gyfrinachol:

'Rydach chi wedi plesio'r hen ŵr yn fawr iawn. Mae o'n gefnogwr mawr i'r dull yna o ddysgu, lle mae'r plant yn cymryd rhan ymarferol yn y wers!"

Ond y pleser mwyaf a gefais i oedd gweld y boddhad a oedd mor eglur ar wyneb Mr Lodwig ar ôl bod mor amyneddgar.

Un diwrnod dywedodd Mr Stan Rees, y prifathro:

"Mae gen i hanes swydd ichi. Mae fy hen ffrind Miss Lickes, prifathrawes Ysgol Dr Williams, Dolgellau yn chwilio am athrawes i ddysgu Almaeneg i gymryd lle geneth sydd yno 'nawr ac sydd yn ymadael i briodi. Mae'n hollol bosibl y byddai Miss Lickes yn fodlon cyflogi dyn os byddai hwnnw yn ei phlesio, yn enwedig rhywun gweithgar, gyda digon o ynni a thipyn o fenter ynddo. Mae hi'n ddynes uchelgeisiol ac un sydd yn mynnu cryn dipyn o waith oddi wrth ei staff. Oes gennych chi awydd cynnig am y swydd?"

"Awydd! Mae gen i ddigon o hwnnw ond go brin bod gen i unrhyw siawns?"

"Pam ydach chi'n dweud hynny? Mae pennaeth yr Adran Almaeneg yn eich canmol chi'n fawr."

"Do you like cats, Mr Jones?"

"I've nothing against them but I've had more to do with dogs and horses."

"I admire cats, they are so independent and self-reliant. They don't fawn on one like dogs . . . or some people."

Distawrwydd tra roedd hi'n tanio sigarèt arall. Yna:

"So you think that with the help of your friend in Llanelli you could cope with the 6th Form work?"

"Well, I don't want to appear too conceited but I'm not

used to failure."

"A man with a fine conceit, eh? Do you know who wrote that?"

"Yes, Walter Scott in describing Guy Mannering."

"What erudition! Have you read much English literature?"

"As a matter of fact I have. I was fortunate enough to have Mrs Farrar as my neighbour as a child and she fed me a great many books, including all of Dickens, the Bronte's, Thomas Hardy, Jane Austin and many others."

"That's quite remarkable. You know Mrs Farrar wrote to me about you?"

"I was hoping she would. I wrote and asked her."

"You've prepared the ground well, haven't you."

"I believe in that. If something is worth having it is worth making an effort to get it."

"Mr Jones, you are absolutely right! You will stay to lunch won't you?"

"Thank you, I'll be very glad to."

"Oh good. Now tell me, what about your Russian? Do you think you could teach it?"

"Yes, up to Ordinary level."

"You sound very confident. There are no set books for 'O' level, it is simply a matter of language. I've been thinking of introducing the subject as there seems to be a growing interest in it and students are being admitted to University on the strength of a good grade at 'O' level, provided they've got another language at 'A' level to go with it."

"So I hear."

"I wonder," meddai hi â gwên gellweirus ar ei hwyneb, *"I happen to have last year's 'O' level Russian prose paper here. Do you think you could translate it?"*

Estynnodd y papur imi.

Teimlais fel sefyll ar fy nhraed a dweud wrthi hi:

"Dod yma am gyfweliad rydw i wedi'i wneud ac nid i sefyll arholiad!" Ond bûm yn amyneddgar.

Edrychais ar y papur am ryw hanner munud heb ddweud gair. Darn o ryddiaith ydoedd, rhyw gant a hanner o eiriau am eneth ieuanc yn dymuno mynd yn nyrs ac yn ceisio egluro pam.

Canolbwyntiais fy holl adnoddau ar y papur a dechreuais gyfieithu. Euthum drwy'r darn o'r gair cyntaf i'r olaf heb oedi brin eiliad. Codais fy mhen ac edrych i wyneb Miss Lickes.

Roedd hi wedi'i syfrdanu. Nid oedd hi, mwy na minnau, wedi disgwyl y fath orchestwaith. Gwyddwn fy mod wedi ennill!

"*Mr Jones, that was a tour de force! Congratulations! Would you like a little drink before lunch — a sherry perhaps?*"

"*Thank you, Miss Lickes.*"

"*In that case if you open that cupboard behind you you'll find the bottle and a couple of glasses. A drop won't do us any harm after all that talking!*"

Ysgol Dr Williams, Dolgellau

Dechreuais yn yr ysgol ym mis Medi 1965, fel athro Almaeneg a Rwseg ac i wneud yn siŵr ei bod hi'n cael gwerth ei harian roedd y Brifathrawes wedi rhoi pedair gwers Gymraeg yr wythnos imi hefyd a rheini gyda'r Dosbarth Cyntaf.

Yn ei llythyr yn cynnig y swydd imi roedd Miss Lickes wedi dweud: *". . . it appears that your service in the Armed Forces counts towards annual increments. You will therefore be starting on top rate which will make you a very expensive luxury. You will not be surprised therefore if I make full use of you . . .!"*

Mi wnaeth hynny! Roedd gennyf bedair gwers yr wythnos o Almaeneg gyda'r Pedwerydd a'r Pumed Dosbarth, saith gyda'r Chweched Isaf a'r un faint gyda'r Chweched Uchaf. Yna roedd pedair gwers Gymraeg gyda'r Dosbarth Cyntaf ac ar ben y cyfan roedd pymtheg o ferched yn cychwyn ar gwrs Rwseg. Roeddwn wedi'u rhannu yn ddau ddosbarth — pedair o ferched o'r Chweched yn gwneud cwrs carlam o flwyddyn ac yna yn sefyll arholiad Lefel 'O' a'r gweddill o'r Pedwerydd a'r Pumed yn gwneud cwrs dwy flynedd. Cynhaliwn wersi Rwseg rhwng hanner awr wedi pedwar a chwech o ddydd Llun tan ddydd Gwener. Ar ben hyn oll roedd yn rhaid imi wneud dyletswyddau eraill fel pob aelod arall o'r staff ar wahân i'r athrawesau oedd yn gofalu am y tai preswyl — dyletswydd o chwech tan naw unwaith bob pythefnos a dyletswydd dydd Sadwrn neu ddydd Sul unwaith y mis o wyth y bore tan naw y nos ac, wrth gwrs, heb geiniog o dâl ychwanegol.

Un galed oedd Miss Lickes ond un gyfiawn. Mynnai ddisgyblaeth haearnaidd oddi wrth y disgyblion a'r staff ond gwyddai pob un beth i'w ddisgwyl. Nid oedd dim byd yn wên-deg yn ein Prifathrawes. Gwae y disgybl neu aelod o'r staff a dramgwyddai! Câi'r disgybl wahoddiad i'w gweld ond nid tan fyddai'r greadures grynedig wedi gorfod aros o flaen ei drws am tua chwarter awr. Dywedai Miss Lickes wedyn:

"Hwyrach, ond does gen i ddim gradd. Mae'n siŵr y bydd prifathrawes Dr Williams yn chwilio am rywun gyda gradd dda."

"Peidiwch chi â bod yn rhy siŵr. Mae pobl gyda gradd dda mewn Almaeneg yn brin iawn. Yn wir mae athrawon Almaeneg yn brin. Mae gallu gwneud y gwaith yn llawer pwysicach na gradd. Dynes ymarferol ydy Miss Lickes. Os medrwch chi wneud y gwaith, ac yn fwy na dim os ydach chi'n fodlon gweithio, mae gennych chi siawns dda am y swydd, yn enwedig felly a minnau yn rhoi cymeradwyaeth uchel ichi."

"Sut y galla i ddiolch ichi dwedwch? Ydach chi'n meddwl o ddifri fod gen i siawns?"

"Ydw."

"Os felly mi 'sgrifennaf ati ar unwaith."

"Gwnewch hynny ac 'sgrifennaf innau hefyd."

"Diolch yn fawr iawn."

'Sgrifennais ar unwaith a chefais ateb cyn pen wythnos a gwahoddiad i fynd am gyfweliad. Roeddwn wedi anfon fy nhystysgrifau lefel A ac O ac hefyd fy nhystysgrifau cyfieithydd mewn Pwyleg ac Almaeneg yn ogystal â'm tystysgrif fel Cymrawd o Urdd yr Ieithyddion. Felly, roedd Miss Lickes yn barod amdanaf.

Aeth yr ysgrifenyddes a fi at ddrws ei hystafell a chnocio:

"Come in!"

"Mr Jones, Miss Lickes."

"Thank you, Miss Rees. Do come in Mr Jones and take a seat. Did you have a good journey?"

"Yes thank you, Miss Lickes."

O flaen tanllwyth o dân, safai dynes fer a main. Roedd yn eithriadol dwt mewn gwisg borffor, rhes o berlau am ei gwddf a'i gwallt wedi'i wneud mor daclus nes bod pob blewyn yn ei le. Wrth ei thraed gorweddai clamp o gath fawr drilliw.

"My old friend Stan Rees tells me that you've had a very interesting life. Tell me something about it. By the way, do you smoke?"

"Yes, unfortunately, Miss Lickes, it is one of my vices."

"Have one of mine, then," ac estyn pecyn imi, *"it is one of mine also and not the only one, I'm afraid. It is these little vices that make us human, don't you think?"*

"Well, as I learnt in school long ago, errare est humanum!"

"How very true! So you still remember some Latin?"

"Not much, I'm afraid."

"Neither do I, but tell me a little about yourself. According to Stan Rees you've been in the Army, the Air Force and in the

101

Police. Quite unusual . . ."

Rhoddais fraslun o'm bywyd iddi.

Erbyn hyn, roedd hi wedi eistedd ac yn edrych yn graff arnaf. Roeddwn yn ymwybodol fy mod yn wynebu dynes go arbennig — un a wyddai beth a geisiai ac un oedd yn benderfynol o'i gael.

Wedi imi orffen siarad, meddai:

"You've had a most interesting and varied life. You left school at 15: was Mr John Lloyd your headmaster?"

"Yes, he was."

"He was still there when I came here just after the war. A most kindly old soul and a great help to me. Now tell me, how did you manage to learn all these languages? You didn't study any of them at school."

"A combination of hard work and the opportunity the Services gave me of spending a lot of time in Europe."

"And determination perhaps?"

"A little of that too I suppose."

"I'm very impressed, but of course I normally employ graduates in the German Department, particulary since there is only one and she has to teach the 6th Form up to A and Scholarship level. Miss Thomas who is leaving to get married will be difficult to replace. Mr Rees has given you a good recommendation but could you cope with the literature in the 6th Form? What experience have you had of German poetry and literary criticism?"

"Not much of poetry and none of literary criticism. I have no doubts about my ability to cope with language. As far as the literature is concerned I have made certain arrangements."

"Oh! What are they?"

"Well, I was helping out in the German department in Llanelli and became very friendly with the head and he has promised me that in the event of my getting this post he will help me with the literature. After all, both schools will be doing the same books set by the Welsh Joint Education Board. He has been teaching them for over twenty years and he says that the same ones turn up every four or five years and that there is hardly a book or poem in their repertoire that he hasn't got masses of notes on."

"And is he prepared to let you have copies of his notes?"

"Yes."

"Did he mention anything about 'question spotting'?"

"He did, those were the very words he used and added that it is the key to success in the examinations at 'A' level."

"Mr Jones, he's a man after my own heart! If one leaves the preparation for examinations to the girls they'll never get anywhere, however bright they are. It will be so much wasted effort. We are here to get them through examinations. How we do it is our own affair. In a school like this parents pay a lot of money and they expect results. Mr Jones, I'm in the business of getting results!"

"I can quite understand that."

Yn y cyfamser roedd y gath fawr drilliw wedi neidio ar ei glin ac roedd hi'n ei hanwesu yn dyner.

"I had so and so to see me this morning. I let her stew for a quarter of an hour outside my door and you couldn't imagine a more contrite little girl when I eventually called her in. I didn't have to charge her, — she blurted the whole story out, and admitted everything. She felt very sorry for herself when she left my office!"

Ysgol dda iawn oedd Ysgol Dr Williams. Prin iawn oedd y nifer o ddisgyblion a ymadawai heb gael lle mewn Prifysgol neu Goleg. Mynnai Miss Lickes hefyd fod pob un yn gwybod sut i ymddwyn yn gwrtais a boneddigaidd ac nid yn arwynebol chwaith. Lawer gwaith ar ôl imi adael yr ysgol clywais bobl yn dweud: 'Mae'n hawdd adnabod cyn-ddisgyblion Ysgol Dr. Williams oddi wrth eu hymddygiad cwrtais."

Er bod pob pwnc ar yr amserlen yn bwysig, hwyrach mai cerddoriaeth oedd yr un a gâi fwyaf o sylw gyda phump o staff llawn amser a thri rhan-amser. Ymysg yr olaf roedd y delynores ddawnus ac annwyl dros ben, Alwena Roberts a deithiai'r holl ffordd o Aberystwyth yn gynnar bob bore dydd Llun. Erbyn byddai'n cyrraedd yr ysgol byddai wedi fferru ar ôl treulio amser maith yn disgwyl am ei thrên yng Nglandyfi a Chyffordd y Bermo. Ni fyddai'n dadmer nes cael cwpaned o de am chwarter i un-ar-ddeg. Gwelaf hi heddiw a'i dwy law am y gwpan, yn llymeitian yn araf ac yn gwerthfawrogi'r cynhesrwydd y tu allan yn ogystal â'r tu mewn!

Roedd Alwena yn ddirwestwraig fawr ac yn traethu'n aml yn erbyn y ddiod feddwol. Saeson oedd y rhan fwyaf o aelodau'r staff ac felly yn Saesneg y siaradem yn gyffredinol. Un diwrnod gofynnodd Alwena:

"Have you signed the Pledge, Mr Jones?"

"Yes," meddwn *"and not only did I sign the form I even added in my own words – 'lips that touch alcohol shall never touch mine!'"*

Chwarddodd pawb ond Alwena. Meddai hi:

"And you did right too! I hope you'll keep it up forever."

Yr ail ddiwrnod yn yr ysgol daeth merch lyfndew ond hardd â chanddi drwch o wallt melyngoch ataf a dweud:

"My name is Clemency Butler. I'm in the Upper Sixth and I want to do Russian."

"That's alright," meddwn, *"go and see your Form Mistress and if she agrees you can join the class."*

"I've been to see my Form Mistress and Miss Lickes and they say I can't. I'm doing my 'A' Levels next summer and my Grade 8 piano and violin. They think I've got enough to do without adding to it."

"I suppose they are right. Its just too bad."

"But I want to do Russian and I'm going to. I've written to Daddy and I know what he'll say."

"What will he say."

"He'll say 'if you want to do Russian just go ahead and do it'."

"If he does, come and see me."

"Thank you, Mr Jones."

Dywedodd *'Daddy'* yn union fel y dymunai ei ferch iddo ddweud ac ymunodd Clemency â'r cwrs carlam. Bu'n llwyddiannus yn yr arholiad Lefel 'O', a chafodd radd 'A' mewn tri pwnc yn yr arholiad Lefel 'A' a bu'n llwyddiannus yn yr arholiad piano a ffidil. Y flwyddyn ganlynol aeth i Rydychen i astudio *Marine Engineering* o bopeth. Fel petai'r holl weithgareddau ddim yn ddigon iddi prynodd Clemency *'balalaika'* ac erbyn y noson lawen a gynhaliwyd gan y merched oedd yn dysgu Rwseg y Chwefror canlynol roedd wedi dysgu ei chwarae yn ddigon da i gyfeilio i'r parti dawns! Geneth o Sir Benfro oedd Clemency ac roedd yn eneth eithriadol o ddawnus.

Gan fod fy nheulu wedi dychwelyd i Swydd Suffolk ar wahân i un mab oedd yn yr Ysgol Ramadeg yn Nolgellau, a oedd yr adeg honno yn ysgol breswyl, cymerais fflat yn y Bermo am y tymor cyntaf. Nid oeddwn yn hidio dim am y Bermo a'r unig bleser a gawn o fyw yno oedd teithio i'r ysgol bob bore ar hyd y ffordd droellog a ddilynai yr afon Fawddach gan wledda ar yr olygfa ddihafal. Ar y chwith roedd llethrau coediog a thu hwnt i'r afon, ffriddoedd rhedynog yn ymgodi at greigiau a grug ac uwchben y cyfan roedd Cader Idris yn ei gogoniant. Ar fore braf gwisgai gwmwl crwn fel coron arian am y copa. Dyma'r olygfa a ddisgrifiodd Carlysle yn y geiriau canlynol: *"I know of only one view that compares with the splendour of the view one enjoys while travelling from Barmouth to Dolgellau and that is the one that one enjoys while travelling from Dolgellau to Barmouth!"*

Doedd Carlysle ddim llawer o hanesydd nag o athronydd ond roedd yn eithaf awdurdod ar olygfeydd!

Symudais o'r Bermo i fwthyn bach o'r enw Tŷ Hyfryd a safai yn ardal odidog Islawrdref yng nghysgod Cader Idris. Perchennog y bwthyn oedd Miss Nightingale, cyn Brifathrawes yr ysgol. Cartrefai hi ychydig lathenni i ffwrdd mewn bwthyn traddodiadol a delfrydol o'r enw Tŷ Newydd — enw digon anaddas i dŷ oedd dros ddau gant oed.

Roedd Miss Nightingale a oedd erbyn hyn ymhell yn ei saithdegau, wedi cael rhai profiadau diddorol iawn yn ystod ei hieuenctid.

Symudais i fyw i'w bwthyn ar gais ei ffrindiau a oedd yn awyddus i gael rhywun wrth law i gadw golwg arni gan ei bod yn byw ar ei pheu ei hun ac wedi mynd braidd yn fusgrell. Roedd hithau hefyd wedi cymryd cryn dipyn o ddiddordeb ynof gan fy mod yn athro Rwseg, iaith a oedd yn agos iawn at ei chalon fel y gwelir yn y stori ganlynol a glywais lawer gwaith ganddi:

". . . ar ôl imi ennill ysgoloriaeth i Rydychen a graddio yn y Clasuron cefais gyfle yn 1918 i fynd i Gaergystennin, prif-ddinas Twrci gan un o arweinyddion y garfan Brydeinig oedd yn trafod telerau heddwch â llywodraeth Twrci ar ddiwedd y Rhyfel Mawr. Nid oeddwn yn siarad gair o iaith gwlad Twrci ond yn ei hanwybodaeth tybiodd y Swyddfa Dramor y byddai pawb yno yn deall Groeg. Hyd yn oed petai hynny'n bod ni fyddwn wedi bod o unrhyw ddefnydd i neb oherwydd does fawr o debygrwydd rhwng yr iaith fodern a'r hen iaith y bûm i yn ei hastudio yn Rhydychen. Wedi inni gyrraedd Caergystenin gwelwyd mai Ffrangeg oedd iaith y trafodaethau! Beth bynnag am hynny cefais ddwy flynedd ddifyr iawn yno.

Yn y flwyddyn 1920 euthum ar fwrdd llong i ddychwelyd i Brydain. Un noson braf tra'n hwylio allan o'r Bosporus roeddwn yn sefyll ar y bwrdd yn edmygu'r sêr uwchben pan glywais lais yn fy ymyl yn dweud mewn Saesneg da ond gydag acen dramor:

'Pardon me Madamoiselle but it is much too cold here for a young lady, please allow me to put my cloak over your beautiful shoulders.'

Trois fy mhen a gweld dyn ifanc tal a lluniaidd yn moes-ymgrymu ac estyn ei glog imi.

Roedd yn edrych yn ŵr-bonheddig yng ngwir ystyr y gair a phan ychwanegodd:

'Please, allow me!' gadewais iddo roi ei glog gynnes dros f'ysgwyddai.

'Aladin yw f'enw,' meddai 'Cyrnol Aladin o Fyddin ei Fawrhydi y Tsar. Rwyf yn dal yn driw iddo ac i'w goffadwriaeth er iddo ef a'i wraig a'i blant gael eu lofruddio gan y Bolshieficiaid bwystfilaidd.'

Aeth ymlaen i adrodd ei hanes. Roedd yn aelod o deulu uchelwrol ac yn gyn-aelod o'r *Duma* sef y senedd gyntaf erioed a ffurfiwyd yn Rwsia yn 1906. Roedd wedi gwasanaethu drwy'r rhyfel gyda'r gwŷr meirch yn y linell flaen yn erbyn yr Almaenwyr a'r Awstriaid ond roedd y wlad wedi'i bradychu gan y Bolshieficiaid o dan arweiniaid Lenin a Trotsci a chan yr Iddewon, arch elynion ei genedl meddai ef.

Pan gychwynodd y Chwyldro yn 1917 roedd ef a miloedd o swyddogion a milwyr tebyg iddo wedi ymuno â mudiad y Cadfridog Denicin i drechu'r Bolshieficiaid ac adfer y Tsar i'w orsedd, ond er i Ffrainc a Phrydain addo cefnogaeth gref i'r achos ni chyflawnwyd yr addewid yn ddigonol. O ganlyniad, ar ôl dwy flynedd o ymladd ac aberth, bu'n rhaid i Fyddin Wen Denicin ildio'u tir a ffoi o'r wlad. Yn awr roedd ef ar ei ffordd i Brydain i ymbil am arian ac arfau i ail-ffurfio'r fyddin . . .'

Erbyn iddynt gyrraedd Southampton roedd y ddau wedi addunedu i beidio byth â thorri cysylltiad â'i gilydd.

Yn fuan wedyn aeth Aladin yn ôl i Rwsia, fel ysbïwr ar ran llywodraeth Prydain lle roedd Churchill yn dal i geisio dymchwel llywodraeth Gomiwnyddol Rwsia. Cafodd Miss Nightingale swydd athrawes yn y 'Mount', ysgol enwog y Crynwyr yng Nghaer Efrog.

Dychwelodd Aladin i Brydain a phriododd Saesnes — 'dynes hollol anaddas iddo' chwedl Miss Nightingale a ganwyd mab bach iddynt.

Tua saith mlynedd wedyn bu farw Aladin, neu o leiaf dyna a dybiai Miss Nightingale Mae'n haws gennyf gredu mai dychwelyd i Rwsia fel ysbïwr a wnaeth, cael ei ddal, ac yna fel llawer i un arall tebyg iddo, diflannodd. Wedi'r cyfan pa le sydd fwy addas i ddiflannu iddo nag unigeddau Siberia?

Ond dyma'r peth rhyfeddaf — trosglwyddodd ei weddw ei phlentyn a oedd erbyn hyn yn chwech oed i ofal Miss Nightingale a'i mabwysiadodd yn swyddogol.

Erbyn i hynny ddigwydd roedd hi wedi'i phenodi'n Brifathrawes Ysgol Dr Williams a hithau ond dynes ifanc yn ei dauddegau. Meddai hi:

'I was given a salary of £700 a year which was quite generous in those days particulary when you consider that my Senior Mistress was paid £50 a year and the Assitant Mistresses £30. However, the Headmasters of the Grammar Schools of Merioneth got to know and since they were on a salary of £500 a year they made a most dreadful fuss. As a result the Chairman of the Governors came to see me and said:

"Just to shut them up, Miss Nightingale we'll reduce your salary to £500 but you won't lose for we'll give you £200 annually ex-gratia." In fact I was better off if anything!

When I took over the school I found that the staff had their own dining-room where they fed rather better than the girls but I soon put a stop to that. I made them eat with the girls but no-one suffered because I made certain that they were all adequately fed. No one ever went to bed without a mug of good, wholesome, milky cocoa. I also restored discipline which had become rather lax but I had to make an example of one or two of the staff. For example, I learnt one Monday morning that one of the Assitant Mistresses had been seen on the Saturday night in the Saloon Bar of the Golden Lion Hotel.

I sent for her immediately, and after I had told her what I thought of her disgraceful conduct I sent her to pack her belongings. I had them placed in a wheelbarrow and taken to the station. She caught the 12.45 train and her departure had a most salutary effect on the rest of the staff!'

Holais amryw o gyn-ddisgyblion Miss Nightingale beth a feddylient ohoni. Bron heb eithriad dywedai pob un rywbeth fel hyn:

"Roedd gen i ei hofn hi. Roedd ei golwg yn ddigon i 'nychryn i. Dychmygwch ddynes fain, dal na fyddai byth yn gwenu, a honno mewn gwisg dynn, ddu yn cyrraedd bron at y llawr a gwallt du fel y fran wedi'i dynnu'n ôl o'i thalcen a'i wneud yn gwlwm crwn, tynn tu ôl i'w phen. Fel yna yr edrychai Miss Nightingale. Ar ben hyn i gyd roedd ganddi wyneb es-gyrniog a hwnnw mor llwyd nes ei fod bron yn wyn. A dweud y gwir roedd hi fel drychiolaeth! Caem wersi Cymraeg yn yr ysgol ond teimlem i gyd y byddai Miss Nightingale wedi rhoi terfyn arnyn nhw pebai hi'n gallu.''

Sut oedd Miss Nightingale yn mynd i ofalu am fab bach chwech oed Aladin?

Fe setlodd y broblem yn hawdd iawn. Darbwyllodd y Rheolwyr i brynu Trem Hyfryd, tŷ mawr braf o dri llawr a safai o fewn canllath i'r ysgol a sefydlu Ysgol Feithrin ynddo! Fel hyn, cafodd Alexis bach gartref. Anfonodd nifer o bobl gefnog Dolgellau eu plant bach i'r Ysgol Feithrin fonedd a chafodd Alexis gyeillion bach i chwarae ag ef. Ond yn fwy na hynny prynodd Miss Nightingale Dŷ Newydd am saith gant o bunnoedd fel y medrai Alexis dreulio ei ben-wythnosau a'i wyliau yn y wlad lle gallai ef a'i ffrindiau bach farchogaeth. Gosodwyd y tir, sef deg-acer-ar-hugain, i gymydog o ffarmwr sef Wmffra Williams, Dyffrydan. Druan o Wmffra, wnaeth presenoldeb Miss Nightingale yn ardal hyfryd Islawrdref fawr o les iddo fel y gwelir cyn diwedd y stori.

Treuliodd Prifathrawes Ysgol Dr Williams bymtheng mlynedd yn ei swydd cyn symud yn ôl i Gaer Efrog fel Prifathrawes ysgol y 'Mount'. Fel y dywedodd wrthyf:

'The post had been promised to me but I had to wait much longer than I'd expected!'

Ar ddechrau'r rhyfel ymunodd Alexis â'r Llu Awyr ond byr fu ei yrfa. Saethwyd ei awyren i lawr mewn cyrch dros yr Almaen a chollodd ei fywyd.

Ar ôl cyrraedd oedran ymddeol dychwelodd Miss Nightingale i Dŷ Newydd. Pan glywodd hi fy mod i wedi cychwyn cwrs Rwseg yn yr ysgol daeth i'm gweld. Roedd popeth yn ymwneud â Rwsia — ar wahân i Gomiwnyddiaeth wrth gwrs — yn agos iawn at ei chalon. Trosglwyddodd amryw o lyfrau Rwseg imi ynghyd â Beibl Aladin. Unwaith y tymor cynhaliai merched yr Adran Rwseg noson lawen o ganu, adrodd a dawnsio dawnsfeydd tanbaid megis y *'Gopac'* gyda swper *'sacwsci'* i'w ddilyn. Ni fethai Miss Nightingale byth â bod yn bresennol fel gwestai anrhydeddus er iddi achosi diflastod mawr i Miss Lickes a ddywedai cyn pob cyngerdd:

"For Heaven's sake keep Connie away from me. She bores

*me stiff with her Aladin and his First Duma! I've never managed
to understand what it means and I don't want to!"*

Roedd gan yr hen foneddiges frawd, Tom, a oedd yn ddeliwr
mewn brethynnau yn Sir Gaerhirfryn ac yn ddyn a oedd bob
amser â'i lygad ar fargen. Bu ardal Dolgellau fel gwlad yr addewid
iddo. Prynodd dŷ mawr ger y Bermo a hefyd ffarm ddefaid.

Un diwrnod galwodd ei chwaer yn Nyffrydan a dweud wrth
Wmffra Williams, y tenant:

*"Next time you pay your rent bring the money to me, my
brother has bought your farm."*

Druan o Wmffra ddiniwed. Roedd ei ffarm wedi ei gwerthu
tu ôl i'w gefn heb yn wybod iddo a heb iddo gael y cyfle i gynnig
amdani. Hyd hynny roedd Wmffra wedi bod yn ddyn eithaf
hapus a bodlon ond o'r adeg honno ymlaen dechreuodd ei hel-
bulon. Disgwylid iddo fod wrth law i redeg negesau i chwaer ei
feistr tir, i ofalu bod ganddi danwydd, i drwsio unrhyw beth a
dorrai yn y tŷ, i dwtio'r ardd: yn fyr i fod yn was bach iddi.
Meddai Miss Nightingale wrthyf:

*"Do you realize that Mr Williams' rent is based on a figure
arrived at in 1913? It is quite ridiculous! My brother gave £1,600
for Dyffrydan and £60 a year is a very poor return on all that
money. Mr Williams shouldn't complain at doing a few odd jobs
for me. Indeed, my brother told him in this house: 'You should
be grateful for the honour of serving Miss Nightingale even if you
had to go to town and back for her on your hands and knees!'*

Unwaith eto, druan o Wmffra! Ond roedd gwaeth i ddod.

Ysbrydion Tŷ Hyfryd

Un diwrnod daeth dyn ifanc ataf a dweud:

"Ydach chi wedi gweld yr ysbrydion eto?"

"Pa ysbrydion?"

"Ysbrydion Tŷ Hyfryd!"

"Naddo. Oes 'na rai yno?"

"Oes."

"Sut ydach chi yn gwybod amdanyn nhw?"

"Bûm yn byw yno am ddau fis. Dyna lle'r aeth y wraig a minnau gyntaf ar ôl priodi, ond roedden ni'n falch o ddod oddi yno coeliwch chi fi!"

"Welsoch chi'r ysbrydion yma?"

"Naddo, ond mi clywais nhw bob nos nes i'r wraig a minnau bron â mynd yn wallgof!"

"Beth oedden nhw'n ei wneud? Sgrechian neu riddfan ynteu beth?"

"Na, dim ond siarad yn isel efo'i gilydd, ugeiniau ohonyn nhw'n siarad yn ddibaid drwy'r nos."

"Ymhle, yn y tŷ?"

"Ia, rhywle wrth ein pennau ni."

"Breuddwydio oeddech chi."

"Breuddwydio'n wir! Ddaru ni ddim cysgu am nosweithiau ac yn y diwedd gorfu inni adael neu mi fyddai'n rhaid i'r ddau ohonom fynd i ffwrdd i Ddinbych!"

"Tewch! Roedd hi'n ddrwg felly, ond dydw i ddim wedi gweld na chlywed dim byd anghyffredin."

"Mi wnewch! Gwrandwch chi heno ar ôl unarddeg. Dydyn nhw ddim yn dechrau tan unarddeg. Mi rodda i bythefnos ichi a dim mwy."

"Wel wir, rydach chi wedi 'nychryn i. Ysbrydion ia? Mi wrandawa i heno."

Gelwais i weld fy hen gyfaill Gwilym Rees, Cefn yr Ywen.

"Gwilym, oeddet ti'n gwybod fod 'na ysbrydion yn Nhŷ Hyfryd?"

"Wel, mi rydw i wedi clywed sôn amdanyn nhw. Aeth "Em"

a'i wraig oddi yno o'u hachos nhw."

"Dwyt ti erioed yn coelio hynny?"

"Wel nag ydw, dydw i ddim yn credu mewn ysbrydion am a wn i, ond mae'r si wedi bod ar led ers talwm iawn am ysbrydion Tŷ Hyfryd. Aiff y plant ddim yn agos i'r lle wedi iddi dywyllu."

"Mi fyddai un ysbryd yn rhywbeth go anarferol, Gwilym ond ysbrydion? Fel petai 'na lond tŷ ohonyn nhw!"

"Hy! Ond os gall rhywun gredu mewn un, pam na all rhywun gredu mewn dwsin?"

"Neu hanner cant hwyrach?"

"Hwyrach."

"Wel, mi fyddaf yn gwybod erbyn y bore. Yn ôl "Em" maen nhw'n dechrau ar eu sŵn ar ôl unarddeg. Mi fyddaf yn clustfeinio heno iti."

"Does arnat ti ddim ofn?"

"Ddim rŵan yn fan hyn yn siarad efo ti ond dwn i ddim sut bydd hi arna i heno yn gorwedd yn fy ngwely unig yn disgwyl am yr arwydd cynta o bresenoldeb ysbrydion y fall. Hwyrach fydd fy ngwallt i'n glaerwyn erbyn y bore neu mi fyddaf wedi rhuthro dros fy mhen i'r llyn dan y bont!"

"Rwyt ti'n cellwair rŵan. Dydw i erioed wedi gweld ysbryd ond dydi hynny ddim yn profi nad oes yna'r un. Rydw i'n nabod mwy nag un sydd yn mynnu ei fod wedi gweld un."

"Mi fyddi'n nabod rhywun sydd wedi clywed mwy nag un ohonyn nhw erbyn yfory hwyrach."

* * *

Y noson honno gorweddwn ar fy nghefn yn fy ngwely. Roedd hi'n noson dawel di-wynt a dim smic i'w glywed yn unman. Edrychais ar fy oriawr. Chwarter awr i fynd. Disgwyliais yn berffaith llonydd yn y tywyllwch. Clywn y cloc yn tician yn rheolaidd ar y bwrdd bach ger y gwely. Rhoddais ef o dan y gobennydd. Roedd ei dician yn fud rŵan. Edrychais drachefn ar fy oriawr. Dim ond tri munud oedd wedi mynd:

"Be aflwydd," meddwn wrthyf fy hun, "lol wirion! Dos i gysgu. Dychmygu'r cyfan oedd "Em" a'i wraig wirion a thynnu fy nghoes i roedd Gwilym. Rydw i'n difaru fy mod i wedi sôn dim byd wrtho fo. Ysbrydion wir! Mi fydda i'n destun gwawd. Gobeithio na ddywed Gwilym yr un gair wrth neb."

Disgwyliais gan glustfeinio am y smic lleiaf o sŵn. Cysurais fy hun mai llygod oedd "Em" a'i wraig wedi eu clywed. Llygod bach yn gwichian yn y waliau: Dyna'r esboniad. Clywais ddweud bod llygod bach yn gwneud sŵn ond yr unig dro imi glywed un yn gwneud hynny oedd pan roddodd y gath ei phawen arni. Faint o'r gloch? Pum munud i unarddeg. Brensiach mawr tybed a oedd f'oriawr wedi sefyll? Codais hi at fy nghlust. Nagoedd, roedd hi'n dal i dician yn isel a rheolaidd. Tynnais hi oddi ar fy ngarddwn a'i rhoi o dan y gobennydd.

Disgwyliais. Daethum yn ymwybodol fy mod yn gorwedd yn anystwyth iawn, fy nghoesau wedi ymestyn hyd at waelod y gwely ac yn pwyso yn erbyn y pren traed a'm dau ddwrn wedi'u cau yn dynn.

"Be' gythraul ydy peth fel hyn?" meddwn. "Be' aflwydd sydd wedi dod drosta i . . .?"

Yna, clywais y sŵn. Yn gyntaf roedd fel petai plentyn yn siarad yn ddistaw yn ei gwsg. Rhyw sŵn bach gwichlyd, gwan yn debycach i sŵn cyw bach, hwyrach, nag i sŵn plentyn.

Gwrandewais gan ddal fy ngwynt. Clwyn sŵn arall yn torri ar draws y cyntaf. Yna un arall yn ymuno. Beth oedd y geiriau? Canolbwyntiais fy holl gynheddfau i geisio gwahanu un gair oddi wrth y llall, ond yn ofer. Roedd y sŵn fel murmur isel, undonnog ond ar yr un pryd fel lleisiau distaw yn ateb ei gilydd. Codais ar fy eistedd a chlustfeinio. Medrwn glywed yn well ond eto ni fedrwn wahanu yr un gair oddi wrth y llall. O ble'r oedd y sŵn yn dod? O rywle tu ôl imi ac uwch fy mhen. Beth oedd yn y fan honno? Y tanc dŵr poeth yn un peth a'r ochr arall i'r wal y stafell ymolchi a thu hwnt iddi y gegin. Gwynt yn y pibellau, hwyrach?

Daliais i wrando ac yn wir cynyddai'r sŵn, fel petai nifer fawr o blant bach yn sibrwd yn isel, y naill yng nghlust y llall. Ynys y Plant? Ymhle mae Ynys y Plant? Nid yn Islawrdref bid siŵr ond rhywle yn y môr.

'Ynys y Plant' yn wir! Codais a mynd at y tanc dŵr poeth a gwrando. Dim smic. Euthum i'r 'stafell ymolchi ac oddi yno i'r gegin. Tawelwch y bedd!

Dychwelais i 'ngwely. Distawrwydd. Clustfeiniais. Dyna'r sŵn eto, yr un murmur isel gydag ambell i wich fel chwerthiniad plentyn yn ceisio peidio gwneud gormod o sŵn. Ond ymhle? A phwy oedd yn gwneud y sŵn? Ysbrydion? Amhosib! Allan o'r cwestiwn! Sut y gallai rhywbeth sydd ddim yn bod wneud sŵn? Rhaid bod rhyw reswm arall amdano. Ond beth? Ceisiais feddwl ond ni allwn beidio â gwrando a pho twyaf y gwrandawn po fwyaf oedd y rheidrwydd am esboniad. Cofiais amdanaf yn dweud wrth Gwilym:

"Hwyrach y bydd fy ngwallt yn glaerwyn erbyn y bore . . ."

Neidiais o'r gwely a gafael yn fy ffon fugail a churo'r nenfwd â hi. Gwrandewais yn astud. Dim smic o sŵn!

"Mae gen y diawliaid bach ofn ffon beth bynnag!" meddwn a dychwelyd i 'ngwely.

Trois ar fy ochr a mynd i gysgu.

Pan welais Gwilym dridiau ar ôl hynny y cwestiwn cyntaf oedd:

"Beth ydy lliw dy wallt? Ydy o'n wyn?"

"Ddim eto."

"Ond yn dechrau britho hwyrach?"

"Ddim imi fod yn gwybod."

"Welaist ti mo'r ysbrydion felly?"

"Naddo ond mi wnes i eu clywed nhw."

"Dwn 'im!"

"Do wir, Gwilym. Haid ohonyn nhw."

"Faint wyt ti'n meddwl?"

"Nifer fawr ddywedwn i."

"'Ble roedden nhw?"

"Dyna gwestiwn anodd i'w ateb. Rhywle tu ôl imi ac uwch fy mhen."

"Eu clywed nhw meddet ti. Be' oedden nhw yn ei wneud? Canu ynteu siarad?"

"Siarad, a hynny'n ddibaid, fel plant bach yn sibrwd yn gyfrinachol wrth ei gilydd. Siarad drwy'u dwylo hwyrach, oherwydd roedd 'na ambell i sŵn fel rhyw chwythiad, fel clagwydd yn chwythu'n isel yna ambell i wich fel plentyn yn ceisio rhwystro'i hun rhag chwerthin dros y lle. 'Chlywais i ddim byd rhyfeddach erioed . . ."

Edrychodd Gwilym arnaf yn ddifrifol:

"Tynnu nghoes wyt ti yntê?"

"Nage wir, rydw i'n dweud wrthot ti yn union be glywais i."

"Ar dy wir?"

"Ar fy ngwir."

"Sut wyt ti'n esbonio'r fath beth?"

"Fedra i ddim. Mae'r peth tu hwnt imi, ond cred di fi mae o wedi digwydd. Doeddwn i ddim wedi meddwi a dydw i ddim wedi dychmygu'r peth."

"Am faint ddaru'r siarad barhau?"

"Tan ddaru mi roi taw arno,"

"Beth? Sut wnest ti hynny?"

"Wyddost d'i ffon fugall sydd gen i?

"Gwn."

"Wel, mi gydiais ynddi a tharo'r nenfwd rhyw dair neu bedair o weithiau nes bod y sŵn yn atseinio drwy'r tŷ."

"A beth ddigwyddodd?"

"Mi gaeodd pob ysbryd bach ei geg yn y fan a chlywais i yr un smic ganddyn nhw wedyn."

"Pryd oedd hyn? Neithiwr?"

"Na, y noson honno pan ddwedais i wrthot ti amdanyn nhw gynta'."

"'Dwyt ti ddim wedi'u clywed nhw wedyn?"

"Nag ydw, dydyn nhw ddim yn dechrau tan unarddeg felly ar ben unarddeg rydw i'n estyn am y ffon ac yn taro'r nenfwd rhyw dair neu bedair gwaith nes bydd o'n clecian."

"A dwyt ti'n clywed dim byd wedyn?"

"Dim smic!"

"Wel, tawn i byth o'r fan! Ond rwyt ti'n siŵr eu bod nhw yno?"

"Yn berffaith siŵr, Gwilym."

"Mae'r hen blant yma yn iawn felly?"

"Mae arna i ofn eu bod nhw."

"Wyt ti am aros yna?"

"Rydw i'n siwr o aros rŵan yn dydw?"

"Pam hynny?"

"Wel, roeddwn i'n teimlo'n ddigon unig o'r blaen. Meddylia am y cwmni sydd gen i rŵan!"

Beth tybed yw cyfrinach Tŷ Hyfryd?

'Uncle Willie'

Dyna'r enw 'roddodd y merched ar bennaeth yr Adran Glasurol. Nid Willie oedd ei enw cyntaf ond Dean ac yn ôl ei ymddangosiad byddai wedi gwneud Deon ardderchog. Dyn o daldra canolig ydoedd, eithaf ysgwyddog, braidd yn foliog, ag wyneb croeniach bodlon a diniwed, hanner gwên arno bob amser a dau lygad crwn a siriol; pen braidd yn fawr a lle i ddigon o ymennydd ynddo, a'r gwallt wedi dechrau cilio oddi ar ei dalcen llydan ac uchel. Dilynai gyngor Y Testament Newydd mewn perthynas â'i ddillad; nid oedd yn hollol fel lili'r maes ond ni faliai fwy na honno pa beth a wisgai cyn belled ag y byddai'n cuddio'i noethni.

Fel y mwyafrif o athrawon Clasuron roedd i 'Uncle Willie' yr unplygrwydd diffuant a'r pendantrwydd di-syfl sydd yn nodweddiadol ohonynt. Roedd yn aelod o Gymdeithas Fabian ac fel ei gyd-aelodau credai a'i holl enaid yn yr hyn a alwant yn — *'the inevitability of progress and socialism and the Unavoidable Triumph of Gradualism'*. Credai hefyd heb arlliw o amheuaeth mai dim ond trwy·astudiaeth ddofn o'r Clasuron, yn enwedig gramadeg Groeg a Lladin, y gall dyn ddisgyblu ei feddwl. Pa ryfedd felly ei fod mor fodlon?

Mynegai ei fodlonrwydd drwy chwibanu'n ddibaid. Nid yn y modd cyffredin drwy wefusau crwn ond drwy'i ddannedd gyda'i wefusau yn gil agored. Cyfyngedig iawn oedd ei *repertoire*: yn wir roedd wedi'i chyfyngu i un felodi yn unig a honno oedd *"Deutschland, Deutschland uber Alles!"* — emyn cenedlaethol yr Almaen. Od iawn meddech chwithau o feddwl mai Sais oedd Uncle Willie. Ond camgymeriad fyddai dweud hynny, oherwydd nid oedd dim a wnâi Uncle Willie yn od: gwnâi bopeth yn y dull mwyaf naturiol posib.

O ystyried hynny ni welwn ddim byd yn od wrth ddod i mewn i'r ysgol drwy fynedfa'r staff fore glawog a gweld 'Uncle Willie' yn eistedd ar y fainc yn y 'stafell fach tu ôl i'r drws yn ei drôns hir gyda *'Sou-wester'* am ei ben ac yn chwibanu *"Deutschland, uber Alles"* rhwng ei ddannedd. Nid oedd ond wedi tynnu ei drowsus gwlyb ac yn paratoi i wisgo'r un sych a garlal yn rholyn bach taclus dan ei siaced. Beth oedd yn od yn hynny? Byddai'n od yn rhywun arall hwyrach ond ddim yn 'Uncle Willie'. Felly cyfarchwn ef yn ddigon di-lol gyda:

"Good morning! Wetted your trousers again, have you?"

Gwenai arnaf a nodio'n groesawus ond heb atal dim ar ei chwibanu.

Er cymaint yr edmygwn Uncle Willie aeth ei chwibanu undonnog yn ddiflastod imi — yn gymaint o ddiflastod yn wir nes peri imi geisio osgoi bod yn ei gwmni. O wneud hynny fodd bynnag, teimlwn yn euog iawn. Sut y medrwn, mewn gwirionedd, ymddwyn mewn ffordd mor gywilyddus tuag at ddyn oedd yn ymgorfforiad o ddiniwedirwydd ac ewyllys dda at holl ddynolryw? Mor boenus oedd pigiadau cydwybod nes fy ngorfodi i chwilio am 'Uncle Willie' yn lle ffoi rhagddo.

Roedd gan Uncle Willie wraig oedd yn gweddu iddo fel y gwnâi'r gyllell i'r fforc. Dysgai hi economeg ac fel ei gŵr ni faliai hithau rhyw lawer pa beth a wisgai ond ni chlywais neb yn gwneud unrhyw sylw dilornus amdani hi. Roedd ei diffuantrwydd dirodres yn ddigon i'w hamddiffyn rhag peth o'r fath.

Roedd ganddi hithau hefyd ei hargyhoeddiadau gwleidyddol a oedd yn llawn mor gadarn â syniadau ei gŵr. Glynnai hi wrth ddamcaniaethau Rhyddfrydol y G.O.M. — y Grand Old Man — neb llai na William Ewart Gladstone. Credai mewn *'Free Trade, the Taxation of Land Values and Home Rule for Ireland!'* Pe gwireddid y polisïau hynny deuai'r byd i'w le! Pwy oeddwn i i ddadlau â hi?

Un diwrnod bythgofiadwy gwelais Uncle Willie yn cerdded adref o'r ysgol. Stopiais y car a'i godi. Peidiodd â chwibanu am eiliad i ddiolch imi. Wedi cyrraedd ei dŷ dywedodd:

"Let's go and pick wild strawberries. There are any amount under the hedges up here and when the wife comes home we'll have tea."

Nid oedd arnaf fwy o eisiau hel mefus gwylltion nag a oeddwn eisiau cur yn fy mhen. Ond sut y gallwn wrthod?

Cychwynasom i fyny'r caeau. Prin ein bod wedi mynd ganllath pan ddechreuodd y glaw. 'Ha!' meddwn wrthyf fy hun, 'gwaredigaeth oddi fry!'

"We'll have to go back," meddwn, *"otherwise we'll get wet through."*

"It's alright" meddai Uncle Willie *"I've got a plastic mac and a souwester in my pocket."*

Tybed pa un yr oeddwn i am gael? Y 'gôt' ynteu'r 'het'?

Ond cael fy siomi a wneuthum oherwydd gwisgodd Uncle Willie y ddau.

"That's better!" meddai *"it can rain as much as it likes now. Here's your bag, try not to squash the fruit."*

Pan ddychwelasom o'r caeau rhyw hanner awr yn ddiwedd-arach roeddwn yn wlyb at fy nghroen ond doedd Uncle Willie ddim gwaeth ar wahân i odre ei drowsus. Ond beth oedd hynny ac yntau yn cario trowsus sbâr yn rholyn taclus dan ei siaced bob amser?

"I think I had better go home and change," meddwn, *"I'm rather wet."*

"Don't go home," meddai Uncle Willie, *"come into the house you'll soon get dry there. You mustn't go before tea. We've got a treat today — three kinds of cheese!"*

Anghofiais ddweud mai llysieuwyr oedd 'Uncle Willie' a'i wraig. Ni fwytaent na chig na physgod. Roedd y syniad o gig-ydda yn wrthun iddynt, bron yn gyfystyr â chanibaliaeth!

Euthum i'r tŷ. Roedd gwraig Uncle Willie wedi cyrraedd ac yn gosod y bwrdd.

"You sit here," meddai 'Uncle Willie' a setlo yn ei le ei hun gyda phob arwydd o'r pleser oedd i ddod ar ei wyneb a ddisgleiriai fel un plentyn o flaen te-parti!

Roedd Mrs Uncle Willie wedi paratoi'r wledd yn ei ffordd unigryw ei hun — drwy rhoi'r tri math o gaws mewn dysgl, yna wedi ychwanegu diferyn o lefrith a chymysgu'r cyfan â fforc yn gawl trwchus gludog. Cafodd y tri ohonom lwyaid neu ddwy ar ei blât a chan fod pentwr o fara menyn yng nghanol y bwrdd nid oedd dim mwy i'w wneud ond mwynhau'r saig anghyffredin.

Dangosodd Uncle Willie imi sut drwy estyn am ddarn o fara menyn a thaenu haenen o'r gymysgedd ryfedd arno a'i fwyta gyda phob arwydd o fwynhâd.

"Isn't it delicious!" meddai.

"What cheeses are these?"

"Cheddar, Cheshire and Double Gloucester," atebodd Mrs Uncle Willie a'i llais yn mynegi ei boddhad o werthfawrogiad ei gŵr o'i champwaith gogyddol.

"Congratulations, my dear," meddai Uncle Willie ac ar ôl troi ataf ychwanegodd: *"you're glad you stayed to tea now*

aren't you?"

"Yes, *indeed*," meddwn. Ond celwydd noeth oedd hynny. Roeddwn bron â thagu oherwydd ni allwn yn fy myw â llyncu'r gymysgedd ludiog. Glynnai yn fy nannedd ac yn nhop fy ngheg. Ceisiwn ei wthio i lawr fy nghorn gwddf gyda blaen fy nhafod ond roedd honno wedi glynu wrth dalp o gaws ac yn methu â chael ymadael arno.

Edrychais ar Uncle Willie a'i wraig. Roedd y ddau yn taflyncu am y gorau: y pentwr bara menyn yn gostwng a'r cymysgedd caws yn prysur ddiflannu.

"Come on, *eat!,*" anogodd Uncle Willie fi, "there's *plenty more!"*

Beth a allaf ddweud oddigerth imi ddioddef yn enbyd. Yr unig bleser a gefais, ac roedd hwnnw'n bleser mawr, oedd gweld llwyaid olaf o gymysgedd caws yn cael ei daenu ar fara menyn Uncle Willie.

Y fi oedd y cyntaf i godi oddi wrth y bwrdd:

"Thank *you*," meddwn, "that was *lovely. I must go now. Thank you again."*

"You can't *go now!"* meddai Uncle Willie, "Tom *and Jerry now."*

"I beg *your pardon?"*

"Tom *and Jerry on Television."*

"Oh? *Who are they?"*

"You don't *mean to tell me· you don't watch Tom and Jerry?"*

"No, *I don't I'm afraid. Have I missed something?"*

"Missed *something! Only the best thing on Television. Quiet. now . . ."*

Aeth drosodd at y set a'i throi ymlaen . . . " . . . *any moment now!"* meddai. "Sit *here on the sofa with me!"*

Eisteddais wrth ei ymyl a gwyliais gampiau rhyw gath a llygoden fach yn ymlid ei gilydd, yn ymladd, ac yn siarad tra chwarddai Uncle Willie nes bod dagrau yn powlio o'i lygaid.

Soniais eisoes am ei ddiniweidrwydd plentynaidd ac onid oedd hyn yn esiampl berffaith ohono. Pe cyfaddefwn y gwir, teimlwn rhyw fath o genfigen tuag ato oherwydd ei fod yn gallu mwynhau y fath symlrwydd tra fedrwn i ond syllu ar y sgrîn a disgwyl yn anymyneddgar am ddiwedd y rhaglen. Onid dyn ffodus oedd Uncle Willie o'i gymharu â mi?

Daeth y rhaglen i ben o'r diwedd.

"Now I must go!" meddwn.

"Don't go" meddai Uncle Willie, *"let's have a game of chess. I don't often have the opportunity."*

Pwy oeddwn i i warafun ei gyfle i chwarae gwyddbwyll? Eisteddais gyferbyn ag ef a dechrau chwarae. Chwibanai Uncle Willie *'Deutschland uber Alles'* yn ddi-baid rhwng ei ddannedd tra'r ystyriai ei dactegau ar faes y gad. Ef oedd i gychwyn ond ni symudodd ddarn am beth bynnag ddeng munud. Symudais innau. Cymerodd chwarter awr cyn symud y darn nesaf ac ni pheidiai â chwibanu. Dyn byrbwyll? Celwydd noeth! Pebai hynny'n wir byddwn wedi lluchio pob darn ar y bwrdd drwy'r ffenest a rhedeg allan drwy'r drws. Yn lle gwneud hynny dioddefais yn dawel; dioddefais fel y dioddefa llygoden dan balf y gath, heb wingo na gwneud unrhyw ymdrech i ddianc.

Ar ôl amser a ymddangosai imi fel oes cefais fy achub gan wraig Uncle Willie.

"Leave the game for a moment, Dean," meddai, *"I want to show John Elwyn our holiday snaps."*

Roedd y ddau wedi bod yn Ffrainc ar eu gwyliau, wedi teithio yn eu *Dormobile* ar hyd yr heolydd syth a llydan o'r gogledd i'r de, i lawr dyffryn y Loire a thros fynyddoedd y *Massif Centrale* ond nid ar ochr chwith nag ochr dde'r ffordd ond yn ei chanol a heb unwaith fynd dros ddeng milltir ar hugain yr awr.

Ni siaradai yr un o'r ddau air o Ffrangeg ond pa wahaniaeth am hynny? Onid oedd Uncle Willie yn rhugl yn yr iaith Ladin ac onid yw pob offeiriad Pabyddol yn rhugl yn yr iaith honno hefyd? Felly, ar ôl cyrraedd unrhyw bentref gwledig chwilotai Uncle Willie nes darganfod y *Curé* ac ymgomiai ag ef yn yr hen iaith glasurol a serch y ffaith fod Lladin Sais yn dra gwahanol i Ladin pobl sydd â'u llafariaid yn fwy pur, llwyddai'r naill i ddeall dipyn bach o'r hyn a ddywedai'r llall.

Yn y cyfamser tynnai Mrs Uncle Willie luniau gyda'i chamera hen-ffasiwn. Tynasai luniau pob math o bethau, yn gof-golofnau, amgueddfeydd, cestyll, *chateaux*, afonydd, llynnoedd, mynyddoedd, plant yn gyrru gwyddau, hen ddynion yn yfed gwin o flaen *estaminets* a hyd yn oed fulod yn cludo basgedi o rawnwin o'r gwinllanoedd.

Daliai'r lluniau o flaen fy llygaid ac adrodd hanes pob un yn fanwl. Clodforwn innau ei dawn gyda'r camera a mynegwn fy edmygedd a'm syndod o'r fath ryfeddodau. Roedd ganddi ugeiniau o luniau a thybiais na fyddai diwedd arnynt byth ac mai yno y byddwn tan y bore yn nodio fy mhen ac ailadrodd: *"Marvellous! Wonderful! Beautiful! How delightful! . . ."*

Ond fel popeth arall daeth yr arddangosfa i ben o'r diwedd. Rhoddwyd y lluniau o'r neilltu ac yna safodd gwraig Uncle Willie yn berffaith llonydd yng nghanol y llawr am tua munud cyfan heb ddweud gair. Sylwais fod llygaid ei gŵr wedi'u hoelio arni.

Yn sydyn cododd ei dwy fraich fel aderyn mawr afrosgo, yn paratoi i hedfan. Cododd hwynt i fyny uwch ei phen ac yna eu gostwng yn araf nes oeddent yn ymestyn yn syth allan o'i hysgwyddau. Plygodd un goes a sefyll ar flaenau'i thraed. Ciciodd ei hesgidiau i ffwrdd a safai yn awr fel balerina ar fin gwneud *pirouette*. Yna dechreuodd droi yn araf gan wyro ei chorff ymlaen ychydig, yn gyntaf i'r chwith, yna i'r dde. Cyflymodd ei symudiadau a'r un pryd ehangodd ei chylch. Mewn dim amser roedd yn chwyrlïo fel top cynddeiriog, ei dau lygad ynghau a'i gwallt yn sefyll allan yn syth o'i phen. Sawl pen oedd ganddi? Roedd yn troi mor gyflym gallwn daeru fod ganddi ddau a dau bâr o freichiau. Erbyn hyn roedd yn troi mor gyflym nes yr hanner disgwyliwn ei gweld yn codi o'r llawr a hedfan. Codasai ei sgert a gwelwn ei dillad isaf a'i chluniau cyhyrog.

Ni wyddwn beth i'w wneud. A ddyliwn hwyrach glapio fy nwylo a gweiddi *'Olé'*!? Edrychais ar Uncle Willie. Roedd cysgod gwên ar ei wyneb, heb fod yn annhebyg i wên y Mona Lisa neu'r wên a dybia rhai ei gweld ar wyneb y Sffincs. Edrychai ar ei wraig ac arnaf i bob yn ail.

Tybed a ddylwn innau wenu hefyd, neu hwyrach edrych i ffwrdd ac anwybyddu'r hyn oedd yn digwydd? Neu hwyrach gymryd arnaf fod y cyfan yn hollol naturiol, a heb fod yn anghyffredin o gwbl? Ar y llaw arall, efallai ei fod yn ddigwyddiad anghyffredin a bod fy mhresenoldeb i yn gryn dipyn o 'embaras' i Uncle Willie. A ddylwn felly lithro allan ar flaenau fy nhraed? Ond y peth a berai fwyaf o benbleth imi oedd beth oedd ystyr y ddawns wyllt? Tybed ai dawns gymharu fel un adar yn y gwanwyn oedd hi ac y byddai Uncle Willie yn ymuno ynddi unrhyw eiliad?

Sut ddylwn edrych? A ddylai fy wyneb fod yn llawn edmygedd, yn llawn syndod, ynteu yn mynegi dim? Y peth gwaethaf byddai dangos anghymeradwyaeth. Penderfynais geisio dangos wyneb oedd yn mynegi ar yr un pryd edmygedd, syndod a chymeradwyaeth heb roi mwy o bwyslais ar unrhyw un ar draul y lleill a cheisiais gadw fy llygaid ar ben y ddawnswraig yn unig. Teimlwn yn dra anghyfforddus ac ofnwn y byddai'r ddawns yn diweddu yn drychinebus oherwydd roedd ei chylch yn eangu gyda phob tro nes roedd hi'n gwibio heibio'r ffenest a hithau mewn perygl mawr o syrthio. Tybed a ddylwn sefyll yno i arbed damwain o'r fath?

Edrychais drachefn ar y ddawnswraig. Erbyn hyn roedd hi wedi colli dipyn o'i gosgeiddrwydd ac yn tueddu i wyro i un ochr. Roedd ei breichiau wedi gostwng hefyd fel brân glwyfedig. Teimlwn fod yr uchafbwynt eisoes wedi mynd heibio a bod ffrydiau ei nwyf ar drai. Er i'r cylch ehangu yn beryglus arafai ei throadau a dechreuai ei thraed lusgo. Erbyn hyn doedd ganddi ond un pen ac un pâr o freichiau a'r cyfan yn gostwng ac yn gostwng nes bod ei dwylo bron â chyffwrdd y llawr. Cododd Uncle Willie a chan roi ei fraich yn dyner am ei chanol arweiniodd hi o'r stafell fel petai'n arwain dynes yn cerdded yn ei chwsg!

Roedd y ddawns drosodd a phopeth oedd i fod i ddigwydd wedi digwydd. Tybed ai arferiad nosweithiol ai achlysurol oedd hi, ond gwaeth byth, tybed mai i mi roedd hi'n dawnsio? Brawychais wrth feddwl am y posibiliadau. Dylwn fod wedi dianc o'r tŷ tra roedd Uncle Willie yn rhoi y 'gusan fywyd' i'w wraig luddedig ond roeddwn yn rhy llwfr. Arhosais yn fy unfan ar y soffa. Dychwelodd Uncle Willie fel pe na bai dim wedi digwydd, a hwyrach nad oedd dim!

"I must go now," meddwn, "I've run out of cigarettes and if I don't catch the pubs before they close I won't get any until tomorrow."

"Don't worry," meddai, "I'll give you a packet. I bought a 200 carton duty-free on the boat coming back from France. I give the odd packet to friends. Just a minute."

Rhoes ei law mewn cwpwrdd ac estyn pecyn imi.

Taniais un a threuliais awr arall yn gwrando ar Uncle Willie yn esbonio damcaniaeth 'Inevitability of Progress and Socialism" ond ni chyfrennais ddim i'r drafodaeth. Teimlwn fel milwr cyn y frwydr yn gofyn iddo'i hun:

"Tybed a welaf yr haul yn codi yfory?"

O'r diwedd fe'm gollyngwyd. Euthum allan ac i'r car. Ofer fyddai gofyn sut y teimlwn: roeddwn tu hwnt i bob teimlad oddigerth y teimlad a ddaw i'r dyn sydd newydd ddeffro o hunllef ac a ddywed o waelod ei galon:

"Diolch i'r nefoedd mae dim ond hunllef ydoedd."

* * *

Onid iawn y galwodd y merched ef yn Uncle Willie? Onid oes ryw anwyldeb yn yr enw ac os meddai unrhyw un a gyfarfyddais erioed y rhinwedd hwnnw, meddai Uncle Willie ef.

Byddai peri creulondeb i unrhyw greadur yn amhosibl i Uncle Willie. Y tro olaf imi glywed amdano roedd yn byw yn y Rhyl, yn ei ail-blentyndod chwedl y sawl a roes y newydd imi. Gwnaeth gamgymeriad mawr. Ni adawsai Uncle Willie ei blentyndod cyntaf. Parhaodd ei ddiniwedirwydd drwy gydol ei oes. Dyn ffodus iawn oedd Uncle Willie — ni wnaeth i neb wylo erioed!

'Ôl Traed yn y Tywod'

Cyn gadael yr Almaen roeddwn wedi cael gafael ar lyfr gan Hans Wemer Richter — *"Spuren im Sand"* — "Ôl Traed yn y Tywod" ac wedi'i fwynhau yn fawr iawn. Roedd yr awdur yn un o dri a sefydlodd yr hyn a elwid yn *'Gruppe' '47'* gyda'r nod i 'sgrifennu'r gwir plaen am y cyfnod Natsïaidd. Y rheswm am hyn oedd fod yr awdurdodau a gwahanol sefydliadau yn ceisio dileu y cyfnod hwnnw o hanes a chof y genedl a thrwy wneud hynny gymryd arnynt na bu Hitler na'i erchyllterau erioed mewn bodolaeth.

"O na," meddai Richter, a'i ddau gyfaill, Gunter Grass a Heinrich Böll — y gŵr a gafodd wobr Nobel am lenyddiaeth yn 1973 a'r gŵr cyntaf i Solzhenitsyn gyfarfod ag ef ar ôl gadael Rwsia. "O na!" meddai'r tri, "mae'r cyfnod rhwng 1933 a 1945 yn rhan o hanes y genedl fel unrhyw gyfnod arall. Byddwn yn gwneud cam â'n plant ac â'r cenedlaethau sydd i ddod drwy ei anwybyddu. Er cymaint y gwarth mae'n rhaid inni ei wynebu a cheisio mynegi'r gwir fel yr ydym wedi ei weld a'i brofi."

Aeth y tri ati yn eu ffordd eu hunain. Penderfynodd Hans Wemer Richter sgrifennu cyfres o nofelau hunan-gofiannol gan ddechrau gyda'r Rhyfel Byd Cyntaf yn 1914 pan oedd yn chwech oed. "Ôl Traed yn y Tywod" oedd y gyfrol gyntaf a chafodd lwyddiant ysgubol yn yr Almaen.

Gan fod tebygrwydd mawr rhwng y cymeriadau yn y llyfr a'r math o gymeriadau sydd yn gyffredin yng Nghymru a chan fod y stori mor eithriadol o ddiddorol ac wedi'i chyflwyno mor gampus penderfynais ei chyfieithu i'r Gymraeg. Stori ydyw am blentyn yn tyfu i fyny mewn tref fach glan y môr megis Porthmadog, Nefyn neu Gei Newydd, y tad yn bysgotwr a'r fam yn olchwraig ac yn gofalu am naw o blant. Stori gyffredin ond un hynod o gredadwy a gwreiddiol a chymeriad y fam yn eithriadol o debyg i'r fam Gymreig draddodiadol — dynes weithgar, gynnil a di-lol, yn barod i aberthu popeth dros ei phlant, yn awyddus iddynt 'ddod yn eu blaen' ac yn rheoli ei gŵr yn llwyr.

Roeddwn wedi dechrau ar y gwaith pan oeddwn yng Ngholeg y Drindod ac wedi'i gael yn anodd iawn oherwydd prin yr oeddwn wedi sgrifennu dim byd yn Gymraeg ers imi ymadael â'r ysgol yn bymtheg oed ac ond ychydig oeddwn wedi'i ddarllen yn y famiaith. Pan oeddwn wedi cael holiad go dda yn y *Moss* canwn fy hun i gysgu yn Gymraeg er gwaethaf protestiadau fy nghymdogion yn y 'stafelloedd o bobtu a phan gawn y cyfle siaradwn Gymraeg ond yn anffodus nid oedd hynny'n aml. Felly roedd fy Nghymraeg braidd yn glapiog pan ddychwelais i Gymru er na fu'n hir cyn imi ail-feistroli'r iaith lafar yn nhafodiaith Sir Feirionnydd.

Ond nid felly'r gallu i ysgrifennu. Canfûm fod yr iaith ysgrifenedig wedi newid yn fawr. Roedd ffurfiau megis 'darllenasom, ysgrifenasom' a'r cyffelyb wedi diflannu, 'maent hwy' wedi troi'n 'maen nhw', ac 'af' yn 'rydw i'n mynd.' Achosodd pethau felly drafferthion mawr imi, felly ar ôl gorffen y llyfr mewn llaw-ysgrifen rhoddais ef i rywun oedd yn byw mewn pentre bach heb fod ymhell o Ddolgellau i'w deipio a'i gywiro.

Gwnaeth hynny'n foddhaol iawn er iddo gymryd cryn dipyn o amser ac o'r diwedd cyhoeddwyd "Ôl Traed yn y Tywod" gan y Cyngor Llyfrau Cymraeg ar gyfer llyfrgelloedd yn unig.

Credaf iddo gael derbyniad eithaf da ar y cyfan. Er i'r Cyngor Llyfrau dalu £150 imi am ei gyfieithu, credaf mai ar fy ngholled yr oeddwn ar y cyfan!

* * *

Ym mis Mawrth 1971 roeddwn yn athro yn Sussex pan glywais gan y Cyngor Llyfrau fod Hans Wemer Richter yn ymweld â Chaerdydd i roi darlith ar *'Gruppe 47'* yng Ngholeg y Brifysgol a'i fod yn awyddus i'm cyfarfod.

Roeddwn innau yn awyddus iawn i'w weld yntau oherwydd roeddwn wedi darllen tri neu bedwar o'i lyfrau ac wedi eu mwynhau yn fawr. Felly sgrifennais i dderbyn y gwahoddiad a hefyd gwahoddiad i aros y noson yn nhŷ Athro Almaeneg y Coleg sef yr Athro Peter Williams. O'i gyfarfod, mawr oedd fy syndod o ddarganfod fod yntau hefyd yn un o feibion Meirion, wedi'i fagu ar ffarm Bryn Llefrith rhwng Trawsfynydd ac Abergeirw.

Roedd y ddarlith ar nos Wener, yn Almaeneg wrth gwrs, oherwydd ni siaradai Richter fawr ddim Saesneg. Wedi'r ddarlith aethom i gyd am swper gyda'n gilydd. Roedd gwraig yr awdur gydag ef a hefyd y *Cultural Attaché* o Lysgenhadaeth yr Almaen yn Llundain.

Dyn bychan oedd Richter ond hynod o fywiog a llawn digrifwch; cymerasom at ein gilydd ar unwaith. Roedd ef fel finnau wedi gwasanaethu yn y fyddin drwy gydol y Rhyfel ond roedd wedi cael profiadau llawer mwy enbyd na mi gan ei fod wedi treulio dros ddwy flynedd yn Rwsia yn ogystal â brwydro yn yr Eidal ac yn Ffrainc. Serch hynny nid oedd ei brofiadau wedi'i chwerwi o gwbl ac edrychai ymlaen at y dyfodol â hyder.

Cofiaf, a ninnau'n eistedd wrth y bwrdd yn mwynhau'r bwyd a'r gwin, i'r sgwrs droi at y newyn a'r oerni yr oeddem ein dau wedi'i ddioddef amser y Rhyfel. Cofiaf imi ofyn iddo:

"Ydi'ch traed chi'n gynnes rŵan?"

"Ydyn," meddai, "fel petaent yn y popty."

"Da iawn," meddwn, "a'ch pen yn oer?"

"Yr union dymheredd y dylai fod," atebodd.

"Wel, dyna ddau beth pwysig iawn o safbwynt cysur milwr."

"Ia," meddai, "ond mae 'na un peth arall pwysig iawn hefyd."

"Beth ydi hwnnw?"

"Bol llawn," meddai a chwerthin yn braf.

Drannoeth roeddem ein pedwar yn mynd i Abertawe i Ffair Lyfrau'r Cyngor i fod yn bresennol mewn seremoni pan fyddai Richter yn cyflwyno copi gwreiddiol "Ôl Traed yn y Tywod" imi a minnau yn estyn y cyfieithiad Cymraeg iddo ef a hynny o flaen y camerâu teledu.

Aethom i Abertawe yn fy nghar i ac ar y ffordd rhoddais fraslun o hanes Cymru i fy ngwesteion. Roeddent wedi eu syfrdanu ac yn rhyfeddu at y ffaith fod Cymru wedi cael cyn lleied o sylw yn Ewrop o ystyried ei hanes a'i gorchestion. Sut oedd hi'n bosibl i wlad fel Cymru oedd yn meddu ar lenyddiaeth mor gyfoethog ac mor hen fod wedi cael ei hanwybyddu i'r fath raddau? Dyna'r cwestiwn oedd yn peri syndod iddynt. Ond cyn imi fedru esbonio roeddem wedi cyrraedd Abertawe.

Y nod cyntaf oedd darganfod hoff dafarn Dylan Thomas. Gwyddai Richter enw'r dafarn oherwydd roedd yn edmygydd mawr o Dylan. Felly ar ôl rhoi'r car yn y maes parcio dyna ddechrau holi. Wedi inni gael cyfarwyddiau manwl cafwyd hyd iddi ac eistedd wrth fwrdd mewn congl lle'r arferai Dylan eistedd yn ôl yr hyn a ddywedodd rhai o'r hen gwsmeriaid.

Roedd Richter wrth ei fodd a dyna lle buon ni am tua awr a hanner nes inni gofio'n sydyn eu bod yn ein disgwyl yn y Ffair Lyfrau erbyn dau o'r gloch. Gyda chwarter awr i fynd, doedd gan yr un ohonom syniad lle'r oedd y Ffair ar wahân i'r cyfeiriad ar ddarn o bapur.

"Fyddai hi ddim gwell inni fynd?"

"Ie, mae'n hen bryd. Ond sut?"

"Nid yn dy gar di beth bynnag!" meddai Richter.

"Pam hynny?"

"Pam hynny'n wir! Ar ôl yfed cymaint er cof am Dylan Thomas?"

"Gymerwn ni dacsi," awgrymodd y *Cultural Attachee.*

"Mae gen i well syniad," meddwn, "fydda i ddim dau funud," a gofyn i'r tafarnwr ble'r oedd y ffôn.

Ffoniais yr Heddlu a phan atebodd y swyddog ar y pen arall i'r lein dywedais:

"My name is John Elwyn Jones, Civil Service Interpreter. I am conducting a delegation from the German Embassy around Swansea. At the moment we are at The Wine Vaults where Dylan Thomas spent so much of his time. At two o'clock we are due at the Welsh Book Fair at the Exhibition Centre. Unfortunately I don't know where it is and I've been unable to get a taxi despite repeated phone calls. It appears they are all engaged in taking people to some important football match on the Vetch Field. It will be a major diplomatic embarrassment if I can't get these people to the Book Fair on time particularly since the proceedings are to be televized . . ."

"Just a minute, sir. What do you think the Police can do about it . . . ?"

"Well, if we could be taken to the Exhibition Centre in a Police car it would make a very good impression on the delegation . . ."

"Hang on, I'll hand you over to the Inspector."

"Inspector D . . . speaking. What's your problem?"

Euthum dros fy stori. Yna:

"Alright, I'll send a car over to see what's up. Where did you say you were, and how many of you are there?"

"Dylan Thomas' favourite pub, The Wine Vaults. There are four of us."

"I know the place, there'll be a car there in five minutes!"

Pan ddychwelais at y lleill:

"Well?"

"We'll be going away in style."

"In style?"

126

"Yes, in a Police car!"

"Where to? To the Police Station? What have you done?"

"Just wait five minutes and you'll see. Let's go outside and speak German in a loud voice!"

Ymhen ychydig funudau ac ar ôl cyfnewid ychydig o eiriau â'r gyrrwr roeddem ar ein ffordd i'r Ffair Lyfrau.

"Gresyn nad oeddet ti ddim efo fi yn Rwsia," meddai Richter "mi fyddwn wedi cael bywyd dipyn 'sgafnach!"

Y peth cyntaf ar ôl cyrraedd y Ffair oedd cyflwyno fy ngwesteion i'r bobl bwysig ac yna eistedd i lawr i ginio da.

Roedd Richter wrth ei fodd. Meddai:

"Ar ôl llwgu drwy'r rhyfel ac am rai blynyddoedd ar ôl iddi orffen does dim angen galw ddwywaith arna i i ddod at y bwrdd bwyd..."

Ar ôl y wledd daeth yr areithiau — Alun Creunant Davies ar ran y Cyngor Llyfrau, Meic Stephens dros Gyngor y Celfyddau ac eraill. Yna Richter, yn Almaeneg wrth gwrs a minnau'n cyfieithu a'r *Cultural Attachee* mewn Saesneg coeth ar ran Llysgenhadaeth yr Almaen. I ddiweddu, Richter a minnau yn cyflwyno llyfrau i'n gilydd o flaen y camerâu teledu.

Gan fod fy ngwesteion yn dychwelyd i Lundain ar y trên o Abertawe ffarweliais â hwynt ar ôl cyfnewid cyfeiriadau ac addo cadw mewn cysylltiad. I raddau mi wneuthom hynny, a daeth datblygiadau pellach yn ddiweddarach.

Helynt Wmffra

Roedd ffarm Dyffrydan tua hanner milltir o Dŷ Hyfryd, cartref yr ysbrydion. Roedd yn eithaf ffarm, yn cadw tua dau gant a hanner o ddefaid ar y mynydd a buches o warteg duon. Tenant i'w ewythr oedd Wmffra Williams nes i hwnnw farw a'i weddw'n gwerthu'r ffarm yn wrthgefn iddo yn ystod y Rhyfel i frawd Miss Nightingale.

O'r diwrnod hwnnw ychydig o lonydd a gafodd Wmffra. Nid oedd fawr mwy na gwas bach i Miss Nightingale ac roedd ganddo gryn ofn ei brawd a oedd yn ddyn cas a gormesol — lwmpyn o ddyn mawr tew, anghynnes a oedd wedi hen arfer â sathru pobl dan draed. Nid oedd yn anodd gwneud hynny ag Wmffra oherwydd roedd yn ddyn diniwed ac addfwyn.

Pan glywodd Nightingale fod Wmffra wedi cyrraedd pump a thrigain oed aeth ato a dweud:

"Time you retired and gave younger men a chance. Retire now. I'll buy your sheep and all your impliments. You can take your cows to the mart. They tell me they are selling well now. I'm arranging for someone to come and price your sheep straight away and you get someone to represent you . . ."

Beth wnâi Wmffra druan? Roedd ganddo ofn mynd yn erbyn ei feistr tir rhag i hwnnw wneud ei fywyd yn hollol annioddefol. Cytunodd Wmffra petai dim ond er mwyn cael mynd i rywle o grafangau Nightingale. Doeddwn i yn gwybod dim ar y pryd neu mi fyddwn wedi'i gynghori i fynd at gyfreithiwr.

Prisiwyd y defaid a'r celfi, gwerthwyd y cyfan i Nightingale a daeth tenantiaeth Wmffra i ben ond gofynnodd Nightingale iddo aros yn Nyffrydan nes byddai'r tymor wyna drosodd. Cytunodd Wmffra ond heb yr un math o gytundeb ysgrifenedig.

Wedi i'r defaid i gyd ddod ag ŵyn perodd Nightingale iddo symud allan o'r tŷ. Gofynnodd Wmffra am ei arian am y defaid a'r celfi.

Dyma'r ateb a gafodd:

"You are not getting a penny from me! You've neglected my farm. Now clear out or I'll have you thrown out!"

Medrwch ddychmygu sut y teimlai Wmffra. Ni wyddai'r

creadur i ba le i droi. Doedd ganddo unlle i fynd ac roedd wedi colli ei holl eiddo.

Cyfarfyddais ag ef yn ddamweiniol drannoeth ymweliad Nightingale. Canfûm ar unwaith bod rhywbeth mawr arno. Prin y medrai siarad yn iawn ac roedd ei ddwylo'n grynedig. Erfynais arno i ddweud beth oedd yn bod. Yn araf ar y dechrau, ac yna fel lli'r afon daeth y stori allan, ac o'i chlywed berwai fy ngwaed. Penderfynais yn y fan i wneud beth bynnag a allwn i'w gynorthwyo.

"Y peth cyntaf sydd yn rhaid ichi ei wneud," meddwn, "yw mynd at' gyfreithiwr. "Wyddoch chi pwy ydy cyfreithiwr Nightingale?"

Enwodd gyfreithiwr yn Nolgellau.

"Ewch i'r Bermo," meddwn, "ac ewch 'fory."

"Be' ddweda i wrtho fo?"

"Y cwbl, o'r dechrau, o'r diwrnod pan brynodd Nightingale eich ffarm tu ôl i'ch cefn ac fel rydach chi wedi dioddef byth er hynny. Popeth, heb gadw dim yn ôl. Y chi sydd yn mynd i ennill yn y diwedd. Mi ofala i am hynny!"

Siriolodd ychydig.

Aeth i'r Bermo at gyfreithiwr. Aeth wythnosau heibio heb iddo glywed dim oddi wrtho.

Yn y cyfamser roedd Nightingale yn hel tystiolaeth am esgeulustod Wmffra. Anfonodd ddyn o'r dref gyda chamera i dynnu lluniau bylchau yn y gwrychoedd a llechi oedd wedi disgyn oddiar yr adeiladau ac yn enwedig un hen sgubor oedd wedi mynd â'i phen iddi. Galwodd y tynnwr lluniau i'm gweld a gofyn imi os gwyddwn am chwaneg o ddifrod ar dir Dyffrydan.

Dywedais wrtho y dylai gywilyddio am wneud peth o'r fath a pherais iddo fynd o'm golwg am ei fywyd rhag ofn mai ef fyddai yn dioddef difrod! Ni bu yn hir cyn mynd!

Gan nad oedd Wmffra wedi clywed gair oddi wrth ei gyfreithiwr yn y Bermo euthum ati i 'sgrifennu ei achos i lawr ar bapur. Gwneuthum ymholiadau hefyd yn yr ardal a chefais dystiolaeth fod to'r sgubor wedi dod i lawr mewn tymhestl flynyddoedd cyn i Nightingale brynu Dyffrydan.

Wedi rhoi'r cyfan ar ddu a gwyn euthum i weld cyfreithiwr yn y dref a dywedais wrtho:

"Dyma chi! Edrychwch ar yr hyn sydd ar y tudalennau yma. Mae Wmffra Williams wedi cysylltu â chyfreithiwr yn y Bermo ond dydi hwnnw wedi gwneud dim. Rydw i'n gweld y peth braidd yn amheus. Does gan Wmffra Williams ddim amser i ddisgwyl yn hir iawn oherwydd mae'n prysur golli'i iechyd. Mae o wedi gofyn i mi ei gynrychioli, ac rwyf am wneud fy ngorau drosto. Dwn i ddim beth sydd yn mynd ymlaen yn Nolgellau ac felly rydw i wedi cysylltu â Gwynfor Evans, arweinydd fy mhlaid ac wedi cael sicrwydd ganddo y bydd yn trefnu cyfreithiwr i gynrychioli fy nghyfaill os na all gael rhywun yn lleol. Rydw i'n gadael y papurau yma efo chi ac yn gobeithio y bydd rhywbeth yn digwydd yn fuan iawn!''

Ymhen llai na mis ymddangosodd Wmffra a Nightingale o flaen trebiwnlys. A'r canlyniad? Cafodd Wmffra 95% o'r arian oedd yn ddyledus iddo am ei ddefaid a'i gelfi tra dangoswyd i bawb sut ddyn oedd Nightingale.

I ychwanegu at ei lawenydd cafodd Wmffra dŷ yn ei hoff ardal i symud iddo lle medrai fwynhau ei seibiant a dilyn ei hoff ddull o ymlacio, sef chwarae drafftiau. Roedd yn bencampwr ar y gêm ac yn feistr ar bob gwrthwynebydd o fewn cylch o ddeng milltir i Ddolgellau. Er mor addfwyn, mor ddiniwed ac mor ddiddichell oedd Wmffra, roedd yn hollol ddidrugaredd ar y bwrdd drafftiau!

* * *

Yn y cyfamser roedd Miss Nightingale wedi marw a'i brawd wedi dod yn etifedd Tŷ Newydd a hefyd fy mwthyn bach i.

Nid oeddwn wedi gweld Nightingale cyn marwolaeth ei chwaer er iddi sôn llawer amdano wrthyf.

"My brother has great plans for you," meddai hi unwaith.

"Really? What great plans?"

"He's going to build a big caravan site here, along the river-side. My brother is a businessman and he thinks it's a shame the way this lovely place is wasted. There's a fortune to be made here, he says, for the person who knows how to exploit the place. I have no doubt that he's the one to do it. He believes the future for North Wales is in tourism."

"I see, but where do I come in?"

"Well, he's decided that you are the ideal person to look after the site for him. You're on the spot and you speak several languages. You're just the man he's looking for, especially since I've recommended you very highly."

"Thank you, Miss Nightingale, and when is he going to start

realizing his great scheme?"

"Oh, he's preparing the ground now. He'll need planning permission but before he applies he will have prepared the ground well. He knows how to go about these things. He's not a Lancashire man for nothing you know!"

"But tell me Miss Nightingale what about my work at Dr Williams? Will I have to give that up?"

"Oh no! You must never give up Dr Williams', especially the Russian lessons — you owe that to being here in the cottage and to the memory of Aladin and Alexis."

"But how can I combine the two kinds of work?"

"Oh, my brother says that is no problem. You've got the evenings and the weekends."

"Of course, Miss Nightingale, so I have and I'll have an opportunity of learning something about business methods and Lancashire drive."

"Yes, you will and you couldn't have a better teacher than my brother . . ."

Maes carafanau ar dir Tŷ Newydd a minnau i ofalu amdano! Byddwn yn llawer mwy tebygol o'i losgi'n golsyn nag i ofalu amdano! Ond cyn dechrau paratoi tactegau eithafol penderfynais aros i weld beth fyddai canlyniad y cais am ganiatâd cynllunio. Serch hynny ni chollais yr un cyfle i rybuddio pobl yr ardal beth oedd bwriad Nightingale.

Bythefnos ar ôl angladd Miss Nightingale clywais fod y cais cynllunio wedi methu.

Cyrhaeddais adref o'r ysgol un diwrnod i weld Nightingale yn sefyll ar drothwy Tŷ Newydd. Prin oeddwn allan o'r car pan gyfarchodd fi â'r geiriau:

"Have you been in this house?"

"Several times."

"What? What right have you to go into my house?"

"None. It wasn't your house when I was in it. It was your sister's house and I was there at her invitation."

"You'll never be invited into my house!"

"I wouldn't accept your invitation."

"Somebody has been in my house. I found the door open."

"It wasn't me and don't you dare accuse me."

"You hold your tongue young man or I'll have the law on you!"

"The sooner the better and you'll come out of it worse than

131

you did when you tried your tricks on Mr Williams!"

Cerddais oddi yno a'i adael yn fud.

Roedd yn amlwg fod ei gynlluniau i adeiladu maes carafanau wedi mynd i'r gwellt ac felly nid oedd unrhyw bwrpas mwy i'r *'great plans'* fu ganddo ar fy nghyfer. Roedd yn amlwg hefyd fy mod wedi gwneud gelyn dichellgar a dialgar.

Gwyddai fy mod yn byw mewn bwthyn a oedd yn awr yn eiddo iddo ef ond ni wyddai pa mor gadarn oedd fy sefyllfa. Rhoddodd orchymyn i'w gyfreithiwr edrych ar delerau fy nhenantiaeth ac o ganlyniad cefais wahoddiad un diwrnod i ymweld â'r gŵr hwnnw, neu, i fod yn fwy cywir, un o'i bartneriaid.

Euthum i'w swyddfa a chefais fy nghroesawu yn eithriadol o gynnes gan ddyn ifanc a oedd yn wên i gyd ac a siaradai mewn llais melfedaidd fel petai newydd lyncu potiad o fêl.

Perodd imi eistedd mewn cadair gyfforddus. Cynigiodd sigaret imi a derbyniais innau. Rhoddodd dân imi a dechrau siarad am y tywydd, fy nghorchestion ieithyddol ac am fy arwriaeth yn ystod y rhyfel, yn enwedig am fy nghamp unigryw yn dianc o'r Almaen. Gadewais iddo siarad. Onid oeddwn yn mwynhau ei benbleth? Oni wyddwn beth a geisiai? Soniodd am Miss Nightingale. Dyna foneddiges ac onid oedd ganddi feddwl mawr ohonof? Yna am harddwch delfrydol Islawrdref. Pwy âi'n ôl i 'Facedonia' ar ôl gweld lle mor hardd! A phwy a adawai Ysgol Dr Williams am unrhyw ysgol arall?

"Nid y fi," meddwn.

"Ydach chi'n bwriadu treulio gweddill eich gyrfa yn Ysgol Dr Williams felly?"

"Ydw, yn dysgu Rwseg, pwnc a oedd yn agos iawn at galon y diweddar, annwyl Miss Nightingale . . ."

"Ia, felly'r oeddwn i'n clywed . . . Sigarèt arall . . .?"

"Diolch yn fawr." Taniodd hi imi ac edrych allan drwy'r ffenest. Roedd y ffrwd o eiriau gwenieithus yn dechrau sychu ac nid oedd fymryn yn nes at y lan.

Pesychodd ddwy neu dair o weithiau yn olynol. Ni thynnais fy llygaid oddiar ei wyneb a gwelwn fod ei benbleth yn cynyddu fwy-fwy. 'Wnawn i mo dy gyflogi di i'm cynrychioli y cythraul, dau-wynebog!' meddwn wrthyf fy hun, 'a wnawn i ddim prynu car ail-law gen ti chwaith.'

Gyda gwên ddirmygus ar fy wyneb tynnais fy llawes yn ôl ac edrych ar fy oriawr.

"Wel, mae'n rhaid imi fynd," meddwn, "mae rhywun yn disgwyl amdanaf."

Codais a symud at y drws. Roedd yntau wedi codi a'i benbleth yn awr yn waeth nag erioed, ond eto roedd yn amlwg na wyddai beth i'w ddweud. Wedi cyrraedd y drws trois ato a dweud:

"Mi wn yn iawn pam y cefais wahoddiad i alw yma heddiw . . ."

Ceisiodd edrych yn ddiniwed. Rhoddais gyfle iddo ddweud gair ond ni lwyddodd.

"Nightingale sydd yn awyddus i wybod ar ba delerau rydw i'n byw yn Nhŷ Hyfryd."

Dim gair.

"Hoffech chi imi ddweud wrthoch chi?"

"Wel," meddai ac arwydd o ryddhad mawr ar ei wyneb, "gan mai fo sydd wedi etifeddu'r cyfan ar ôl ei chwaer mae'n hollol naturiol ei fod eisiau rhoi pethau mewn trefn . . . mae hynny'n angenrheidiol mae'n rhaid ichi gyfaddef . . ."

"Does dim rhaid imi gyfaddef dim byd a phetawn i yn gwneud wnawn i gyfaddef dim i neb sydd yn cynrychioli Nightingale . . ."

Ceisiodd wenu ond methodd. Euthum yn fy mlaen:

"Eisiau gwybod yr ydach chi ar ba delerau rydw i'n byw yn Nhy Hyfryd. Ydw i'n iawn?"

"Ydach fwy neu lai . . ."

"Fwy neu lai! Rêl ateb cyfreithiwr! Prun ydi o — mwy ynteu llai?"

Ceisiodd wenu unwaith eto:

"Chi ddylai fod yn gyfreithiwr . . ." meddai.

"Petawn i,'wnawn i ddim cynrychioli Nightingale mi fedrwch fod yn berffaith siŵr o hynny. Wnawn i ddim cynrychioli dyn sydd wedi gwneud dim daioni i'r ardal yma!"

"Fedrwn ni ddim gwrthod cynrychioli neb."

"Dyna beth ydach chi'n ddweud. Ond ta waeth am hynny. Ydach chi'n siŵr eich bod chi eisiau gwybod y telerau?"

"Wel, dyna'r gorchymyn a gefais i . . ."

"O'r gorau. Dyma nhw: mae gen i yr hawl i aros yn Nhŷ Hyfryd a hynny heb dalu dimai o rent cyhyd ag y byddaf yn athro yn Ysgol Dr Williams — ac rydw i wedi dweud wrthoch chi eisoes fy mod i'n bwriadu aros yno am y gweddill o'm gyrfa fel athro ac ichi gael gwybod, mae gen i flynyddoedd lawer i fynd.

Ydach chi'n fodlon rŵan?"

Syrthiodd ei wep. Yna daeth golwg gyfrwys i'w lygaid:

"Oes gennoch chi rywbeth ar bapur wedi'i arwyddo gan Miss Nightingale ac wedi'i lofnodi gan o leiaf un tyst annibynnol?"

"Nagoes, does gen i'r un darn papur o'r fath."

"Felly," meddai, â gwên fuddugoliaethus yn hofran ar ei wefusau, "does gennych chi ddim byd a ddeil o flaen llys barn."

"Rydach chi'n gwneud camgymeriad, gyfaill. Gwneud yr addewid o flaen dau dyst wnaeth Miss Nightingale ac mi ddeil eu tystiolaeth hwy yn Nydd y Farn heb sôn am lys barn."

"Pwy ydi rheiny?"

"Mae croeso ichi gael gwybod — Mr a Mrs Wilmot, athrawon yn Ysgol Dr Williams a ffrindiau mynwesol Miss Nightingale. Beth sydd gennych i'w ddweud rŵan?"

"Fydd yn rhaid imi gael gair efo Mr Nightingale . . ."

"Gwnewch chi hynny ac ar yr un pryd dywedwch wrtho fo nad oes arna i eisiau bod ar ei gyfyl o ac felly byddaf yn symud o Dŷ Hyfryd ar ddiwedd y tymor yma ac yn stwffio'r goriad drwy dwll clo Tŷ Newydd. Wrth gwrs mi hoffwn ei stwffio i rywle arall . . ."

"Dod â fo yma fyddai orau ichi . . ."

"Hwyrach yn wir, rhag ofn imi newid fy meddwl ynglŷn â beth i'w wneud ag o. Pnawn da ichi. . !"

'Styllenna

Ffarm yw Erw Wen yn ffinio â thir ei pherchennog, sef fy hen ffrind o ddyddiau'r ysgol, Gwilym Rees, Cefn yr Ywen Uchaf.

Ffarm braf yw Erw Wen. Ymestyn nifer o ddolydd gwyrddion tu ôl i'r tŷ ac islaw iddo mae ceunant coediog lle rhed yr afon sydd yn heidio â brithyll ac eogiaid. Yn uwch i fyny ceir y ffriddoedd a thua dwy filltir i ffwrdd mae'r mynydd lle symudir y defaid i bori dros dymor yr haf.

Paradwys hardd oedd Erw Wen yn y chwedegau lle na chlywid ond bref y ddafad a'i hoen a galwad ambell gylfynir neu gornchwiglen. Roeddwn uwchben fy nigon yn Erw Wen.

Teimlwn mor glyd â'r bachgen hwnnw a fagwyd gan ei nain yn y Bwthyn Bach To Gwellt. Yn y gaeaf llosgai'r tân coed hanner ffordd i fyny'r simdde. Roedd gennyf drydan a dŵr tap ond yr un set deledu. Beth a wnawn â honno a minnau'n cael cwmni Gwilym neu rywun bron bob nos, a pha raglen deledu allai gymharu â hynny?

Yn y gwanwyn awn i olwg y defaid a'r ŵyn gyda Gwilym. Yn yr haf rhoddwn help iddo yn y cynhaeaf gwair ac ar amserau tawel pan oedd fawr ddim yn galw aem ein dau i saethu cwningod. Yn fwy na dim pysgotwn yr afonydd y nentydd a'r llynnoedd. Daliwn ugeiniau o frithyllod bach brau a gyda'r nos byddwn yn mwynhau pentyrau ohonynt gyda bara-menyn brown ac yn gofidio dros y trueiniaid oedd yn talu arian mawr yn y gwestai am bryd o fwyd diflas a di-chwaeth.

Ond yr eogiaid oedd y prif ysbail. Pan heidient i fyny'r afon, byddwn yno yn eu disgwyl, ambell waith am bump o'r gloch y bore, ambell waith am hanner nos. Nid oedd gennyf unrhyw fath o drwydded i'w dal wrth gwrs, mwy nag oedd gennyf pan yn blentyn yn Nhal-y-Llyn, ac roedd fy null o'u dal yn hollol anghonfensiynol.

Rwyf yn cofio bod gyda chyfaill yn cerdded gyda glan yr afon ryw brynhawn Sadwrn pan ddywedais:

"Aros lle rwyt ti am funud."

"Pam?"

"Dim ots pam. Gwna fel rydw i'n dweud wrthot ti."

Gwnaeth.

Euthum innau at y dorlan yn ddistaw ac araf. Gorweddais ar fy stumog ac edrych i'r dŵr. Estynnais fy llaw dan fy nghôt a dychmygwch wyneb syn fy nghyfaill pan welodd ddau eog braf fel petaent yn hedfan o'r afon y naill ar ôl y llall ac yn disgyn wrth ei draed.

Camodd yn ôl mewn braw wrth eu gweld yn gwingo o'i flaen.

"Beth ydi rhain?" gofynnodd,"ac o ble daethon nhw?"

"Pysgod hedfan," meddwn,"rwyt ti wedi clywed am bysgod hedfan siawns?"

"Yn y môr mae rheini."

"Ia, ac o'r môr mae rhain wedi dwad hefyd. I fyny o'r Bermo efo'r llanw i Lyn Penmaen ac wedyn efo'r lli i fyny'r afon."

"Ydyn nhw'n dda i fwyta?"

"Gei di weld heno!"

Yn y mynydd wrth droed Cader Idris saif llyn braf mewn cwm unig. Mae'n rhaid cerdded rhai milltiroedd i gyrraedd ato, yn gyntaf drwy'r rhedyn, yna i fyny'r creigiau drwy'r grug. Ar ôl dringo i ben y drum a gweld y llyn yn ymestyn i gesail y mynydd serth gyferbyn, teimlwn bleser y tu hwnt i eiriau bob amser. Safwn am funud neu ddau ac edrych arno ac ar y llethrau serth sy'n ei amgylchynnu ar dair ochr; yna fel dyn wedi'i hudo rhedwn i lawr drwy'r brwyn nes cyrraedd ei lan.

Y peth cyntaf a ddigwyddai bron bob tro fyddai i nifer o hwyaid gwylltion godi o'r dŵr a hedfan o amgylch godre'r mynydd cyn glanio yn yr hesg a dyfai ar yr ochr bellaf.

Y peth nesaf, yn arbennig yn y gwanwyn, oedd clywed y grugieir yn galw ar eu cywion er mwyn eu harwain ymaith o gyrraedd unrhyw berygl.

Pe bawn wedi gweld morwyn deg yn codi o'r dyfnder ac yn estyn ei llaw wen ataf i'm croesawu ni fyddwn wedi fy synnu o gwbl, cymaint oedd cyfaredd y fan imi.

Awn at y llyn i ddal y pysgod braf a nofiai ynddo yn eu miloedd ac roedd gennyf offer arbennig o effeithiol a hollol anghyfreithlon at y pwrpas. 'Styllen oedd hon a honno yn un arbennig iawn, sef 'styllen y diweddar Pitar Lloyd, pen 'styll-enwr yr ardal. Roeddwn wedi'i hetifeddu ac yn cyfrif fy hun yn eithriadol o ffodus.

Darn o bren rhyw ddwy droedfedd wrth ddeng modfedd yw

'styllen, gyda'r ddau ben wedi'i naddu'n gelfydd fel bwa llong i'w galluogi i nofio yn ôl ac ymlaen ar draws y llyn. Ar hyd yr ymyl isaf ceir striben o blwm i'w chadw rhag troi drosodd ac yn ei chanol hollt fain gyda thwll crwn o bobtu iddo. Dyna'r llyw. Oddiarno ymestyn lein tua hanner canllath o hyd ac arni ugain neu ychwaneg o blu. Mae angen dau berson, i 'styllenna. Gosodir y 'styllen yn y dŵr gan un tra bo'r llall yn dal pen y lein. Wedi'i gosod rhed y sawl a wnaeth i ochr arall y llyn i wylio'r llong fach yn hwylio'n araf tuag ato ac i fod yn barod i'w chodi o'r dŵr wedi iddi gyrraedd y lan. Yn y cyfamser clyw y sawl sydd yn dal pen y lein yn galw:

"Dyna'r plwc cyntaf! Dyna un arall! Anferth o blwc! 'Sgodyn mawr! . . ." ac yn y blaen a dechreua ei galon guro'n wyllt.

Fel y nofia'r 'styllen ar draws y llyn cerddai'r sawl sydd yn dal pen y lein ar yr un cyflymdra fel bydd y ddau yn cyrraedd y lan ar yr un pryd. Yna gwaedd:

"I fyny â hi! Dal yn dynn!"

I fyny â'r 'styllen a'r lein a ras i fyny'r dorlan. Bydd rhai pysgod yn disgyn yn ôl i'r dŵr ond ambell waith gymaint â deg neu bymtheg ar ôl ar y bachau.

Rhyddheir hwy yn frysiog a'u taflu i'r cwdyn, yna symud y lein lle mae hi ynghlwm yn y 'styllen ar hyd yr hollt i'r twll pellaf a gosod y llong fach yn ôl yn y dŵr iddi gael cychwyn yn ôl ar ei mordaith i'r ochr draw a'r sawl sydd yn dal pen y lein yn ei dilyn yn araf gyferbyn â hi ar hyd y dorlan, y llall yn rhedeg mewn hanner cylch o amgylch y llyn i ddisgwyl iddi gyrraedd y lan.

Bydd y galw yn ail-gychwyn!

"Plwc! Un bach! Plwc arall! Un gwell! Morfil! . . ."

"Ydy o'n dal yno?"

"Ydy! Weli di mohono fo yn chwipio'r dŵr?"

"Gwelaf. A dyna un arall yn y canol! Yn y canol maen nhw heno!"

Cyn gynted ag i'r 'styllen gyrraedd y lan allan â hi ar frys eto cyn i'r lein lacio.

"I fyny â hi! Dal yn dynn!"

Pysgod yn disgyn yn ôl i'r llyn ond mwy yn dal ar y bachau.

Ac felly yn ôl ac ymlaen lawer gwaith nes i'r tywyllwch ein gorfodi i godi'r 'styllen o'r dŵr am y tro olaf. Lapio'r lein yn ofalus am ddarn o bren pwrpasol gyda sbwng ar hyd un ochr iddo i ddal y bachau. Yna gyda deg ar hugain neu ddeugain neu gymaint â hanner cant o frithyll braf yn y cwdyn, i fyny drwy'r brwyn i ben y drum â ni gan gymryd gofal i osgoi'r siglenni, a mynd i lawr at y car a guddiwyd ger wal y mynydd, ac adref ar ôl treulio'r noswaith yn y modd mwyaf difyr posib.

* * *

Y ddalfa orau a gefais erioed yn y llyn oedd yng nghwmni fy nghyfaill Alun Ty'n Sarn a hynny ar noson enbyd o wynt, glaw a niwl. Mor niwlog ydoedd ni allem weld ein gilydd ar draws y llyn, dim ond galw a swniai'r lleisiau yn ysbrydaidd a rhyfedd. Ond dyna yw'r amgylchiadau mwyaf ffafriol i 'styllena oherwydd ni all y pysgod weld y lein, dim ond y plu twyllodrus. Doedd dim byd gwell na gwynt a glaw yn ôl Alun, a mi ddylai wybod oherwydd roedd ganddo brofiad helaeth iawn.

Y noson honno daliwyd 98 o bysgod yn pwyso rhyngddynt 49 pwys!

* * *

Un noson euthum i 'styllenna ar fy mhen fy hun, gorchwyl bron yn amhosib, ac amhosib fu y noson honno. Aeth y 'styllen yn sownd yn yr hesg a chan fod cysgodion y nos eisoes wedi disgyn fel na allwn ei gweld bu'n rhaid imi ei gadael a mynd adref hebddi. Y prynhawn canlynol, cychwynnais am y llyn, a phwy a gyfarfûm ar y ffordd ond Wmffra Williams, Dyffrydan — hen 'styllenwr arall. Dywedais wrtho beth oedd wedi digwydd.

"Mae'n rhaid inni'i chael hi allan o'r llyn ar unwaith!" meddai. "Os gwelith rhywun hi mi fydd ar ben arnom ni i 'styllenna. Bydd ciperiaid yn gwylio'r llyn ddydd a nos. Ond sut gawn ni hi allan a hitha'n sownd yn yr hesg yng nghanol y llyn?"

"Mi nofia i ati hi."

"Nofio! Na wnewch! Mi gewch gramp cyn wired â dim. Tydi'r llyn yn llawn o ffynhonnau oer!"

"Bydd yn rhaid i mi nofio. Does yr un ffordd arall o fynd ati . . ."

"Pa mor bell ydi hi o'r lan?"

"Rhyw ddeugain llath . . ."

"Deugain llath? Rhaff! Dwy raff wedi'u clymu yn ei gilydd . . ."

"Beth ydach chi'n feddwl fedrwch chi wneud efo rhaff?"

"Sut nofiwr ydach chi?"

"Golew. Pam?"

"Mi glyma i'r rhaff amdanach chi ac os gewch chi gramp mi dynna i chi allan!"

"Does dim angen rhaff, Wmffra, a does dim rhaid ichi ddod efo fi. Mae gennych chi ddigon i'w wneud heb drafferthu efo fi . . ."

"Peidiwch â siarad yn wirion ddyn! Ydach chi'n meddwl y gadawa i ichi fynd i dragwyddoldeb? Chawn i byth lonydd gan fy nghydwybod a phetai'r wraig yn clywed, arna i fyddai'r bai am byth. Peidiwch â symud o'r fan! Fydda i ddim eiliad yn nôl y rhaffa!"

I ffwrdd ag ef ar ras. Mewn ychydig funudau roedd yn ei ôl ac i ffwrdd â ni yn y car at glawdd y mynydd. Yna i fyny drwy'r rhedyn nes dod i olwg y llyn. Arhosodd y ddau ohonom funud ac edrych i bob cyfeiriad. Doedd neb yn unman ond ni, y defaid a'r adar mân a'r llyn yn llonydd yng nghesail y mynydd fel petai'n cysgu yn hedd y canrifoedd.

"Rydan ni'n lwcus," meddai Wmffra "does 'na'r un enaid byw i'w weld yn unlle. I ffwrdd â ni reit handi rŵan."

I lawr drwy'r brwyn â ni a minnau yn mynd yn gyntaf oherwydd roeddwn wedi dod â'm gwn hefo fi. Roeddwn yn gobeithio cael un o hwyaid gwyllt y llyn ond codasant pan oeddwn ganllath oddi wrthynt heb roi cyfle imi ollwng ergyd.

Gwelem y 'styllen yn yr hesg ddeugain llath helaeth o'r lan. Tynnais fy nillad a rhwymodd Wmffra y rhaff o dan fy ngheseiliau.

Cerddais yn araf i'r dŵr.

"Cymerwch chi ofal! Cymerwch ofal!" meddai Wmffra. "Os gewch chi gramp codwch eich llaw ac mi dynna i chi i'r lan yn syth!"

Ar ôl cyrraedd y dyfnder nofiais at y styllen. Tynnais hi'n rhydd yn ddidraferth a chan ei gwthio o 'mlaen cychwynnais am y lan. Yna meddyliais y dylwn roi cyfle i Wmffra achub fy mywyd fel y gallai ymfalchïo yn ei wrhydri am weddill ei oes.

Yn sydyn codais fy mraich o'r llyn a gweiddi "Cramp!" Yna trois yn y dŵr ac ymdaflu i bob cyfeiriad nes bod wyneb y llyn yn drochion gwyn. "Cramp!" Gwelwn Wmffra yn edrych arnaf a phen y rhaff yn llipa yn ei law. Gwasgais fy ffroenau rhwng dau fys a suddo o'r golwg. Codais i'r wyneb eto. "Cramp!" Suddais wedyn. Codais. "Rydw i'n boddi! Wmffra! Wmffra!" a diflannu wedyn dan yr wyneb. Nofiais ychydig droedfeddi dan yr wyneb cyn codi unwaith eto. Gwelwn Wmffra yn rhedeg ar hyd y dorlan ac wedi gollwng pen y rhaff.

"Wmffra!"

Safodd yn y fan a gweiddi:

"Daliwch yn dynn yn y 'styllen! Rydw i'n mynd i nôl help rhag ofn ichi fy nhynnu i mewn. Alla i ddim nofio . . . ac i ffwrdd ag ef nerth ei draed.

Chwarddais nes oeddwn yn tagu a phe bawn wedi cael cramp yr eiliad honno hwyrach y byddwn wedi boddi!

Erbyn imi gyrraedd y dŵr bas a chodi ar fy nhraed roedd Wmffra tua canllath i ffwrdd ac yn dal i ymestyn ei goesau. Gwaeddais:

"Wmffra! Dowch yn ôl. Mae popeth yn iawn!"

Dychwelodd.

"Diolch i'r nefoedd!" meddai, "roeddwn i ofn ei bod hi ar ben arnoch chi a fedrwn i wneud dim byd. Wrth ichi fynd i lawr roeddech chi'n fy nhynnu i mewn i'r llyn. Fedrwn i mo'ch dal chi a chitha' gymaint trymach na fi . . ."

"Na fedrech wrth gwrs," meddwn, "mi wnaethoch yn iawn, yn enwedig pan ddwedsoch chi wrtho i i ddal fy ngafael yn dynn yn y 'styllen. Dyna be ddaru fy nghynnal i. Rydach chi wedi achub fy mywyd i wyddoch chi! Mi fyddwn wedi boddi heb ddim amheuaeth pe bawn i wedi dwad yma ar ben fy hun. Mi fyddaf yn ddiolchgar ichi am byth, Wmffra . . ."

Disgleiriai wyneb Wmffra â llawenydd dyrchafedig. Roedd yn arwr!

Ar ôl imi wisgo amdanaf cychwynnwyd tuag adref ar ôl cyrch llwyddiannus a'r styllen yn ddiogel dan fy nghesail.

Wedi inni gyrraedd pen y drum eisteddasom ar un o'r creigiau i fwynhau'r olygfa ddihafal a ymestynnai o danom hyd at Bont y Bermo dros aber y Fawddach a thu hwnt i fae Ceredigion.

Tu ôl i dref y Bermo cyfyd clogwyni serth i uchder o ryw fil a hanner o droedfeddi.

"Welwch chi'r creigia' acw uwch ben Bermo?" gofynnodd Wmffra.

"Gwelaf."

"Mi fues i'n ffarmio yn y fan acw wyddoch chi . . ."

"Peidiwch â dweud! Rydach chitha' wedi symud gryn dipyn felly . . ."

"O do, gryn dipyn. Wedi gweld cryn dipyn hefyd wyddoch chi. Mae 'na lawer o Saeson yn y Bermo yn yr ha'. Wnewch chi ddim byd ohoni yn y Bermo heb fedru siarad Saesneg . . ."

"Dyna ble ddaru chi ddysgu Seasneg, Wmffra . . ."

"Ia'n tad, a mi ddysgais o reit dda hefyd . . ."

Ar ôl ymgomio felly am ryw bum munud edrychais yn ôl tua'r llyn a gweld tri o ddynion yn cerdded tuag atom, pob un rhyw gan llath oddi wrth y llall.

"Edrychwch Wmffra!"

Edrychodd.

"Ciperiaid!" meddai, "maen nhw ar ein holau ni!" a gwnaeth ystum i godi ond rhoddais fy llawr ar ei ysgwydd a dweud:

"Aros yma ydi'r gorau. Cuddiwch! Pan fyddan nhw'n ddigon agos fel na alla i ddim methu mi saetha i'r tri. Mi fydd popeth yn iawn. Fydd 'na yr un tyst . . ."

Llamodd Wmffra i'w draed:

"Peidiwch â saethu! Peidiwch â saethu! Rhedeg i ffwrdd ydi'r gorau . . ." ac ymaith ag ef nerth ei draed. Erbyn imi godi roedd eisoes o'r golwg.

Dilynais ef yn frysiog a dim ond cael a chael a wneuthum i'w ddal wrth glawdd y mynydd.

"I ffwrdd â ni am ein bywydau!" meddai gan neidio i'r car a gorwedd ar y sêt ôl gyda'i gap dros ei wyneb.

* * *

Gwelais Wmffra Williams am y tro olaf yn sioe Sir Feirionnydd yn y Bala rhyw bedair mlynedd yn ôl. Roedd yn llond ei groen, yn llon fel ehedydd, yn llawn atgofion ac yn dal yn bencampwr y drafftiau. Bu farw'n dawel yn ei gwsg heb ddioddef unrhyw gystudd rhyw flwyddyn yn ddiweddarach. Heddwch i'w lwch; ni wnaeth lawer o gam erioed â neb!

Y Mochyn Chwareus

Fel pob ffarm arall safai twlc mochyn ar fuarth Erw Wen. Roedd ei waliau wedi dechrau dadfeilio mae'n wir ac roedd ychydig o lechi wedi disgyn o'r to a'i ddrws wedi pydru.

Hiraethwn am gig moch cartref. Onid oeddwn wedi fy magu arno? Beth a all gymharu â chig moch cartref a thatws newydd o'r cae neu stwmp o datws a swêds a thoddion cig moch wedi'i arllwys drosto? Beth hefyd a all gymharu â ffagots ac asen fras, swper traddodiadol diwrnod y lladd?

Mynnwn gael mochyn, ac roedd fy nghyfaill Alun Tŷ'n Sarn yr un mor daer. Roedd yn giamstar am borthi moch yn ogystal â'i ladd a'i fwtsiera. Ar ben hyn, doedd neb a allai gymharu â Mair ei chwaer am halltu a gwneud ffagots a choginio'r pen.

Methwyd â chael mochyn wrth fodd Alun yn ardal Dolgellau a dim syndod am hynny oherwydd doedd Alun ddim yn un hawdd i'w blesio.

"Wnaiff hwn 'na, Alun?" gofynnais gan gyfeirio at fochyn yn y farchnad.

"Da i ddim" meddai.

"Pam?"

"Rhy rywiog."

"Beth am hwn?"

"Mae ei ochrau fo yn rhy fyr. Mochyn porc ydy o."

"Hwn ynteu?"

"Na, gormod o fol."

Roedd rhyw fai ar bob un.

"Be' wnawn ni Alun? Mae'n rhaid inni gael un. Mae'n fis Medi rŵan ac rydan ni isio fo fod yn barod cyn y 'Dolig."

"Mi af i'r Bala a mi fetia i di y dof yn ôl efo mochyn gwerth chweil."

Dyna a fu a dychwelodd Alun gyda mochyn gwerth ei gael yng nghefn y Land Rover.

Roeddwn i eisoes wedi trwsio'r cwt ac wedi rhoi drws cadarn arno.

"Dyma i ti fochyn!" meddai Alun, ac yn wir roedd yn

Alun Tŷ'n Sarn (ar y chwith) a'i gyfaill yn eu hetiau silc!

bictiwr. "A mi ddylai fod hefyd. Mae o wedi costio pum punt ar hugain! Y mochyn druta' brynais i erioed . . . "

"Pa frid ydy o, Alun?"

"Croes rhwng Large White a Mochyn Cymreig."

"Sut wyt ti'n gwybod?"

"Tydi'n ddigon hawdd dweud beth ydy o . . . "

"Sut?"

"Sut? Edrycha ar ei hyd o o'i ysgwydd i'w goes ôl. Dyna iti brawf fod 'na Large White yno fo a weli di'r pen bach 'na a'r clustiau ar i lawr? Fedr hwnna ddim dwad o'r un brid ond o'r mochyn Cymreig . . . "

"Be' bwysith o, Alun?"

"Deg ugain."

"A faint ddyla fo fod erbyn y 'Dolig?"

"Pymtheg ugain os edrychi di ar ei ôl o'n iawn a'i borthi o fel rydw i wedi dweud wrthot ti. Wyt ti'n cofio sut?"

"Ydw . . . Cymysgedd o india mêl a blawd haidd hanner yn hanner am y mis cynta', yna dim byd ond blawd haidd wedyn ddwy waith y dydd . . . Ydw i'n iawn?"

"Rwyt ti'n iawn cyn belled ag rwyt ti wedi mynd. Ond be ddwedais i ynglŷn â chymysgu'r blawd? A beth am y dŵr? A swil? . . . "

"Cymysgu'r blawd efo dŵr cynnes a chymryd gofal nad ydy o ddim yn rhy boeth rhag ofn i'r mochyn sgwrio! Dim ond rhoi digon o ddŵr i'w gymysgu fel bydd o fel uwd tew. Rhoi dŵr iddo ar wahân a gofalu ei fod o'n lân a pheidio byth â rhoi swil iddo . . . Ond beth am datws, Alun?"

"Ddo' i â sachad o datws mân iti. Gofala dy fod ti'n ei berwi nhw a gadael iddyn nhw oeri yn iawn a rhoi mymryn iddo ar y tro . . . "

"Rhywbeth arall, syr?"

"Oes. Gofalu bod ganddo fo wely glân bob amser. Oes gen ti redyn?"

"Nagoes ond paid â phoeni, mae 'na ddigon iddo am ddiwrnod neu ddau, wedyn mi ddaw Gwilym a jygyn imi . . . "

"Da iawn. Gofala di beidio rhoi gormod o fwyd iddo fo ar y tro. Porthi dyn diog ydi peth felly. Os syrffedith o fydd dim dichon ei besgi o . . . !"

"O'r gorau, syr. Os bydda i angen chwaneg o gyngor rydw i'n gwybod at bwy i droi . . . "

Ymgartrefodd y mochyn ar unwaith ac ni fu un erioed mwy

bodlon, mwy hoffus na mwy chwareus. Waeth bynnag pa bryd yr awn i'r buarth, yn gynnar y bore neu yn hwyr y nos, cyn gynted ac y clywai fi codai o'i wely cynnes o redyn glân a rhuthro allan a rhoi'i ddwy droed blaen ar ben wal ei dwlc gan rochian ei groeso ac ni symudai nes byddwn wedi anwesu ei ben lawer gwaith. Ni roddai ei drwyn yn ei gafn i fwyta hyd yn oed nes byddai wedi cael ei anwesu. Ond ei brif bleser oedd chwarae ac yn yr un modd bob amser. Awn i mewn ato ac yna dechreuai neidio i fyny ac i lawr ar ei draed blaen a rhochian yn groch. Yna rhedwn i mewn i'r twlc ac yntau ar fy ôl. Cymerai arno ymosod arnaf a'm gorfodi i ffoi oddi yno. Yna ail-ddechreuai neidio i fyny ac i lawr fel cynt a rhochian fel arwydd imi redeg yn ôl i'r cwt iddo gael ymosod arnaf yr eilwaith a'm erlid allan. Felly y byddai dro ar ôl tro nes byddem ill dau wedi blino ac yntau wedi cynhyrfu cymaint nes ofnwn 'iddo gael trawiad ar y galon! Petai hynny wedi digwydd byddwn wedi gorfod ffoi o olwg Alun ac ymguddio am fisoedd! I'w dawelu crafwn ei ochr yn araf. Ni fethai hynny byth â chael effaith arno. Llonyddai a distewai ac yn araf, araf dechreuai wyro i un ochr, yna yn fwy a mwy nes o'r diwedd disgynnai'n ysgafn ar ei ochr. Ymestynnai ei goesau i'r eithaf a gydag un llygad bach yn syllu i fyny arnaf ymlaciai ac ymollyngai i gyflwr o foddlonrwydd perffaith. Pan welwn fod ei lygad wedi cau a'i glust wedi disgyn drosti rhoddwn un crafiad olaf ysgafn ac araf iddo cyn ei adael yn ddistaw bach. Wedi cau'r drws ar fy ôl taflwn gipolwg arno. Heb eithriad gorweddai yno'n llonydd yn cysgu'n drwm.

Gan ei fod yn fochyn mor fodlon roedd yn un ffyniannus tu hwnt. Nid oedd ond eisiau imi ei anwesu iddo besgi. Erbyn yr amser penodol, rhyw wythnos cyn y Nadolig roedd yn anferth o fochyn, yn nes i un a'r bymtheg ugain nac i bymtheg gyda chefn fel bwa dwy ochr lefn, pen ôl crwn a dim bol o gwbl a phob amser cyn laned â phetai o newydd gael ei sgwrio.

"Ydi o'n iawn, Alun?"

"Mae o'n eitha'."

"Welaist ti un gwell rywbryd?"

"Rydw 'i wedi gweld moch da . . ."

"Hwyrach, ond welaist ti un gwell?"

"Dim un llawer gwell hwyrach . . ."

Roedd hynny'n glod mawr o enau Alun, oherwydd nid oedd yn un i wenieithu. I'r gwrthwyneb!

Roedd wedi bagio'r Land Rover at ddrws y twlc.

"Pam na fasat ti wedi gofyn i Gwilym fod yma i roi help inni ci gael o i mewn i'r Land Rover?"

"Fydd dim angen help, Alun. Does dim ond isio gosod y drws 'sgubor yma yn erbyn y Land Rover ac mi ddringith y mochyn ar fy ôl i mewn."

"Dianc wnaiff o debyca'! Ar ei ben yng ngwaelod y ceunant fydd o . . ."

"Gei di weld. Agor y drws!"

Agorodd y drws. Safai'r mochyn y tu ôl iddo:

"Cadwa o'r golwg, Alun!"

"Soch! Soch! Soch!" meddwn ac anwesu ei ben. "Tyrd o'na! Soch! Soch! . . ."

Dilynodd y mochyn fi i fyny'r drws ac i mewn i gefn y Land Rover!

"Cau'r drws arno, Alun!"

Caeodd y drws a thynnwyd y gorchudd i lawr.

"Beth oeddet ti'n feddwl o hynna 'ta?"

"Handi iawn, ond mae hwn 'na yn debycach i gi anwes nag i fochyn. Rwyt ti wedi bod yn rhoi mwytha' iddo fo. Dim rhyfedd iddo fo dy ddilyn di . . ."

Dyna'r unig glod a gefais gan Alun. Ond clywais gan eraill iddo frolio fy nghorchest yn fawr iawn.

I ffwrdd â ni i Dŷ'n Sarn lle roedd y weithred a gasawn o waelod fy nghalon i gael ei chyflawni, felly pan ddaethom at Westy'r Gwernan perais i Alun aros.

"Be' sydd rŵan?" gofynnodd.

"Alun, mae heddiw'n ddiwrnod mawr. Mae'n rhaid inni ddathlu!"

"Ar ôl gorffen mae pobl yn dathlu nid cyn dechra'!"

"Mi wn i hynny'n iawn, ond mi fyddwn ni'n gweithio tan berfeddion nos heno a fydd 'na ddim cyfle i ddathlu. Felly, rŵan amdani. Tyrd! I mewn â ni . . .!"

Cawsom ddau beint o gwrw bob un. Doedd Alun byth yn mynd yn agos i dŷ tafarn na chwaith yn yfed yr un diferyn o ddiod gadarn yn ei gartref ar wahân i lymaid o win ysgawen ambell waith. O ganlyniad cafodd y cwrw gryn ddylanwad arno. Pan aethom allan safodd o flaen y Land Rover a'i ddwy goes ar led a chydag ystum fygythiol fel pebai am drywanu rhyw elyn dychmygol meddai:

"Rydw i'n barod i ladd ugain o foch rŵan!"

"Wel i ffwrdd â ni ynteu cyn i effaith y cwrw fynd, a

dyfyniad o Macbeth yn ymddangos yn eithriadol o gymwys i'r achlysur, sef: *'if it be done when it is done then it were well it were done quickly!'"*

Ar ôl cyrraedd Ty'n Sarn dyna ddadlwytho'r mochyn a'i osod ar y llwyfan a oedd eisoes wedi'i ddarparu ar ei gyfer.

Byddwn wedi rhoi popeth a feddwn i beidio bod yno ond nid oedd modd osgoi'r anorfod. Dylwn fod wedi ystyried y canlyniadau cyn prynu'r mochyn yn y lle cyntaf ond wedi gafael yng nghorn yr aradr 'doedd dim troi'n ôl. Onid hynny yw un o wersi pwysicaf bywyd? Mae i bob gweithred, da neu ddrwg, ei chanlyniad anochel ac oni ddylem ystyried hynny cyn gwneud dim?

Yn ffodus ymddygodd y mochyn fel y bu iddo ymddwyn drwy gydol yr amser a fu yn fy nghwmni ac achosi imi cyn lleied o ofid ag oedd bosib o dan yr amgylchiadau. Roedd Alun hefyd ar ei orau ac mor awyddus â minnau i achosi cyn lleied o ddioddefaint ag oedd modd i'r creadur.

"Paid â phoeni," meddai "mae'r gyllell fel rasel, theimlith y creadur bach ddim byd. Dal yn dyn yn ei ddinewyn o . . .!"

Trywanodd fel mellten, gyda llygad saer a chywirdeb llaw-fcddyg. Tywalltodd y gwaed yn llif ac ymhcn ychydig ciliadau roedd fy hen gyfaill chwareus tu draw i bob poen a braw.

"Roeddwn i'n dweud wrthot ti yn doeddwn?" meddai Alun, "theimlodd o ddim byd!"

Wedi'i sgaldio a dwr berwedig eilliwyd pob blewyn oddi arno yn lân, tynnwyd ei ewinedd yna fe'i codwyd ar y cambrên. Agorwyd ef o'i wddf i waelod ei fol. Yn gyntaf tynnwyd yr iau, y galon a'r arennau allan a'u rhoi mewn dysgl lân, yna'r weren a'r bloneg gwyn. Yn olaf tynnwyd y perfedd a'r ymysgaroedd — roedd gan Alun bwrpas neilltuol i'r olaf, sef eu gosod mewn man ffafriol i ddenu'r llwynog, ei brif elyn, fel y gallai ei saethu.

Ar ôl lluchio digonedd o ddŵr glân dros y mochyn a oedd yn hongian â'i ben i waered ac yn cyrraedd o'r nenfwd at y llawr, i ffwrdd â ni i'r tŷ lle roedd Mair wedi darparu te ar ein cyfer.

Te Tŷ'n Sarn — bara Davy Rowlands o Bobty'r Lawnt, y bara gorau ym Mhrydain ac mi ddylai fod oherwydd roedd bron bob aelod o'r côr wedi bod yn tylino'r toes tra roedd Davy yn eu hymarfer yn y darnau mwyaf anodd o 'Gytgan y Caethweision' neu 'Oes Gafr Eto' — menyn cartref oherwydd roedd Mair yn dal i gorddi am na fwytai Alun fenyn siop am unrhyw bris, — jam cartref a bara brith a phwy a allai gystadlu â Mair mewn gwneud bara brith?

Llygaid Mair yn gochion a chwestiwn ar ei gwefus:

"Ddaru o ddioddef yn arw iawn?"

"Theimlodd o ddim byd!" meddai Alun.

"Mae'n siŵr ei fod o . . ."

"Naddo! Dim! Anghofia am bopeth rŵan. Ydi popeth yn barod i wneud y ffagots? Dyna sy'n bwysig."

"Ydyn," meddai Mair, "cyn gynted ac y byddwch chi wedi gorffen eich te a pheidiwch ag anghofio fod arnoch chi 'isio godro."

Sglaffio brechdanau o fara-menyn a jam a bara brith ac wedyn rhuthro i odro a swpera'r gwartheg. Mynd â'r llefrith i'r bwtri a gweld prysurdeb mawr yn y gegin: y bwrdd mawr yn iau ac yn gig mân, yn nionod ac yn friwsion bara drosto a Mair yn eu cymysgu mewn dysgl fawr a'u gwneud yn beli crynion a'u gosod mewn tuniau sgwâr a fyddai wedyn yn diflannu i'r popty crasboeth.

"Swper i'r llwynog rŵan," meddai Alun. "Tyrd!"

Allan â ni a mynd â pherfedd y mochyn ymadawedig a'i osod ar ben clawdd cerrig tua trigain llath oddi wrth y tŷ.

"I'r dim," meddai Alun "mi fedrai i ei saethu o rŵan o ffenest' y llofft!"

"Os daw o."

"Mae o'n siŵr o ddwad iti!"

"Y creadur bach. Beth sydd gen ti yn ei erbyn o, Alun? Mae ar y llwynog isio byw fel unrhyw greadur arall. Rydw i'n methu deall pam dy fod ti mor ddidrugaredd tuag ato fo."

"Petaet ti wedi gweld deunaw o ŵyn bach wedi'u lladd ganddo fo mi fyddet tithau'n ddidrugaredd hefyd!"

"Deunaw?"

"Ia, deunaw a phan oedd yr eira mawr yna dair blynedd yn ôl ges i bymtheg o ddefaid wedi'u claddu o dano fo a phob un heb ddim clustia' . . ."

"Beth oedd wedi digwydd i'w clustia' nhw?"

"Llwynog wedi'u bwyta nhw, dyna be'!"

"Taw — . . .!"

"Ia, wedi'u bwyta nhw at y bôn ac wedi sugno'u gwaed! Dyna beth ydi llwynog iti! Y bwystfil gwaetha a grewyd erioed!"

"Ddaru'r defaid fyw?"

"Do. Ond mi fydd yn rhaid imi eu cadw nhw. Pwy brynith ddefaid heb ddim clustiau?"

"Wel, ia, neb mae'n siŵr."

"Dyna ti ynteu! Mae hi'n frwydr hyd at angau rhyngof fi a'r llwynog, a myn diawch i y llwynog sydd yn ennill!"

"Sut hynny, Alun?"

"Wel waeth bynnag faint lladda i maen nhw'n cynyddu o flwyddyn i flwyddyn. Onibai fy mod i wedi lladd ugeinia' ohonyn nhw fydda gen i na dafad na iâr ar ôl!"

* * *

Wrth nesau at y tŷ daeth arogl bendigedig i'n ffroenau.

"Ydi'r ffagots yn barod?"

"Fyddan nhw ddim yn hir rŵan," ac wyneb Mair yn goch gan wres y popty.

"Gêm o wyddbwyll tra fyddwn ni'n disgwyl," meddai Alun "a'r sawl sydd yn ennill i gael dewis y darn cynta' o gig pan fyddwn ni'n torri'r mochyn nos 'fory."

Hawdd y gallai ddweud hynny oherwydd roedd Alun yn chwaraewr ardderchog. Chwaraesom ugeiniau o weithiau yn erbyn ein gilydd a serch imi lwyddo i wneud y gêm yn gyfartal ambell waith, ni lwyddais erioed i ennill. Meddyliais fwy nag unwaith fy mod ar fin gwneud ond llwyddai Alun bob amser i osgoi'r fagl osodais iddo ac i fygwth fy mrenin a'm gorfodi i ildio.

Afraid dweud felly mai Alun a enillodd ac mai ef a gafodd y dewis cyntaf o'r cig drannoeth.

O'r diwedd roedd llond tun o ffagots yn barod a'r bwrdd wedi'i hulio.

Dyna wledd! Peidied neb â sôn wrthyf am *Paté de fois gras*, am *Paté de chasseur de L'Alsace* — caiff gadw'r cyfan a'u bwyta'i hun. Milwaith gwell gennyf yw ffagots Mair Tŷ'n Sarn. Os bydd ffagots i'w cael yn y nefoedd ryw ddydd, Mair fydd yn eu gwneud!

* * *

Ond nos drannoeth oedd y noson fawr. Torri'r mochyn! 'Doedd yr un cigydd proffesiynol yn cymryd gymaint o ofal o'i waith ag Alun. Gosododd ddarn o edafedd wedi'i flawdio i hongian yn unionsyth o bob ochr i gynffon y mochyn i lawr ei gefn a rhwng ei ddwy glust. Daliodd yr edafedd yn dynn, yna rhoi plwc i'r ddau ddarn fel y gwna telynor i'r tannau. Tarawodd yr edafedd yn erbyn y mochyn gan adael dwy linell wen yn cychwyn o boptu ei gynffon ac yn rhedeg un bob ochr i'w asgwrn cefn hyd at ei dalcen. Cymerodd li finiog wedyn a llifio ar hyd y ddwy linell, nes bod y mochyn yn ddau hanner cyf artal a'r asgwrn cefn wedi'i dynnu yn un darn.

"Y fi ddaru ennill y gêm yna neithiwr wedyn rydw i'n dewis y darn yma," a chyfeirio at un ochr i'r mochyn oedd erbyn hyn wedi'i gosod ar ei hyd ar y bwrdd hir. "Gei di ddewis sut wyt ti isio imi dorri dy ochr di, ond mi wn i sut rydw i am dorri fy un i."

"Sut?"

"Wel, gan mai bacwn ydy'r gora' gen i rydw i am dorri'r nerob cyn hired ac y medrai a gwneud yr ysgwydd a'r ham yn llai, ond mi dorra'i dy un di fel y rwyt ti'n dewis . . ."

"Wyt ti'n meddwl mai'r bacwn ydy'r gora' felly. Pam?"

"Wel, yn un peth does dim ond isio chwe diwrnod i'w hallu fo. Fydd 'na yr un asgwrn ynddo fo ar ôl imi godi'r 'sennau ond mi fydd 'na asgwrn yn yr ham a'r ysgwydd ac felly bydd rhaid iddyn nhw fod yn yr heli am yn agos i fis."

"Iawn ynteu, torra fy un inna' yr un fath!"

Erbyn gorffen roedd y mochyn yn wyth darn: pen, blaen-cefn, dwy ysgwydd, dwy nerob hir a dwy ham. Torri'r blaen-cefn yn bum darn, un darn mawr a phedwar o ddarnau llai ond yr un faint.

"Dos a'r darn mawr i Mair!" meddai Alun, "a dywed wrthi hi am ei rostio fo i swper. Brysia, ffwrdd â ti, neu mi fydd y swper yn hwyr!"

Rhedeg â'r darn i Mair, hithau yn disgwyl amdano a phopeth arall eisoes wedi'i baratoi. Brysio yn ôl at Alun.

"Dos â'r pen rwan!"

I'r tŷ â'r pen ac i mewn ag ef i bôt llaeth yn hanner llawn o ddŵr a halen. Yna cludo'r nerobau, yr ysgwyddau a'r hamiau i'r ty lle roedd Mair wedi darparu'r heli. Halltu'n sych a wneid wrth gwrs: wnai dim byd arall y tro. Gosodwyd un nerob ar haenen drwchus o halen a hwnnw'n halen neilltuol at halltu cig, haenen drwchus arall drosti a gosod yr ail nerob ar honno. Rhwbio soltpitar i esgyrn yr ysgwyddau a'r hamiau a'u gosod ar haenen ar ol haenen trwchus o halen a gorchuddio'r cyfan â haenen drwchus arall. I orffen gosod cynfas lân dros y pentwr.

Ffagotsen oer wedyn a brechdan o fara Davy Rowlands gyda phaned o de i aros y wledd yr oedd Mair yn baratoi ar ein cyfer. Yna rhuthro i odro a swpera'r anifeiliaid cyn mynd nôl i'r tŷ a'i brysurdeb.

"Gêm o wyddbwyll?" meddai Alun.

"Dim diawch o beryg'! 'Does arna'i ddim isio cweir ddwy noson yn olynol. Gei di ddweud wrthan ni sut hwyl gest ti yn Dinas wythnos dwytha'..."

Âi Alun o amgylch yr ardal i ddisbaddu ŵyn a lloi, i gneifio ac i drimio mamogiaid ar gyfer yr arwerthiant flynyddol ym marchnad Dolgellau. Roedd yn adnabyddus i bawb o fewn cylch eang o Lanuwchllyn dros yr Aran i Ddinas Mawddwy ac o Rydymain drwy Frithdir i lawr hyd at Arthog. Câi groeso cynnes ble bynnag yr âi oherwydd deuai Alun â llawenydd a sirioldeb i'w ganlyn bob tro. Ni châi neb weniaith ganddo ond yn hytrach feirniadaeth a dychan a thynnu coes ac yn hynny o beth roedd yn ddiguro. Codi 'sgyfarnog' a chychwyn dadl oedd ei hoff bethau.

"'Roedd 'na hwyl dda yno," meddai Alun, "gwas fan a'r fan wedi cael moto-beic ac yn brolio pa mor gyflym oedd o'n gyrru — deg munud medda fo o Ddolgellau i Dinas dros y Bwlch. — 'Naw milltir mewn deng munud!' meddwn i, 'wnâi Robin Jac mo hynny heb sôn amdanat ti.' 'Mae Robin Jac yn perthyn i'r oes o'r blaen', medda fo, 'tawn i o ddifri a dim llawer o draffig ar y ffordd mi wnawn i o mewn llai na deng munud!' 'Mae'n rhaid fod gen ti feic da', meddwn i. 'Y gora' ynte,' medda fo, 'pan fyddai'n ei agor o allan ar wastad Hafod Oer rydw i'n mynd mor gyflym fedra i ddim gweld y polion teligraff yn mynd heibio,' — 'Dydyn nhw ddim yn mynd heibio', meddwn i 'mae'r polion yn aros yn eu hunfan.' 'Ddim pan fydda i'n mynd heibio nhw' medda fo. 'Fyddet ti fawr o dro yn mynd i Lundain ar dy foto-beic felly?' meddwn i. 'Fawr iawn' medda fo 'yn gynt na'r trên beth bynnag' — 'Greda i di', meddwn innau 'os wyt ti'n dwad o Ddolgella' i Dinas mewn deng munud, ond dywed i mi, faint fasat ti'n gymryd i fynd o Wlad yr Haf i Dasmania?'

"Ar hynny", meddai Alun, "dyma fo'n edrych i lawr ar y ddaear am tua hanner munud go dda fel petai o'n clandro'r pellter yn ei ben. Yna edrychodd i fyny a dweud:

'Rhyw bedair awr reit dda!' "

Roedd gan Alun stôr ddihysbydd o straeon cyffelyb. Fel enghraifft roedd mewn ffarm yn ochrau Llanuwchllyn unwaith ac yn edmygu rhyw ieir arbennig a welai ar y buarth:

"Mae gennoch chi ieir crand iawn," meddai wrth y ffarmwr.

"Maen nhw'n edrych yn neis iawn," meddai'r ffarmwr "ond

welais i mo'u salach am ddodwy, 'Dwn i ddim he' wna i efo nhw yn wir . . ."

"Eu gwerthu nhw," meddai Alun "mynd â nhw i'r farchnad yn Nolgellau ac mi gewch bris mawr amdanyn nhw. Tydyn nhw'n edrych mor ffansi!"

"Ydach chi'n meddwl?"

"Dim amheuaeth o gwbl! Mynd â nhw i'r 'sêl arbennig' sydd yn cael ei gynnal i'r gwartheg duon wythnos nesa' a fyddwch chi ddim yn 'difaru. Dwedwch i mi, pa frid ydyn nhw . . ."

"O, mae nhw'n rêl brid. Ydyn yn tad . . ."

"Na, nid rêl brid ond *Royal Breed* ydyn nhw," meddai Alun.

Yr wythnos ganlynol cafwyd cryn hwyl pan gyhoeddodd Elwyn Williams, yr arwerthwr fod ganddo ugain o ieir *Royal Breed* o Lanuwchlyn i'w gwerthu am y pris uchaf!

Stori arall oedd pan fu Alun yn cneifio mewn ffarm arbennig ac wrth y bwrdd cinio wedi codi dadl am wybodaeth feiblaidd. Dadleuwyd yn frwd ac Alun yn gyrru'r cwch i'r dŵr dro ar ôl tro, yn enwedig gydag un dyn a oedd braidd yn ymffrostgar. Ar ôl gofyn dau neu dri o gwestiynau digon hawdd iddo a chael atebion cywir, meddai Alun:

"Does dim amheuaeth nad wyt ti'n gwybod dy Feibl yn dda iawn ond dywed imi ym mha un o wledydd Palesteina mae mynydd Ben Nevis? Yn Samaria, Galilea ynteu Judea?"

Daeth yr ateb heb oedi eiliad:

"Yng Ngalilea uwch ben y môr!"

"Da iawn!" meddai Alun.

Un stori fach arall hwyrach i orffen. Roedd Alun yn ymweld â fferm heb fod ymhell iawn o'i gartref ac yn trafod ymweliad arfaethedig y frenhines â thref Dolgellau.

"Maen nhw'n dweud," meddai'r ffarmwr, "fod Cyngor y Dre' yn adeiladu tŷ bach neilltuol ar ei chyfer. Dyna' chi lol wirion a gwastraff arian . . ."

"Lol wirion!" meddai Alun, "oes arnoch chi ddim cywilydd? 'Dydoch chi erioed yn disgwyl i'r frenhines fynd i din y clawdd fel chi a fi?"

"Wel nac ydw ond mi fedrai fynd i'r 'Ship' neu'r 'Cros Ce' petai'n gyfyng arni hi."

"Wel na fedr wrth gwrs nag i'r 'Lion' chwaith petai'n mynd at hynny."

"Pam na fedr hi?"

"Peidiwch â dweud wrtha i eich bod chi ddim yn gwybod

bod rhaid iddyn nhw gadw'i dŵr hi?"

"Rydw i'n gwybod hynny'n iawn. Dydw i ddim mor ddwl ag y mae bobl yn feddwl. Ond hen lol wirion ydi hynny hefyd!"

Hwyrach fod ambell ddarllenydd yn meddwl mai storïau digon cyffredin ac heb fod yn or-ddigri yw storïau Alun ond nid felly y rhai oedd yn ei adnabod oherwydd gwyddant hwy am ei ddawn arbennig i adrodd stori. Wrth wrando arno chwarddai "pawb" nes oedd y dagrau yn dod i'w llygaid.

* * *

Yn y cyfamser roedd y wledd yn barod ac aroglau bendigedig yn llenwi'r gegin. Yna roedd y "saig amheuthun" ar y bwrdd a ninnau'n awchu am ei flasu — y darn blaen-cefn wedi'i rostio'n berffaith, y tatws rhost a'r tatws wedi'u berwi, y moron wedi'u torri'n fân, fân yn gwneud pryd bythgofiadwy, yn enwedig pan ddaeth y ddysgliad fawr o bwdin reis i'w ddilyn a hwnnw'n felyn o hufen. Pa ryfedd nad awn yn agos at unrhyw westy i loddesta tra byddai drws Tŷ'n Sarn yn agored i mi, lle roedd cogyddes orau'r fro, un a dreuliodd flynyddoedd fel cogyddes Plas Caerynwch.

Mawr oedd fy nyled i Mair ac Alun. Dysgais lawer yn eu cwmni a dim byd ond daioni. Dysgais y wers bwysicaf un gan Alun, sef, sut i farw'n ddewr, ond stori arall yw honno!

Ar ôl gwledda a sgwrsio am hydoedd cerddais yn ôl yn araf a digon isel fy ysbryd i'r Erw Wen. Teimlwn yn unig ac amddifad wrth sylweddoli na fyddai fy nghyfaill chwareus yno â'i ddwy droed ar wal ei gwt i'm croesawu gyda'i rochian llawen.

Tyngais lw na chadwn fochyn wedyn ond fel llawer llw arall a dyngais ni lwyddais i'w gadw.

Mor edifar yw dyn mewn argyfwng ond mor fuan yr aiff ei addewidion pan wena'r haul arno unwaith yn rhagor. Ni fu'r un genedl mor edifar a chrefyddol na'r Almaenwyr yn 1945 pan ddaeth gwaradwydd y ddeuddeng mlynedd a aethai heibio yn amlwg i'r holl fyd ond mor fuan yr anghofiwyd yr edifeirwch a'r ymroddiad crefyddol pan ddaeth y *'Wirtshcafts Wunder'* — y wyrth economaidd a'i chyfoeth bum mlynedd yn ddiweddarach!

Kielblock

Un o'r llyfrau gosod ar gyfer Lefel A yn 1967 oedd nofel ddychan Heinrich Böll, *Doktor Murkes Gesammelte Schweigen* — casgliad o Ddistawrwydd Doctor Murke. Mor wironeddol ddigri oedd y stori roeddwn wedi gwirioni arni, a phenderfynais ei chyfieithu i'r Gymraeg. Ychwanegais ati ddwy neu dair o storïau byrion eraill gan Böll ac un, sef *Karneval* o eiddo Gerhardt Hamptmann, Almaenwr arall a enillodd wobr Nobel am lenyddiaeth. Cyhoeddwyd y cyfan yn un gyfrol gan Wasg y Sir, y Bala yn 1970, gyda'r teitl *Carnifal*. Gwaith dau o awduron mwyaf yr Almaen, dau a enillodd Wobr Nobel; eto hyd y gwn i ni bu i'r gyfrol erioed gael ei hadolygu na derbyn unrhyw sylw gan unrhyw aelod o'r Sefydliad Llenyddol Cymreig! Pam tybed?

Ond ta waeth! Cefais i a Gwilym Cefn-yr-Ywen Uchaf gryn hwyl wrth gyfieithu stori fer Gerhardt Hamptmann sef *Karneval*. Arwr y stori yw dyn o'r enw Kielblock, gwneuthurwr hwyliau a thyddynnwr. Mae'n weithiwr medrus a chaled yn gwario'i arian ddiddanwch iddo'i hun a'i wraig ieuanc, ond ar yr un pryd, mae'n iach, a chryf, ac yn hollol analluog i ffrwyno ei natur anifeiliaidd nwyfus. Ni allai neb fwyta nac yfed cymaint ag ef, a fedrai neb ddawnsio mor danbaid na hap-chwarae mor fentrus. Dyn yw hwn nad yw'n ofni na'i gyd-ddyn na'r diafol ei hun!

Adeg cyfieithu'r llyfr, roedd gan Gwilym ddefaid yn pori yn y caeau gerllaw ac yn eu plith yr hwrdd mwyaf cythreulig a welsai ei berchen erioed.

"Wyddost be'?" meddai Gwilym, "petai'r hwrdd 'na brynais i yn y sêl hyrddod yn ddyn mi fyddai cyn waethed â Kielblock bob blewyn. Welais i'r un creadur tebyg iddo erioed!"

"Be' mae o wedi ei wneud, Gwilym?"

"Mi fyddai'n haws dweud be' mae o heb ei wneud! Chaiff yr un hwrdd arall ddod yn agos i'r cae lle mae o. Mae o wedi hanner lladd un ac wedi taro llygad un arall allan. Fydd gen i yr un hwrdd ar ôl ond y fo erbyn y 'Dolig mae gen i ofn, a mae o'n frwnt wrth y defaid hefyd. Welais i erioed y fath beth."

"Pam na hysi di Mot arno fo, mi setlith o fo rydw i'n siŵr!"

"Choeliais i fawr! Mae o'n fistar corn ar Mot a dyna'r hwrdd cynta' erioed i wneud hynny."

"Gwneud mistar ar Mot! Mae'n rhaid ei fod o'n gythral o hwrdd felly."

"Mae o, ac nid yn unig ar Mot, ond arnaf finnau hefyd."

"Erioed! Dydy o ddim wedi ymosod arnat ti ydy o?"

"Ymosod arna i! Does wiw imi fynd yn agos at unryw gae lle mae o. Mae o'n dwad amdana i fel tarw."

"Paid â dweud!"

"Ydy. Heddiw roeddwn i'n croesi cae Pen yr Erw a dyna lle roedd o'n gorwedd ganllath i ffwrdd. Cyn gynted ag y gwelodd fi, cododd ar ei draed, rhoi'i ben i lawr a charlamu amdana' i. Roeddwn i'n meddwl y baswn i'n dal fy nhir ond roedd o'n edrych mor fygythiol — a chofia ei fod o'n anferth o hwrdd — mi newidiais fy meddwl mewn dau eiliad a'i heglu hi am yr adwy. Fel roeddwn i'n mynd mi clywn o'n tarannu y tu ôl i mi. Roeddwn o fewn llathan i'r adwy pan ddaliodd o fi a 'mwrw nes roeddwn i'n llyfu'r llawr. Tra roedd o'n bagio'n ei ôl i 'mwrw i'r eilwaith neidiais ar fy nhraed a dringo fel wiwer dros y giât. A wyddost ti be'? Rhuthrodd wedyn a bwrw i'r giât gan falu'r ffon isa' yn yfflon ulw!"

Chwarddais nes daeth dagrau i'm llygaid. Roedd y syniad o Gwilym yn rhedeg am ei fywyd am yr adwy a'r hwrdd mileinig yn ei ymlid yn ormod imi!

"Gwilym," meddwn, "dyna iti Kielblock i'r dim!"

Bedyddiwyd yr hwrdd yn Kielblock yn y fan a dyna oedd ei enw tra fu ym meddiant Gwilym.

Un diwrnod meddai Gwilym:

"Does dim rhaid imi ofni Kielblock rŵan."

"Pam hynny, Gwilym?"

"Fedr o ddim rhedeg ar fy ôl i. Mae o wedi cloffi yn arw."

"Be'? Clwy'r traed?"

"Ia."

"Y creadur. Bydd yn rhaid iti roi triniaeth iddo fo."

"Bydd, ond sut? Fedr un dyn wneud dim byd â fo. Os gen ti awydd rhoi help imi?"

"Oes. Pryd?"

"Beth am bnawn dydd Sadwrn?"

"I'r dim. Mi ddof i fyny atat ti tua dau o'r gloch."

Dyna a fu.

Rhwng Gwilym a minnau a Mot a Panda yr ast llwyddwyd i gornelu Kielblock a rhuthro i'w war, yna ei daflu ar ei ben ôl a'i ben i fyny.

Tra roeddwn i'n gafael yn dyn yn ei gym rhoddodd Gwilym strap lledr am ei wddf a darn o rensen gref ynghlwm ynddo yna fe'i llusgwyd yn ddiseremoni i'r sgubor.

Ar ôl iddo drin ei draed meddai Gwilym:

"Mi rhwymwn ni o wrth y postyn yma rŵan a'i adael o tan bore 'fory. Ac os ddoi di i fyny mi rhown ni o yn y bocs tu ôl i'r tractor a mynd â fo i'r ffridd — mi fydd y fan honno yn dipyn gwell er lles ei draed o."

"Bydd, mi fydd. Mi ddof i fyny tua deg . . ."

Rhwymwyd Kielblock wrth y postyn gan adael llathen o raff iddo fedru codi a gorwedd yn ddidrafferth.

Roedd yn bostyn praff, a'i bwrpas oedd cynnal y to. Roedd wedi gwneud hynny am flynyddoedd lawer a hynny yn nannedd y gwynt ac er gwaethaf aml i storm enbyd.

Bore dranoeth pan oeddwn ar fy ffordd ar draws y caeau i fuarth Cefn-yr-Ywen gwelwn Gwilym yn dod i fy nghyfarfod.

"Be' sydd, Gwilym? Oeddet ti'n ofni fy mod i wedi anghofio?"

"Nag oeddwn. Dod i ddweud wrthot ti am arbed dy siwrnai oeddwn i . . ."

"O, pam hynny? Dwyt ti ddim am fynd â Kielblock i'r ffridd?"

"Fedrai ddim rwan . . ."

"Pam?"

"Rydw i wedi'i ollwng o."

"O, be' berodd iti wneud hynny?"

"Choeli di byth, ond mae'r cythral wedi tynnu'r 'sgubor i lawr am ei ben . . . Tawn i byth o'r fan 'ma . . . Mae'r 'sgubor yn adfeilion! Fedrwn i ddim coelio'n llygid pan gyrhaeddais i'r buarth y bore 'ma. Roedd to'r 'sgubor wedi cwympo i mewn a hanner y walia' hefyd. Llechi a cherrig ym mhob man, y postyn oedd yn cynnal y to wedi ei dynnu o'i le a phren y grib yn dal yn dynn ynddo gan edrych y tebycaf peth a welaist ti erioed i grocbren — a Kielblock yn sefyll yng nghanol y llanast', yn dal yn rhwym wrth fôn y postyn!"

"Rwyt ti'n tynnu 'nghoes i . . ."

"Mi faswn i'n falch iawn petawn i! Ond mae o'n hollol wir i ti. Tyrd i ti gael gweld . . ."

Euthum gydag ef ac yn wir nid oedd Gwilym wedi gorliwio. Edrychai'r 'sgubor fel petai bom wedi disgyn arni.

"Dyna lanast'!" meddwn "sut aflwydd ddaru hynna ddigwydd . . .?"

"Kielblock wrth gwrs! Mae'n rhaid ei fod o wedi pwnio bôn y postyn yn ddibaid drwy'r nos a'i symud o y mymryn lleia' bob tro ac wedi dal ati nes iddo lithro o'i le . . ."

"Ac unwaith iddo fynd ar osgo roedd hi'n ta-ta ar y to . . . ?"

"Oedd, i lawr â fo a darn ucha'r walia' i'w ganlyn . . . "

"A dydi Kielblock ddim gwaeth?"

"Yr un mymryn. Pan es i ato fo a thorri'r rensen efo nghyllell llamodd o'r fan a rhedeg ar draws y buarth i'r cae . . ."

"Wel, mi brofodd ddau beth iti beth bynnag . . ."

"Beth ydi rheini?"

"Wel, yn gyntaf — fod y driniaeth a roist di i'w draed ddoe wedi bod yn effeithiol ac yn ail — aml i gnoc a ddymchwel y sgubor!"

"Tydi o'n gythral o anifail dywed?"

"Mae ysbryd Kielblock wedi meddiannu hwn'na Gwilym . . ."

"Ydi mae'n rhaid. Be' ddiawch wna i â fo dywed? A sut ydw i yn mynd i ail-godi'r sgubor yma . . .?"

"Wel ia. Dyna gwestiwn — mi fydd rhaid iti gael crefftwr o rywle . . ."

"Bydd, a hynny ar unwaith hefyd. Mi fydd yn rhaid imi fynd i'r dre' 'fory."

* * *

Daeth adeiladydd o'r dref i olwg y 'sgubor a meddai:

"Mae hwn yn dipyn o gontract! Bydd angen coed a llechi newydd, mi wnaiff y cerrig y tro . . . Bydd yn rhaid imi roi dau ddyn yma am bythefnos . . . Bydd rhaid cael llwyth o dywod a sment hefyd. Ydi, mae hi'n dipyn o gontract a dydi'r tywydd ddim yn ffafriol iawn chwaith . . ."

Disgynnai wyneb Gwilym â phob gair a ddywedai'r adeiladydd. Gofynnodd mewn llais gwylaidd:

" . . . a faint ydach chi'n feddwl fydd y gost . . . ?"

"Wel, fedra i ddim dweud wrthoch chi i'r bunt heddiw, bydd yn rhaid imi weithio'r costa' allan gynta', ac fel gwyddwch chi mae popeth yn mynd i fyny bob dydd . . . "

"Fedrwch chi roi rhyw syniad imi?" gofynnodd Gwilym yn fwy gwylaidd fyth.

"Wel . . . does dim dichon y bydd o yn llawer llai na chwe chant o bunnia' . . . "

Gwelwodd Gwilym yn y fan:

"Chwe chant o bunna!"

"Fedr o ddim bod dim llai! Cyflog dau grefftwr am bythefnos fan lleiaf a'r stwff wedyn ar ben hynny . . . Does 'na ddim byd i'w gael am ddim heddiw wyddoch chi . . . !"

"Nagoes mae'n amlwg," meddai Gwilym dan ei wynt.

Ni chytunwyd ar ddim. Dywedodd Gwilym y byddai'n ysytried y cyfan yn fanwl ac yna yn cysylltu â'r adeiladydd.

Y noson honno galwodd yn Erw Wen a dweud y stori brudd wrthyf:

"Be' wna'i dywed?" gofynnodd fel dyn oedd bron wedi cyrraedd pen ei dennyn.

"Cer i weld Dewi!" meddwn.

"Dewi'r Tyddyn?"

"Wrth gwrs. Mae Dewi yn un da ei law ac y mae Emyr dy fab yn hogyn handi hefyd. Rydw i'n siŵr y dôn nhw i ben â'r 'sgubor 'na ryw ffordd neu'i gilydd ac mi gostith dipyn llai na chwe chant iti!"

"Wyt ti'n meddwl?" gofynnodd a'i wyneb wedi dechrau sirioli.

"Rydw i'n berffaith siŵr!" meddwn.

"Chwe chant yn wir! Y cythral digywilydd! Cymryd mantais arnat ti mae o am ei bod hi'n aeaf ac yntau'n gwybod na fedri di ddim gwneud heb dy 'sgubor."

"Fedrai ddim chwaith . . . ac eto,'mae hyn yn dipyn o gontract,' ddwedodd o . . . 'dau grefftwr am bythefnos' . . ."

"Roedd o'n siŵr o ddweud hynny yn 'doedd! Dau grefftwr wir! Fydd Dewi ac Emyr ddim chwinciad cyn bydd y to yn ei ôl iti ac am chwarter y gost!"

"Wyt ti'n meddwl?"

"Rydw i'n berffaith siŵr. Cer at Dewi heddiw a gofyn iddo fo ddod i olwg y 'sgubor. Os ddeudith o wrthot ti y medr o ei wneud o, mi elli ddibynnu gant y cant ar ei air . . ."

Beth oedd diwedd yr helynt? Yr union beth a ddisgwyliwn. Ymhen wythnos roedd y 'sgubor wedi'i hail-adeiladu a hynny'n fwy cadarn nag y bu am ddegawdau. A beth oedd y gost? Pedwar deg naw o bunnoedd am y defnyddiau!

Euthum i fyny i weld y campwaith yng nghwmni Gwilym.

"Mae arnat ti gannoedd o bunnau imi Gwilym. Rydw i wedi

arbed pum cant o leiaf iti . . .''

"Mi wyt ti hefyd . . . Doedd hi'n lwc imi fynd at Dewi!"

"Lwcus dy fod ti wedi dwad ata i am gyngor wyt ti'n feddwl! Tydi'r ddau wedi gwneud gwaith campus?"

"Pwy fasa'n meddwl ynte? Oes 'na rywbeth na fedr y Dewi bach 'na mo'i wneud dywed?"

"Dim llawer! Mae gwestiwn gen i mod i wedi gweld neb mor ddetha yn fy mywyd. Gyda llaw, faint dalaist ti iddo fo . . . ?"

"Dydw i ddim wedi talu eto. Ddaru mi ofyn faint oedd arna fi iddo fo — pymtheg punt, medda fo!"

"Pymtheg punt! Mae hynny'n chwerthinllyd, Gwilym. Os ydi crefftwr cyffredin yn hawlio pymtheg swllt yr awr mae Dewi yn haeddu gymaint ddwywaith o leiaf oherwydd mae o'n bwrw mwy o waith drwy'i ddwylo mewn diwrnod na mae unrhyw ddyn cyffredin yn wneud mewn deuddydd neu 'chwaneg!"

"Ydi, mae o a does byth angen ail-wneud dim byd ar ei ôl o."

"Rho ugain punt fan leiaf iddo, Gwilym . . ."

"Ddaru mi ddweud wrtho fo nad oedd pymtheg yn hanner digon . . ."

"A be' ddwedodd o?"

"O, roedd o'n berffaith fodlon ar bymtheg, medda fo, a doedd arno fo ddim isio mwy . . ."

Meddyliais am funud ac yn sydyn cofiais fod Brenda, gwraig Dewi wedi cael merch fach rhyw dair wythnos ynghynt.

"Gwilym, roist ti rywbeth i Brenda ar enedigaeth Llinos?"

"Naddo, rois i ddim ond mae'n debyg fod Gwenni wedi rhoi rhywbeth, fel mae'r merched yma, wyddost ti."

"Wel, dyma dy gyfle di rwan. Rho bymtheg i Dewi a phymtheg arall i Llinos ac mi fydd pawb yn hapus wedyn!"

Lledodd gwên dros wyneb Gwilym:

"Be' wnawn i hebddo ti dwad . . . ?" meddai.

"Wel, yr un fath ag yr wyt ti wedi'i wneud pan oeddwn i ffwrdd yng Ngwlad y Saeson a'm calon fel y plwm — mynd yn dy flaen ling-di-long o gam i gam."

Galwodd Gwilym yn y Tyddyn a setlwyd y mater yn fodd-haol.

Bachgen ifanc tua phump ar hugain oed oedd Dewi yn rhentu fferm Tyddyn gyda Brenda ei wraig a oedd flwyddyn neu ddwy yn iau nag ef ac yn hardd fel rhosyn. Gweithiwr oedd Dewi. Gweithiwr diatal a gweithiwr deheuig. Ni fu ddwy flynedd yn y

Tyddyn cyn gweddnewid y ffarm drwyddi draw. Modern-eiddiodd y tŷ, gwellodd yr adeiladau, diogelodd ei gloddiau terfyn, a gofalodd fod pob llidiart yn hongian ac nid yn ddibynnol ar linyn beirnau.

Aeth i'r ffriddoedd ac aredig pob llathen sgwâr a allai a lle na allai Dewi aredig ni allai neb oherwydd nid oedd ei gyffelyb am fentro'i fywyd ar y llethrau geirwon, serth. Âi o ffarm i ffarm i gneifio a phrin y gallai unrhyw un gadw i fyny ag ef. Enillai wobrau yn y sioeau am yrru tractor ac yn ôl Alun Tŷ'n Sarn a oedd yn fugail hyd at fêr ei esgyrn nid oedd neb tebyg iddo am dynnu oen. Ar ben hyn oll âi allan i weithio, i drwsio adeiladau, i osod lloriau concrid, a hyd yn oed i yrru lorïau'r *Co-op*. Yn fyr roedd yn ddyn ifanc a allai droi ei law at unrhyw beth ond a oedd ar yr un pryd yn hollol ddiymhongar a ddirodres. Ond peidied neb â meddwl cymryd mantais arno fel y ceisiodd Nightingale. Yr afon oedd y terfyn rhwng y ddwy fferm — i fod. Yn ei ddull haerllug, hunanol ceisiodd Nightingale gymryd mantais o'i gymydog ifanc. Adeiladodd ffens ar hyd y dorlan ar ochr y Tyddyn o'r afon gan obeithio y byddai Dewi ormod o'i ofn i wneud dim yn ei erbyn. Ei fwriad mae'n debyg oedd hawlio'r afon fel y gallai'i gosod i bysgotwyr o Loegr sydd fel y gwyddom â'u llygaid ar bob llathen o ddŵr yng Nghymru.

Ond siom a gafodd! Cyn gynted ag y gwelodd Dewi'r ffens rhuthrodd ati ar ei dractor, bachodd gadwyn ddur ynddi a'i llusgo o'i lle ac yna ei lluchio i'r afon.

Ni thrafferthodd Dewi na thwrnai na'i feistr tir. Meddai wrthyf:

"Os rhoith y cythral digywilydd ffens arall yna, mi wna i'n union yr un peth â honno a mi gawn weld pwy fydd yn blino gynta' ar y gêm!"

Blasu'r Bacwn!

Dyn arbennig iawn oedd Gwilym. Roedd yn werinwr i'r carn ac yn Gymro twymgalon.

Cofiaf ei weld am y tro cyntaf yn y Dosbarth Cyntaf yn Ysgol Ramadeg, Dolgellau ac yntau mor swil nes prin iddo ddweud gair wrth neb am y mis cyntaf. Ond buan y daethom yn ffrindiau ac ni fu cweryl rhyngom erioed.

Gadawodd Gwilym yr ysgol yn bymtheng oed fel finnau a mynd adref i gynorthwyo'i dad ar fferm ddefaid Cefn-yr-Ywen Uchaf. Dyn llai na'r cyffredin ydoedd Gwilym, un ysgafn bywiog, dyn yr ucheldir lle mae gormod o bwysau yn faich. Meddai ar wyneb deallus a llygaid craff y bugail. Roedd yn ddyn cefn gwlad ond ar yr un pryd yn ddyn meddylgar ac eang ei ddiddordebau. Roedd yn ddarllenwr mawr yn enwedig barddoniaeth. Flynyddoedd yn ôl byddai'n cystadlu ar adrodd englynion ar gof ac roedd ganddo stôr o dros gant ohonynt yn ei ben! Un o'i gyd-gystadleuwyr oedd Tomi Price, Y Glyn a fu am flynyddoedd yn aelod o dîm lleol Ymryson y Beirdd. Bardd ac englynwr da iawn yw Tomi, ac un arall oedd yn yr ysgol yr un pryd â mi. Teimlaf fod yn rhaid imi ddyfynnu ei englyn i'w fam. Petawn i wedi'i gyfansoddi mae'n debyg y teimlwn fel y gwnaeth y Cadfridog Wolfe, y noson cyn ennill y fuddugoliaeth yn Quebec. 'Gwell o lawer gennyf fyddai bod yn awdur *Gray's Eligy* nac enillydd y fuddugoliaeth yfory'!

Dyma englyn Tomi i'w fam:
'Yn fyw iawn yn fy nghof i — er y bedd
A thra bwyf y byddi
Does dim yn gyfan imi
Yn y byd hwn hebot ti.'

Onid yw yn berl? Pa well teyrnged a allai unrhyw un roddi i'w fam?

Ond yn ôl at Gwilym — dyn amryddawn o gymeriad ardderchog a mawr ei barch gan bob un sydd yn ei adnabod. Mae'n ffarmwr da a'i anifeiliaid gyda'r gorau yn yr ardal ond serch hynny anaml cyrhaeddant y pris dyladwy yn y farchnad. Sawl gwaith ddywedais i wrtho:

"Wnest ti erioed werthu'r ddau eidion da yna am bris mor isel?"

"Maen nhw wedi mynd beth bynnag . . ."

"Roedden nhw'n werth punnoedd yn fwy na hyn na!"

"Ella'n wir . . ."

"Dim 'ella'n wir' amdani hi! Mi oedden nhw a mi wyddost ti'n iawn!"

"Wel . . . ches i mo' mhlesio mae'n rhaid imi gyfadda' . . ."

"Pam ddaru ti eu gwerthu nhw ynteu?"

"Beth arall wnawn i?"

"Wel dwad â nhw adra wrth gwrs! Does dim isio iti adael i'r prynwyr eu cael nhw bunnoedd o dan eu pris!"

"Na. Fydda i byth yn dwad â'r un anifail adra'. Derbyn pris y farchnad a dyna fo."

"Iâ. Dyna ti! Dyna dy fai di, ac y mae'r prynwyr yn gwybod hynny'n iawn ac yn cymryd mantais arnat ti. Pwy brynodd nhw?"

"Hwn a hwn."

"Wel myn diawl i! Eto? Mi wyddost yn iawn lle byddan nhw mewn llai na thri mis yn gwyddost?"

"Ym mhle?"

"Ym marchnad Nadolig y da tew! Dyna ble fyddan nhw, a mi werthan am bris mawr a hwyrach mai yn y farchnad fawr yn Llundain fyddan nhw! Mae hynny wedi digwydd yn dydi?"

"Wel . . ydi . . . mae o wedi digwydd."

"Faint o weithiau?"

"Unwaith neu ddwy hwyrach . . ."

"Unwaith neu ddwy! Mwy na hynny rydw i'n siŵr!"

"Twt, na hidia . . . Mae rhywbeth yn siŵr o ddod ar ôl hyn."

"Ddim i ti, Gwilym: i'r prynwyr mae o'n dwad bob tro!"

"Wel, pob lwc iddyn nhw ynteu!"

Dyna Gwilym yn ei grynswth — braint yw bod yn ffrind iddo.

* * *

Daeth wythnos hir ei cherddediad i ben a daeth yn amser mynd i Dŷ'n Sarn i gyrchu'r nerob. Euthum yno'n syth o'r ysgol ac er mor daer y pwysodd Alun a Mair arnaf i aros i swper gwrthodais, gymaint oeddwn eisiau gweld y nerob yn hongian ar fach o un o ddistiau cegin Erw Wen.

"Golcha'r halen oddi arni efo digon o ddŵr glân yn gynta'," meddai Mair, "yna ei hongian tua dwy lath oddi wrth y tân, nid o'i flaen o ond ar un ochr. Cadw lygad arni ond mi ddylai fod wedi sychu digon i'w symud mewn rhyw bump i chwe niwrnod."

"Ei symud hi i le, Mair?"

"Ei chadw hi yn y gegin a'i hongian hi rywle lle caiff hi ambell chwa o wynt — heb fod ymhell oddi wrth y drws er enghraifft. Mae chwa fach yn sicr o wneud lles mawr iddi . . ."

"Ydach chi'n meddwl y bydd o'n gig da, Mair?"

"Ydw. Mi fydd o'n eitha' cig rydw i'n meddwl."

"Pam ydach chi'n dweud hynny?"

Ond cyn iddi gael cyfle i ateb dywedodd Alun:

"Os na fydd o'n gig da arnat ti ac ar neb arall fydd y bai! Y ti ddaru besgi'r mochyn a mi ddwedais i wrthot ti yn union sut i wneud. Felly dy gyfrifoldeb di fydd o a neb ond y ti . . ."

Ond dyma Mair yn codi'i llais:

"Bydd yn ddistaw am funud, Alun . . ." Yna trodd ataf a dweud:

"Mae'n ddigon hawdd 'nabod cig da oddi wrth ei lewyrch ac wrth ei deimlo fo. Mae cig sâl yn llac ac yn feddal tra bo cig da yn solet bob amser. Dyna pam rydw i'n meddwl y bydd hwn nid yn unig yn gig da ond yn gig da iawn . . ."

"Hei lwc, Mair."

Chwarddodd: "Does dim rhaid imi ddweud sut i'w ffrïo fo yn nagoes?"

"Na sut i'w fwyta fo . . ." meddai Alun ond roeddwn eisoes yn brysio allan drwy'r drws gyda'r nerob yn fy mreichiau.

Brysiais yn ôl i'r Erw Wen drwy fuarth Bwlch Coch ac wrth fynd llifodd atgofion am blant y Bwlch yn ôl, yn enwedig am Lefi a'i frodyr Goronwy a Meirion Glyn a fu'n gyd-ddisgyblion â mi yn ysgol elfennol Dolgellau. Bachgen distaw, caredig a heddychlon iawn oedd Lefi ond ar yr un pryd roedd cyn gryfed ag arth a chyn ddewred â llew. Ef oedd tarian a chadernid Byddin Plant y Wlad. Bodolai byddin ym mhob rhan o'r dref yr adeg honno — byddin Cae Tanws o dan arweiniad George Jones, bachgen cryf a dewr o gymeriad ardderchog, ac ymladdwr medrus a theg; byddin Y Lawnt o dan ei harweinydd Eric Lewis a garai ymladd yn fwy na dim ac a gollodd ei fywyd ym mrwydr waedlyd yr Arakhan yn Burma; — Byddin Pen Ucha'r Dref o dan yr eofn Bob Simon, hogyn cryf a heini a'i holl fryd ar ryfyg ac antur, Clwyfwyd Bob yn erchyll yn y rhyfel ac ni fu fawr o lun arno byth wedyn. Dyma restr o aelodau Byddin Plant y Wlad.

Lefi a'i ddau frawd, eu cymydog Clement Maes Coch, dau gymydog arall, y brodyr Jac ac Edward Williams, Pant-y-Gader, y brodyr John Rhydwen, Lewis Austin a Brynfryn o'r Rhydwen a minnau yn olaf.

Lefi oedd y cryfaf a Jac Pant-y-Gader y nesaf ato — bachgen mawr, cryf a chyhyrog a bôn braich fel gof. Roedd yn fachgen gwyllt ac ymosodol ond yn meddu calon dyner iawn. Ni welais ef am flynyddoedd lawer ar ôl iddo ymadael o'r ysgol a mynd yn was ffarm i Rydymain ond rywbryd yn y chwe degau cyfarfûm ag un o'i gyd-filwyr yn yr Eidal a meddai hwnnw: "Rydw i'n cofio un diwrnod imi fynd i un o theatrau mwyaf Rhufain i gystadleuaeth ar gyfer amaturiaid y Lluoedd Arfog a phwy oedd yn sefyll fel cawr ar y llwyfan ond Jac Pant-y-Gader yn morio drwy Arafa Don!''

Nid oes achos i neb synnu at hynny oherwydd brawd i Jac yw Glyn Williams, Borth-y-Gest sydd eisoes wedi ennill ar yr unawd denor nifer o weithiau yn yr Eisteddfod Genedlaethol. Gyda'i gyfaill Tom Gwanas, un arall o gewri'r ardal a enillodd y Rhuban Glas yn Eisteddfod Abergwàun, maent wedi difyrru a chynhyrfu miloedd ohonom gyda'u deuawdau.

Byddai brwydr rhwng Byddin y Wlad ac un o Fyddinoedd y Dref bron bob dydd ar y ffordd adref o'r ysgol. Er mor ddewr yr ymladdai Byddinoedd y Dref o dan eu harweinyddion, Byddin y Wlad fyddai'n fuddugol bob tro diolch i Lefi, John Rhydwen a Jac Pant-y-Gader. Un o'u tactegau mwyaf llwyddiannus oedd cilio'n araf a denu'n gelynion i gyrraedd breichiau preiffion Lefi.

Er hyn, nid oedd Lefi yn hoff o ymladd. Roedd yn gyndyn i ymosod ond byddai wedi amddiffyn plant y wlad hyd ei anadl olaf.

Ar ôl cefnu ar Fwlch Coch euthum i lawr yr allt serth a chul heibio Pant-y-Gader, hen gartref Jac ac Edward sydd bellach yn dŷ haf. Cyrhaeddais Riw Nant-yr-Aur a throi i'r chwith dros afon Aran. Ar y chwith saif Hafod-y-Groes-Wen cartref William

Wmffras a'i wraig a dreuliai oriau yn Llyfrgell y Sir yn ym-chwilio i Hanes Cymru ac a roddodd fenthyg cyfrol o fardd-oniaeth Robert Burns imi unwaith a rhoi cerydd llym imi am ei gadw cyhyd pan ddychwelais ef fis yn ddiweddarach.

Cyrhaeddais lidiart terfyn Coed Croes a'i gau ar fy ôl oherwydd gwyddwn fod Huw yn ofalus iawn rhag i'w ddefaid grwydro i dir pobl eraill.

Ymlaen â mi nes cyrraedd Y Parc, fferm fechan a chartref y dyn olaf i gael ei grogi yng ngharchar Dolgellau er gwaethaf holl ymdrechion pobl yr ardal a anfonodd ddeiseb yn cynnwys miloedd o lofnodion i'r Gweinidog Cartref i eiriol arno i arbed bywyd dyn da a darawodd fenyw faswedd a'i cyhuddodd ar gam ond heb unrhyw fwriad o'i lladd. Gwrthododd pob saer yn Nolgellau adeiladu'r crogbren a bu'n rhaid i'r awdurdodau ddod ag un o Loegr a phan gyrhaeddodd y crogwr, hefyd o Loegr, bu'n rhaid cael carfan gref o blismyn i'w hebrwng yn ôl ac ymlaen o'r orsaf.

Gadewais y Parc a mynd dros y Garth, bryn eithinog yn llawn o lwyni collwydd a drain duon, lle byddwn pan yn blentyn, yn casglu poethfel i gychwyn y tân yn y popty mawr i grasu'r bara. Yn awr roeddwn yn dynesu at fy hen gartref.

Safai Bryn Mawr fel castell ar y graig uwch fy mhen ar y chwith a bron o'r golwg yn y coed masarn enfawr. Dyma fro 'Stafell Ddirgel Marion Eames, cartref Rowland Ellis y Crynwr a ymfudodd i'r America yn niwedd yr ail-ganrif-ar-bymtheg a'r lle a roddodd ei enw i Bryn Mawr University, Pensylvania, y coleg merched hynaf a'r uchaf ei barch yn America.

Ar y dde gwelwn Esgeiriau, plasdy bach a berthynai i f'ewythr ond a osodwyd i Mr Farrar a'i wraig a oedd yn gyf-nither i'r Cadfridog Montgomery o Alamein. Cofiaf ei weld yno pan oeddwn yn ddengmlwydd oed pan oedd ond Uwch-Gapten. Er nad Mrs Farrar oedd y gyntaf i ennyn ynof flas ar ddarllen gwnaeth gyfraniad sylweddol drwy fy nghyfeirio at lenyddiaeth Saesneg, megis Shakespeare a Dickens a chan ei bod yn aelod selog o'r *Anglo-Catholics* gyfrol swmpus o'r enw *The Lives of the Saints*. Nid anghofiaf byth sut y bu i *Little Saint Elizabeth* ymbaratoi am ferthyrdod drwy ddal ei llaw yng ngolau'r gannwyll i gynefino â dioddefaint. Ceisiais ei hefelychu ond ddim ond unwaith . . .!

. . . Ymlaen â mi ar hyd y ffordd wledig heibio Rhos Bellaf
nes cyrraedd llidiart terfyn Bryn Rhug. Ar ôl gadael Bryn Rhug
ar y chwith cyrhaeddais fwthyn hardd Pen Clogwynau, cartref
Cadwaladr Rhys a lwyddai i fyw yn daclus ar drwsio clociau,
hogi llifau, gwneud cribinau gwair a hela llwynogod â'i ddaear-
gwn. Os byddai unrhyw un angen trwsio'i oriawr ar frys ofer
fyddai mynd â hi i Ben Clogwynau! Tybed sawl oriawr heb ei
hawlio a ddarganfuwyd yno pan fu'r hen 'Dwalad farw? Ef a
drwsiai clociau Ysgol Dr Williams a'r enw gafodd yno, yn
naturiol, oedd: Mr. Tic-Toc!

Canllath arall a chyrhaeddwn Rhyd Wen — fferm daclusaf yr
ardal a chartref fy nghyfeillion ysgol. Roedd yno wyth o blant
a'u henwau yn werth eu dyfynnu: Brynfor, Gwyna, John
Rhydwen, Jinny Gwernllys, Lewis Austin, Arianwen, Brynfryn a
Derwena — enwau sydd yn fiwsig i'r glust! Bechgyn gwydn, a
di-ildio oedd rhai Rhyd Wen bob un. Ond eu mam oedd arwres a
brenhines Rhyd Wen. Bu fyw nes yn gant a dwy oed a chyn
sionced ag wiwer tan y dyddiau olaf. Cofiaf fod yno pan oedd
hi tua naw deg a gwrando ar y Cadfridog De Gaulle yn siarad ar
y teledu. Hithau hefyd yn gwrando'n astud ac ar ôl iddo dewi yn
troi ataf a dweud: "Roedd o'n siarad *French* wyddoch chi, mae
o'n ddyn clyfar iawn . . ."

Troais i'r chwith heibio hen gapel bach Rhyd Wen a chofio
digwyddiad digri iawn yno flynyddoedd lawer yn ôl. Roeddwn
yno yn blentyn mewn cyfarfod gweddi. Pan oedd y cyfarfod ar
ei hanner daeth Edward Pugh Tan-y-Gader i mewn ac eistedd yn
ddistaw wrth y drws. Roedd yn nodedig am ei weddïau taer a
gofynnwyd iddo ddod ymlaen i gymryd rhan. Ar ôl ysgwyd ei
ben yn negyddol amryw weithiau cytunodd a mynd at y pulpud
a rhoi un penglin ar lawr. Yna gyda'i benelin yn pwyso ar ei ben-
glin arall a'i dalcen yn ei law dechreuodd ar ei weddi, yn gyntaf
yn araf a distaw ond o dipyn i beth cynhesodd i'w waith ac aeth
i hwyl.

Roedd Edward Pugh wedi cyrraedd y cyfarfod gweddi yn
hwyr am iddo fod yn y dref a thra roedd yno prynodd werth
chwe cheiniog o benwaig a werthid yr adeg honno am geiniog yr
un neu saith am chwech! Roedd y penwaig ym mhoced ei gôt

fawr a darn o bapur newydd amdanynt ac roedd y gôt fawr yn dal amdano pan weddïai'n daer wrth ochr y pulpud. Am ryw reswm neu'i gilydd daeth cynffonau'r penwaig i'r golwg ac fel y cynhyrfai Edward Pugh ysgydwai'r penwaig eu cynffonau i'w ganlyn.

Troi i'r chwith i gyfeiriad Cader Idris, mynd heibio fferm Tan-y-Gader cartref yr hen Edward Pugh a ddilynai gyngor y Testament Newydd mor agos yn yr hyn a wisgai nes i ryw grwydryn carpiog a'i gwelodd ar y Bont Fawr yn Nolgellau ofyn iddo:

"Are you going to Wrexham too, mate?"

Heibio'r Gilfachwydd wedyn ar y chwith a rhyw hanner milltir ymhellach ymlaen gwesty Llyn Gwernan ar y dde. Yn awr roedd tir Tyddyn Mawr yn ymgodi'n serth at y ffermdy wrth droed y mynydd, cartref Olwen a'i rhiant a'i modryb.

Byddai angen tudalennau maith i olrhain cyfraniad teulu diwylliedig ac ymroddgar Tyddyn Mawr i fywyd yr ardal. John Williams, athro Ysgol Sul, canwr, trefnydd ac arweinydd cyngherddau a chyfarfodydd cystadleuol. Mrs. Williams yn cymryd rhan flaenllaw yn holl weithgareddau ei gŵr. Ei chwaer a oedd bron yn ddall yn cyfeilio ar y piano, yn cymryd rhan yn y pedwarawd teuluol. Olwen yn canu unawdau, yn cystadlu ar y piano, yn canu deuawdau gyda'i thad ac yn cymryd ei rhan yn y pedwarawd. Ac fel petai hynny oll ddim yn ddigon, y cyfan yn aelodau o gwmni drama a Gwilym Cefn-yr-Ywen, fy hen gyfaill ysgol, yn un o'r sêr.

A gafodd unrhyw un o'r teulu anrhydedd swyddogol am ei wasanaeth i'r gymdeithas? Dim o'r fath beth! Ond yng nghalonnau y rhai oedd yn eu hadnabod ac a werthfawrogai yr hen ddiwylliant nid ânt yn angof!

Wedi cyrraedd pont Tŷ Nant edrych i fyny at y tŷ lle llosgai golau gwan yn y ffenestr noeth o lenni a dychmygu gweld yr hen Wil yn eistedd wrth ei fwrdd swper, ei gi wrth ei ochr a'r ddau yn cystadlu â'r llygod bach oedd yn ddigon hyf i ddringo i'r bwrdd a cheisio cipio'r bara-caws o'u gafael.

Ni allwn ddychmygu'r naill heb y llall ac ofnwn weld y dydd pan fyddai ond un ar ôl. Erbyn hyn mae'r ddau wedi mynd. Gobeithiaf iddynt fynd ynghyd ac na fu'r naill na'r llall ar ôl yn galaru.

Ymlaen, ac i lawr yr allt nes cyrraedd pont Dyffrydan, — dyma hen dŷ arall lle câi'r Crynwyr noddfa yn nyddiau gormesol

Olwen yn Frenhines y Rhosynnau yng Ngharnifal Dolgellau, 1930

Siarl yr Ail, ac yn dal i sefyll yng nghysgod y Gader yn herio'r dymestl. Morus Edwards oedd ei berchen pan oeddwn i'n blentyn, dyn a oedd wedi treulio blynyddoedd yng Nghanada yn ei ieuenctid yn llusgo coed a cheffylau yn y coedwigoedd mawr ac wedi dod i arfer ag araith a thymer wyllt a oedd ymhell o fod yn gweddu i ardal barchus Islawrdref. Gorchuddiai y bobl, yn enwedig y gwragedd, eu clustiau â'u dwylo pan gollai Morus Edwards ei limpin. Morus Edwards oedd y dyn cyntaf yn Islawrdref i gael car. Ymddygai yn yr un modd tuag at ei gar ag y gwnâi tuag at ei gŵn, sef ei ddamio i'r cymylau os nad oedd yn ei blesio. Un noswaith ac yntau'n dychwelyd o'r dref penderfynodd y car nogio hanner ffordd i fyny'r allt o dan Rhyd Wen. Gan dyngu'n fygythiol, daeth Morus Edwards allan ohono a chodi'r boned. Digon prin y gwyddai am beth i edrych ond mae'n debyg y teimlai'n reddfol mai dyna a ddylai ei wneud.

Tra'n edrych ar y peiriant clywodd lais tawel yn gofyn:

"Oes rhywbeth yn bod, Morus Edwards?"

Edrychodd i fyny a gweld Williams Griffith, Bryn Rhug yn sefyll yn ei ymyl — dyn tal, urddasol gydag wyneb deallus a meddylgar a phob modfedd ohono yn mynegi cymedroldeb a hunanfeddiant — un o'r dynion mwyaf pwyllog a pharchus yn yr ardal.

Edrychodd Morus Edwards arno am eiliad cyn gofyn:

"Wyddoch chi rywbeth am geir?"

"Dim byd, Morus Edwards."

"Wel cerwch i'r diawl o 'ngolwg i yntau!"

Aeth blynyddoedd heibio cyn i'r ddau gymodi!

Dylwn ychwanegu mai wedi rhedeg allan o betrol oedd y car!

Er mor gynddeiriog o wyllt oedd Morus Edwards cofiaf imi alw yn Nyffrydan pan oeddwn tua deng mlwydd oed i hel at y Genhadaeth Dramor. Roedd ar y buarth:

"Be' wyt ti'n wneud 'machgen i?"

"Hel at y Genhadaeth, Morus Edwards."

"O, dyna beth wyt ti'n 'i wneud. Mae'n well iti ddŵad i'r tŷ mae hi'n oer iawn fan hyn . . ."

I mewn i'r tŷ a chael fy ngosod mewn cadair o flaen tan-llwyth o dân.

"Fydd te ddim yn hir yn na fydd?" gofynnodd yr hen Forus wrth ei wraig.

"Na fydd, gawn ni o'n gynnar heddiw."

Mrs Edwards yn gosod y bwrdd a'i gŵr a minnau yn ymgomio'n braf o flaen y tân.

"Sut le ydi Canada, Morus Edwards?"

"Cythral o le oer 'machgen i! Eira at dy ffwrch di drwy'r gaea' ac yn chwipio rhewi ddydd a nos. Diawl o le 'machgen i. . . . Paid ti â mynd yn agos yno neu mi fyddi wedi rhewi'n gorn . . ."

Tynnu'r bwrdd yn nes at y tân. Lliain gwyn arno, ŵy wedi'i ferwi ar bob plât, bara menyn tenau, jam, caws a bara brith.

"Tyrd, 'machgen i, estyn di ato fo rŵan a bwyta lond dy fol iti gael mynd yn fawr ac yn gry' fel dy dad. Sut mae dy dad?"

"Mae'n iawn diolch yn fawr."

Ar ôl bwyta llond fy mol:

"Diolch yn fawr iawn . . ."

"Does rhaid iti ddim diolch, 'machgen i a phaid ti byth â mynd heibio heb alw. . . . mae arnat ti isio imi roi rywbeth yn y bocs yna rŵan, oes?"

"Os gwelwch chi'n dda, Morus Edwards."

"Aros di funud ynta . . ."

Diflannu i rywle a dychwelyd gyda darn deu-swllt at y Genhadaeth Dramor a dwy geiniog imi.

"Diolch yn fawr, mi ai rwan rydw i'n meddwl . . ."

"Ia cer di rŵan 'machgen i, a hel llond dy focs . . ."

"Da b'och chi rŵan Mrs Edwards a diolch yn fawr . . ."

"Paid â sôn John bach a brysia yma eto . . ."

Serch ei regfeydd a'i ddull digyfaddawd o fynegi'i hun, dyn caredig oedd Morus Edwards.

Ei olynydd yn Nyffrydan oedd Wmffra Williams ac wrth imi fynd heibio ni allwn lai na gorfoleddu yn ei fuddugoliaeth dros Nightingale, ei feistr tir gormesol.

Ymlaen drwy dir Tŷ'n Ceunant a throi i'r dde. Taranu drwy fuarth Cefn-yr-Ywen Isaf heb edrych i'r chwith na'r dde a dilyn y ffordd drwy'r caeau nes cyrraedd llidiart terfyn Yr Erw Wen. Cau'r giât yn ofalus ac i lawr yn araf ar hyd y ffordd gul, garegog nes cyrraedd fy mwthyn.

Mynd â'r nerob i'r tŷ a'i hongian ar y bach ar un o'r distiau yn yr union fan a gynghorodd Mair imi wneud, rhyw ddwylath ar yr ochr chwith i'r aelwyd, rhwng y ffenestr a'r tân. Sefyll wedyn a'i hedmygu o bob ochr am bum munud cyfan!

* * *

171

Ymhen rhyw ddeng niwrnod roedd y nerob yn barod i'r gyllell ac roedd gennyf gyllell ardderchog i'w thorri'n olwythion o'r union drwch a fynnwn — cyllell a gawswn yn anrheg gan Robert Ernest y cigydd gorau yn Nolgellau. Roedd hwn yn ddyn mor addfwyn a thyner fel na allwn yn fy myw ag amgyffred sut y llwyddodd i'w orfodi'i hun i ladd oen. Meddyliais lawer dros y peth a dod i'r casgliad mai amgylchiadau yn unig a'i gorfododd i ymgymryd â gwaith mor groes i'w natur.

Mae'r gyllell dal gennyf a serch ei bod dros drigain oed, prin ei bod hi wedi gwisgo dim. Deil ei llafn naw modfedd mor llydan ag erioed a does dim ond eisiau ei chyffwrdd â'r garreg hogi iddi fod fel rasel.

Er mor wylaidd a diymhongar oedd Robert Ernest roedd ganddo ei hiwmor diniwed ac unigryw ei hun fel y dengys yr engraifft a ganlyn:

Rhyw ddynes: "Oes gennoch chi iau mochyn?"

Robert Ernest: "Nagoes, fydd o ddim i mewn tan 'fory."

Y ddynes: "Cadwch bwys imi ond 'does arna i ddim isio iau tun cofiwch!"

Gwenodd Robert Ernest arni a dweud:

"O'r gora' 'ta, galwch pnawn 'fory."

Prynhawn drannoeth galwodd y ddynes. Roedd yr iau yn barod iddi wedi'i lapio'n daclus.

"Dyma'r iau," meddai Robert Ernest.

"Faint ydi o?"

"Dau a naw."

Y ddynes yn ei weld yn rhesymol iawn ei bris ac yn gofyn yn amheus:

"Ydach chi'n siŵr nad iau tun ydi o?"

"Ydw" meddai Robert Ernest gyda gwên fach ddireidus ar ei wyneb. "Iau Ty'n Sarn ydi hwn!"

O'r diwedd roedd noson fawr blasu'r cig wedi cyrraedd: y gyllell wedi'i hogi, y nerob wridog ar y bwrdd mawr, wedi ei thorri ar ei hyd yn ddau ddarn cyfartal. Rhoddais un darn yn ôl ar y bach, torri golwythen fain fel papur o'r darn oedd ar y bwrdd a'i rhoi o'r neilltu rhag ofn ei bod yn hallt, yna torri chwe golwythen chwarter modfedd o drwch a rhyw ddeng modfedd o hyd. Hongiais y gweddill yn ofalus ar y bach rhwng y drws a'r ffenestr a dychwelyd at y bwrdd. Torrais haenen denau, denau o'r ochr fewnol i'r golwythion, hynny yw ochr yr heli, i ofalu na fyddai unrhyw arlliw o flas halen ar y cig.

172

Rhoddais sosbeniad o swêds a thatws i ferwi'n araf a'r golwythion mewn padell ond digon pell oddi wrth y gwres iddynt gael coginio mor araf â phosib.

Tynnais y bwrdd yn nes at y tân a oedd yn llosgi fel coelcerth a phentyrrau o goed o bobtu'r aelwyd i'w gynnal. Gosodais liain gwyn, cyllyll a ffyrc, a thri gwydr gwin ac yn y canol botelaid o win 'sgawen ardderchog a wneuthum yn ôl cyfarwyddyd Mair Tŷ'n Sarn, pencampwraig y gwin 'sgawen. Torrais bentwr o fara Davy Rowlands o Bopty'r Lawnt a'i osod ar blât o fewn cyrraedd pawb. Rhedais i'r gegin gefn i gadw golwg ar y sosban. Tybed a oeddwn wedi rhoi halen ar y tatws a'r swêds? Profi'r dŵr a oedd yn berwi'n araf. Oeddwn — digon hallt ond heb fod yn rhy hallt. Roedd y golwythion yn dechrau coginio yn araf, a throais hwy. Teflais olwg ar y bwrdd. Beth oedd yn eisiau? Platiau! Estyn y tri phlât mwyaf oedd gennyf a'u gosod ar ben y stôf drydan i dwymo.

Edrychais ar fy oriawr: roedd yn ugain munud i wyth. Euthum yn ôl i'r gegin, rhoi fforc yn y tatws a'r swêds a gweld y byddent yn barod mewn rhyw ddeng munud arall. Tro arall i'r cig moch, arllwys y toddion i ddysgl yna troi'r gwres i fyny ryw fymryn. Yn ôl i'r gegin a rhoi tair cadair wrth y bwrdd wedi'i osod i dri. Yna eisteddais i lawr i ddisgwyl.

Disgyblaeth

Os oedd un peth yn nodweddiadol o Ysgol Dr Williams, disgyblaeth oedd hwnnw, disgyblaeth a osodwyd ar sail gadarn bob bore yn y Neuadd cyn dechrau ar weithgareddau'r dydd.

Ymgasglai'r genethod yn y Neuadd am chwarter i naw, pob un yn ei dosbarth ei hun, y dosbarth cyntaf yn y rhengau blaen, yr ail y tu ôl iddynt ac felly yn y blaen nes cyrraedd y chweched uchaf yn y cefn, a'r Brif Eneth yn sefyll o flaen y dyrfa ac yn gyfrifol amdani. Ar ôl i bob un gyrraedd ei lle rhoddai'r Brif Eneth orchymyn i bawb eistedd, i fod yn llonydd ac i beidio yngan gair. Yna anfonai un o'r monitoriaid i Stafell y Staff i ddweud fod y genethod i gyd yn eu llefydd. Cerddai'r athrawon a'r athrawesau i'r Neuadd ac fel yr aent drwy'r drws codai'r genethod i gyd ar eu traed ar arwydd y Brif Eneth. Arhosai pob un ar ei thraed nes byddai'r Staff wedi eistedd ar y cadeiriau ar y llwyfan. Yna caent orchymyn i eistedd ac âi'r Brif Eneth i gnocio ar ddrws y Brifathrawes a dweud:

"Good morning Miss Lickes, the Staff and girls are in the Hall."

"Thank you, Catherine . . ."

Yna cerddai'r ddwy ochr yn ochr i'r Neuadd. Pan welai'r penoriad a safai wrth y drws y ddwy yn nesáu rhoddai arwydd i'r Ddirprwy Brifathrawes a dywedai honno mewn llais clir:

"Stand up, girls!"

Codai'r genthod a'r Staff ar eu traed. Pan gyrhaeddai'r Brifathrawes y llwyfan cyferchid hi gan ei Dirprwy gyda'r geiriau:

"Good morning, Headmistress!"

Yna dywedai'r Brifathrawes:

"Everybody sit down, please!"

O'r funud honno ni thynnai neb ei sylw oddi arni.

Yna dechreuid ar y gwasanaeth boreol. Yn gyntaf ceid emyn agoriadol, darlleniad o'r Beibl a cholect y dydd o'r Llyfr Gweddi Cyffredin, emyn arall i ddilyn a Gweddi'r Arglwydd i gloi. I orffen, byddai'r Brifathrawes yn cyflwyno'r gwahanol gyhoeddiadau mewn llais clir a gyrhaeddai i gefn y Neuadd ond heb unrhyw arwydd ei fod un nodyn yn uwch nag arfer. Arhosai pawb ar eu traed nes byddai hi wedi cerdded allan o'r Neuadd. Yn nesaf cerddai'r Staff allan a'r genethod yn dal i sefyll yn llonydd ac yn hollol ddistaw.

Credaf mai'r gwasanaeth boreol oedd sail disgyblaeth yr ysgol. Roedd y merched, fel petai, yn dechrau'r dydd o fewn canllawiau disgyblaeth a threfn ac o ganlyniad roedd y ddau rinwedd holl-bwysig hynny yn dilyn yn naturiol. Teyrnasai disgyblaeth yn y dosbarth ac yn y coridorau lle cerddai pawb ar yr ochr chwith yn unig a hynny mewn distawrwydd llwyr.

Yn y stafell fwyta safai deg neu ddwsin o fyrddau hir gyda lle i ugain neu chwaneg i eistedd wrthynt. Eisteddai athrawes neu athro wrth ben bob bwrdd a hwy oedd yn gyfrifol am rannu'r bwyd. Safai cloch fach ar fwrdd y Brifathrawes a phan dybiai hi fod yr amser yn gymwys canai hi fel arwydd fod pob un i ddistewi. Ychydig eiliadau wedyn, a phob copa walltog cyn ddistawed â llygoden, gofynnai am fendith ar y bwyd oedd ar y bwrdd. Ar ôl iddi.orffen arhosai'n fud am ychydig eiliadau cyn ail-ganu'r gloch i ganiatau i bawb ddechrau bwyta.

Disgwylid i bob geneth siarad â'i chymdoges wrth y bwrdd os oeddent yn gyfeillion agos ai peidio a disgwylid i'r genethod a eisteddai yn ymyl yr athrawes gynnal sgwrs â hi. Ni oddefwyd i unrhyw eneth adael dim ar ôl ar ei phlât ac ni feiddiai yr un ddweud:

"Dydw i ddim yn hoffi y peth-a'r-peth," ond goddefid iddi ofyn am gyfran lai na'r cyffredin. Ar ôl gorffen y cwrs cyntaf byddai'n rhaid i'r genethod gludo'r platiau ymaith a dod â phlatiau eraill yn eu lle ar gyfer y cwrs nesaf.

Ar ôl i bawb orffen canai'r Brifathrawes ei chloch eto a safai pawb nes byddai hi wedi mynd drwy'r drws.

Nid eisteddai pawb wrth yr un bwrdd gydol y tymor ond yn hytrach newidid bwrdd bob wythnos ac o ganlyniad byddai pob un eneth wedi eistedd am o leiaf wythnos ar fwrdd pob athro neu athrawes.

Ond fel athro ieithoedd roedd gennyf fy mwrdd fy hun mewn 'stafell arbennig am ddau ddiwrnod yr wythnos. Ar un diwrnod y genethod oedd yn dysgu Almaeneg a eisteddai o'i amgylch ac yn ystod y pryd bwyd Almaeneg yn unig a siaredid. Ar ddiwrnod arall y genethod oedd yn dysgu Rwseg a eisteddai wrth fy mwrdd ac ni oddefid unrhyw iaith ond Rwseg! Dull ardderchog oedd hwnnw i ymarfer siarad iaith dramor.

Digwyddai yr un peth i'r genethod oedd yn dysgu Ffrangeg a Chymraeg.

Parchai Miss Lickes yr iaith Gymraeg ac er na fedrai ei siarad roedd ei hynganiad o enwau lleol neu o weithgareddau Cymreig megis 'yr Eisteddfod Genedlaethol' neu 'drama yn Neuadd Idris' yn berffaith. Cynhelid gwasanaeth boreol yn Gymraeg un diwrnod o'r wythnos gyda phennaeth yr Adran Gymraeg yn arwain. Roedd yn rhaid i bob geneth yn yr ysgol ddysgu rhyw ddwsin neu ychwaneg o emynau Cymraeg a'u hynganu yn iawn. Gwnâi pob un heb eithriad a'u canu gydag arddeliad. Roedd canu'n bwysig iawn yn yr Ysgol — pump athrawes llawn-amser yn dysgu cerddoriaeth a thair arall rhan-amser. Mrs Thomas oedd pennaeth yr Adran ac ni wnâi dim ond perffeithrwydd y tro iddi. Hi oedd arweinydd y côr ac roedd yn glod iddi hi ac i'r ysgol.

Deyrnasai yr un disgyblaeth ar y maes chwarae o dan Miss Thompson, dynes gyfrifol a doeth dros ben.

Bob nos rhwng hanner awr wedi pump a saith byddai'r genthod yn gwneud eu gwaith cartref o dan lywyddiaeth y penoriaid. Ni oddefid i neb siarad na segura.

Ar y Suliau gorymdeithiai'r genethod i'r eglwys neu i gapeli'r dref o dan ofal athrawesau. Petai unrhyw un yn camymddwyn mewn unrhyw ffordd byddai'n ymddangos o flaen Miss Lickes a chyn ei gadael byddai wedi teimlo yn dra edifar ac wedi addunedu i beidio â gwneud eto!

Rhannwyd y disgyblion yn ddwy ffrwd 'A' a 'B'. Dilynai'r ddwy ffrwd yr un amserlen a'r un cwrs. Dywedwn y byddai aelodau ffrwd 'A' wedi bod yn llwyddiannus mewn arholiad i ysgol ramadeg ond nid felly rhai ffrwd 'B'. Serch hynny roedd canlyniadau yr ail ffrwd yn hynod o uchel yn yr arholiadau Lefel 'O' gyda phob disgybl yn llwyddiannus ar gyfartaledd mewn pump neu chwe phwnc. Os byddai unrhyw aelod o Ffrwd 'A' yn methu pasio wyth pwnc byddai'n rhaid iddi hi a'r athrawes dosbarth roi eglurhad i Miss Lickes am y methiant. Gwelir felly fod safon canlyniadau disgyblion Dr Williams yn uchel iawn yn yr arholiadau safon 'O'.

Rwyf yn argyhoeddedig mai disgyblaeth cyffredinol yr ysgol oedd yn gyfrifol am hynny. Roedd athrawon a'r athrawesau hefyd o dan ddisgyblaeth a disgwylid iddynt weithio yn galed ac i wneud eu gorau glas er hyrwyddo gyrfa'r disgyblion. Y disgyblion oedd yn holl bwysig ac ni pheidiai Miss Lickes â phwysleisio'r ffaith.

Nid oedd canlyniadau Lefel 'A' cystal â'r rhai Lefel 'O' oherwydd yn ychwanegol at ddisgyblaeth a gweithgarwch mae angen cryn dipyn o ddeallusrwydd i gyrraedd safon uchel yn yr arholiadau Lefel 'A'. Wedi dweud hynny roedd canlyniadau Ysgol Dr Williams yn cymharu'n dda â chanlyniadau unrhyw ysgol arall.

Er mor bwysig oedd hynny credaf mai'r arferiad o ddisgyblaeth oedd y wers orau a ddysgai'r merched ynghyd â sut i fyw yn drefnus o fewn cymdeithas, a hefyd bwysigrwydd gwneud y gorau o'u hadnoddau ac i ymdrechu am berffeithrwydd ym mhob peth.

Brwydrai hi i'r eithaf i sicrhau lle mewn prifysgol neu goleg i'r disgyblion ar ddiwedd eu gyrfa yn yr ysgol ac anaml iawn y bu'n aflwyddiannus.

Roedd pob cyngerdd, pob drama a phob gŵyl garolau yn batrwm o'r hyn y dylent fod ac ymddygiad y genethod yn glod i'r ysgol ac i'r ardal. Yn wir, braint i ferch oedd bod yn ddisgybl yn Ysgol Dr Williams.

A oedd hi'n ysgol dda? Dyna gwestiwn anodd i'w ateb oherwydd geiriau cymharol yw da a gwael a mae'r ddau yn dibynnu ar safbwynt y sawl sydd yn mesur a phwyso, yn enwedig wrth farnu ysgolion. O safbwynt canlyniadau academaidd, disgyblaeth a threfn roedd Ysgol Dr Williams yn ysgol ardderchog. A oedd iddi wendidau? Oedd! Yn gyntaf, roedd hi'n tueddu i achosi rhaniad yng nghymdeithas yr ardal leol — rhai merched yn mynd iddi eraill yn mynd i Ysgol y Gader sef yr Ysgol Gyfun. Achosai hyn raniad sylweddol rhwng y ddwy garfan, nid yn gymaint fod y naill yn ddirmygus neu yn genfigennus o'r llall ond yn hytrach am eu bod wedi mwynhau awyrgylch hollol wahanol yn ystod y blynyddoedd mwyaf pwysig a dylanwadol yn eu datblygiad personol. Y canlyniad, i raddau helaeth, oedd fod y rhaniad yn parhau am flynyddoedd lawer ac yn wir gydol oes ambell i un, yn enwedig ryw ffolen snobyddlyd a fyddai'n anfodlon i gymysgu â'r un fenyw os na fyddai hi'n 'old girl'. Diolch mai prin yw nifer y ffolion.

Yr ail wendid oedd y ffaith ei bod hi'n ysgol annibynnol — hynny yw ysgol yr oedd yn rhaid talu i'w mynychu, ac felly'n ysgol i'r breintiedig, nid y breintiedig mewn gallu ond mewn eiddo materol. O ganlyniad roedd hi'n denu llawer iawn o Saeson ac er na welais unrhyw arwydd o wrthgymreictod nid oedd unrhyw amheuaeth nad oedd dylanwad seisnig cryf ar y dis-

gyblion. Nid oedd hi felly yn gyfrwng i roi'r addysg orau i
ferched Cymru, set magu ymwybyddiaeth ohonynt eu hunain fel
Cymry. Yn wir, cawn yr argraff yn aml fod llawer o'r merched
Cymraeg yn hollol anymwybodol o'u cymreictod, nid oherwydd
snobyddiaeth ond o ganlyniad i gael eu cyflyru i feddwl
amdanynt eu hunain fel rhyw fath o gosmopolitaniaid. Nid
oeddynt na Chymry na Saeson a'r unig beth roedd iaith yn ei
olygu iddynt oedd cyfrwng cyfathrebu.

Fel mater o egwyddor rwyf yn erbyn ysgolion annibynnol
oherwydd credaf na fydd cyflwr ysgolion y wladwriaeth yn
gwella nes gwneir i ffwrdd â hwy. Mae fy rheswm dros ddweud
hynny yn berffaith syml: tra bod y bobl freintiedig, gyfoethog
a mwyaf dylanwadol, yn medru anfon eu plant i ysgolion
annibynnol does ganddynt yr un gronyn o ddiddordeb mewn
gwario arian ar ysgolion y wladwriaeth. A'r canlyniad? Pymtheg
y cant o blant ein gwlad yn cael pob mantais a all arian ei brynu
a'r wyth-deg pump y cant arall yn dioddef esgeulustod. Does
gennyf yr un amheuaeth am un peth, hynny yw — arian yw'r
allwedd i addysg dda a hynny yng ngwir ystyr y gair. Drwy wario
arian y ceir adnoddau a thrwy wario arian y gellir caniatau dos-
barthiadau bychain lle mae pob unigolyn yn cael sylw a lle mae'n
llawer haws i gadw disgyblaeth a threfn.

Yn Ysgol Dr Williams roedd dosbarth o ddeuddeg mewn
Almaeneg neu Rwseg yn ddosbarth mawr. Roedd dosbarthiadau
mewn pynciau eraill ychydig yn fwy ond yr un ohonynt dros
ugain. Yn ysgolion y wladwriaeth mae ambell i ddosbarth yn
cynnwys cymaint â deugain o blant. Ni all yr un athro nag
athrawes wneud cyfiawnder â'r fath nifer mewn nag addysg na
disgyblaeth.

Bûm yn athro am ddeunaw mlynedd mewn pump o wahanol
ysgolion ond nid wyf yn cyfrif fy hun yn arbenigwr ar ddysgu
nac ar ysgolion. Nid wyf wedi astudio addysg ond rwyf wedi
darllen ychydig o waith Rousseau ac yn cytuno yn hollol ag ef
pan ddywed na ddylid dysgu na chrefydd na hanes i neb dan
ddeunaw oed. Rwyf hefyd wedi darllen ychydig bach o waith
Socratis a'i ddull ef o ddysgu drwy resymu. Credaf nad pwnio
ffeithiau i bennau'r disgyblion sydd yn bwysig ond eu hysgogi i
ddeall, i ofyn cwestiynau ac i wybod pam mae dau a dau yn
gwneud pedwar.

Beth yw pwrpas addysg heddiw? Yr ateb yw i gael tyst-
ysgrifau sydd yn arwain i well swydd a mwy o gyflog. Yn lle bod

addysg yn diwyllio ac yn gwneud dyn yn fwy goleuedig mae wedi mynd yn gyfrwng i'w alluogi i wella ei sefyllfa faterol. Mae'r *'rat race'* yn cychwyn heddiw yn y pedwerydd dosbarth ac yn parhau am oes ambell un.

Credaf petai'r gyfundrefn addysg yn canolbwyntio llai ar ffeithiau — a mwy ar ddysgu disgyblion i ymresymu, byddai cymdeithas yn dipyn mwy gwaraidd ac ni fyddai lle ynddi i bapurau newydd megis y *Sun* a'u cyffelyb nag i'r sothach a elwir yn ddifyrrwch ar y teledu. Nid wyf yn erbyn difyrrwch, — ddim o bell ffordd — ond os yw cynnwys papurau newydd megis y *Star, Sun* a'r *Mirror* a llawer o'r rhaglenni a welwn ar ein setiau teledu yn ein difyrru, druan ohonom! Prin y gallwn hawlio fod dyn wedi'i osod ond ychydig is na'r angylion!

Beth sydd a wnelo hyn ag addysg? Popeth — oherwydd addysg dda yw sylfaen cymdeithas ddiwylliedig a gwaraidd.

Erbyn hyn mae Ysgol Dr Williams wedi cau a hynny o fewn ychydig flynyddoedd i ddathlu ei chanmlwyddiant. Gresyn? Mewn un ffordd mae hynny'n wir ond mae'r rhaniad a achosai rhwng un garfan o ferched yr ardal a'r garfan arall wedi dod i ben. Ond am ddyrnaid o ferched sydd yn cael eu hanfon i ffwrdd i ysgolion preswyl annibynnol mae'r mwyafrif yn mynychu'r ysgol leol, sef Ysgol y Gader. Credaf mai datblygiad er gwell ac nid er gwaeth yw hynny.

Pen Fron

Yn 1967 symudais i Ben Fron. Nid am fy mod wedi ffraeo â Gwilym, — byddai hynny'n hollol amhosib — ond am ei fod wedi addo Yr Erw Wen i deulu arall flynyddoedd ynghynt.

Saif bwthyn Pen Fron ar y llethr a arwain o dref Dolgellau ar hyd yr hen ffordd i gyfeiriad Dinas Mawddwy. Tu ôl i'r tŷ mae boncyn bach creigiog ac oddi arno ceir golygfa odidog. Odditano ac i'r gorllewin saif tref Dolgellau ar lan afon Wnion a thu draw iddi borfeydd a gwastadedd corslyd Dyffryn Mawddach yn ymestyn hyd at y Bont Ddu bum milltir i ffwrdd. Yr ochr bellaf i'r dyffryn cyfyd rhes o fynyddoedd uchel o'r Bermo i'r Ganllwyd. I'r gogledd o'r Ganllwyd cyfyd Moel Offrwm i uchder o ryw ddwy fil o droedfeddi a thu hwnt ac ychydig mwy i'r dwyrain y Rhobell Fawr rhyw saith gant o droedfeddi yn uwch. O dan y Rhobell mae ardal Rhyd-y-Main, cartref fy nheulu ar ochr fy nhad. Ymhellach i fyny'r cwm i gyfeiriad y Bala mae'r Garneddwen ac fel rhyw gawr yn edrych i lawr arni saif Aran Fawddwy sydd ychydig droedfeddi o dan dair mil. Does ond angen gwneud hanner tro yn awr ac wele Gader Idris yn ei holl ogoniant o'r Wengraig yn y dwyrain dros Fynydd Moel, a'r Gader i'r Tyrau Mawr yn y gorllewin. Saif mynyddoedd urddasol o bobtu a dyffrynoedd yr Wnion a'r Fawddach yn cysgodi rhyngddynt. Golygfa ddihafal yw hon, golygfa harddach nag y gallai unrhyw arlunydd ei dychmygu.

Hen dŷ o wenithfaen a llechi gleision oedd Pen Fron gyda beudy'n sownd wrth un pen iddo. Roedd ei furiau tua llathen o drwch, ei ffenestri'n fychain ac roedd wedi'i lorio â cherrig gleision anwastad yn yr hen ddull traddodiadol. Amcangyfrifwn ei fod tua tri chan mlwydd oed ac ni allwn beidio â meddwl am y cenedlaethau o blant oedd wedi'u magu ar ei aelwyd.

Yn ffodus roedd ynddo drydan ond dim dŵr. Cawn hwnnw o nant ddeg llath ar hugain i ffwrdd.

Roedd yr hen dŷ wedi'i esgeuluso ers blynyddoedd, ei furiau mewnol wedi'u gorchuddio â llwydni a'i do yn gollwng fel gogor.

Bu'n rhaid torchi llewys! Glanhawyd y tŷ drwyddo draw, a

pheintiwyd pob ystafell mewn lliwiau golau siriol. Gwyngalchais y muriau allanol nes ei fod yn disgleirio yn yr haul fel un o'r bythynod ddisgrifiodd Ieuan Gwynedd 'yn mygu yn y glyn'.

Ni fu'n rhaid imi boeni'n hir am y to oedd yn gollwng. Galwodd Dewi'r Tyddyn un prynhawn ac erbyn iddo adael deirawr yn ddiweddarach roedd y to cystal ag y bu erioed ac ni ddaeth yr un dafn o ddŵr drwyddo yn ystod y tair mlynedd y bûm yn byw ym Mhen Fron, er gwaethaf pob cawod o law taranau ac aml ddrycin.

Perchen Pen Fron oedd y diweddar John Price, Fron Olau. Roedd yn ddyn uchel iawn ei barch yn yr ardal, yn llenor, cerddor, hanesydd ac englynwr ardderchog a dadleuwr brwd a phenderfynol ar unrhyw bwnc yn enwedig gwleidyddiaeth. Roedd eisoes ymhell yn ei saith-degau ond yn dal mor graff ag erioed. Sawl gwaith y bûm yn dadlau ag ef yng nghegin Fron Olau? Ddegau o weithiau mae'n siŵr. Gwrando arno a wnawn ran amlaf pan fyddem yn trafod llenyddiaeth Gymraeg ond pan ddechreuai drafod hanes neu wleidyddiaeth medrwn innau wneud cyfraniad.

Ni lwyddais unwaith i ennill dadl pan fyddem yn trin a thrafod problemau gwleidyddol y dydd oherwydd deuai John Price a'r drafodaeth i ben bob tro drwy ddweud:

"Na, rydach chi'n gwneud camgymeriad mawr yn fan 'na! Roeddwn i'n trafod y pwnc yna efo dyn o Birmingham y diwrnod o'r blaen ac roedd o yn dweud yn union yr un fath â fi . . ."

Pa siawns oedd gennyf yn erbyn John Price a dyn o Birmingham?!

Roedd dau beth yn fy synnu yn John Price, a oedd mor feddylgar, deallus a gwybodus. Y peth cyntaf oedd y ffaith ei fod yn darllen y *Daily Mail* bob dydd a'r ail, ei ffydd gadarn ym marn 'y dyn o Birmingham'!

Wrth gwrs, roeddwn yn ffodus iawn fod John Price yn ymostwng digon i ganiatau imi ddadlau ag ef. Nid pob un oedd yn cael y fath fraint, — oherwydd gwrando yn ddiymhongar oedd tynged y mwyafrif ond roedd tri pheth o'm tu. Yn gyntaf, roeddwn yn rhyw fath o berthynas pell iddo, nid o ran gwaed ond drwy briodas oherwydd roedd chwaer fy nhad wedi priodi ei gefnder Lewis Price a oedd yn frawd i'r enwog Ddoctor Peter Price un o hoelion wyth praffaf yr Annibynwyr yn nechrau'r ganrif. Yn ail, roedd ef a fy mam a'm ewythredd

181

wedi mynychu Ysgol y Brithdir gyda'i gilydd pan yn blant, ac yn drydydd roeddwn yn athro ac roedd gan John Price gryn dipyn o barch tuag at athrawon!

Roedd fy llyfr cyntaf eisoes wedi ymddangos — *Ôl Troed yn y Tywod* ac wedi cael derbyniad da iawn ac roedd y gyfrol o storiau byrion o'r Almaeneg o dan yr enw *Carnifal* yn y wasg. Roedd y chwilen cyfieithu llyfrau wedi cael gafael arnaf a throsiais ddau lyfr o'r Almaeneg i'r Gymraeg y naill ar ôl y llall. Dau lyfr ysgafn oeddynt, a anfonwyd imi gan y Cyngor Llyfrau — *Gwyrdd fel Afal Awst* a *Dyma'r Dyn i Mi!* Cyhoeddwyd y ddau, y naill yn 1970 a'r llall yn 1971. Dilynwyd y ddau gan *Priodi ar Brawf* a *Rhybudd Trofeydd* a gyhoeddwyd yn 1971. Roedd gennyf ryw egni dihysbydd: medrwn eistedd a sgrifennu pum mil o eiriau a mwy heb godi oddi wrth y bwrdd!

Ond pysgota a hela oedd fy mhrif ddiddordebau. Roedd y styllen yn dal yn fy meddiant ac ni pheidiai â nofio ar draws ryw lyn neu'i gilydd. Pysgotwn â genwair hefyd, wrth gwrs, a phrin bod afon o fewn cylch o ddeng milltir nad ymwelwn â hi. Prin bod gwell ardal yng Nghymru am bysgod nag ardal Dolgellau. Os na ddychwelwn ag ugain brithyll ar ôl pysgota genwair teimlwn yn siomedig iawn. Pan ddychwelwn â dros ddeugain teimlwn fy mod wedi cael dalfa dda. Eto, nid oedd hynny'n ddalfa fawr yn yr ardal: roedd Alun wedi dal dros naw deg aml i waith ond, nid oedd erioed wedi dal cant mewn diwrnod er i'w gymydog Huw Coed Croes wneud hynny fwy nag unwaith, camp a gyflawnwyd hefyd gan Wmffra Pant Glas.

Rwyf yn cofio unwaith imi fod yn pysgota sewin un min nos yn niwedd mis Medi. Roedd y glaw yn tywallt i lawr a'r afon wedi codi yn rhaeadr. Ni ddeliais yr un pysgodyn ond serch hynny euthum yn fy mlaen nes cyrraedd tŷ ffarm lle roedd cyfaill imi yn byw.

Cefais y croeso arferol, swper a sgwrs ddifyr tan tua deg o'r gloch, yna dywedais nos da a chychwyn am adref. Pan gyrhaeddais y bont oedd ond tua chanllath oddi wrth y tŷ sgleiniais fy lamp drydan i'r dŵr. Beth a orffwysai yn ymyl y dorlan ond dau eog blinedig yn cael eu gwynt atynt ar ôl ymlafnio i fyny'r afon yn erbyn rhyferthwy'r lli. Dychwelais i'r ffarm a benthyca teclyn neilltuol. Mewn llai na hanner munud roedd y ddau eog allan o'r dŵr ac roeddwn wedi rhoi cangen fforchog drwy eu tagellau. Euthum i lawr yr afon gan sgleinio fy ngolau ar y dŵr. Gwelais gymaint â phymtheg neu chwaneg o eogiaid braf ond roedd y dŵr mor wyllt fel nad oedd modd eu cael allan i gyd. Llwyddais i gael wyth fodd bynnag. Dyna olygfa! A dyna rannu a choginio a gwledda a fu!

Yn yr haf awn i fyny i Gwm yr Allt Lwyd i helpu fy nghyfeillion yng Nghwm Hesgain gyda'r gwair.

Ffarm fynydd anghysbell tuag wyth i naw milltir o Ddolgellau yw Cwm Hesgain, ac Ifan Jones ei pherchennog yn ddyn hollol unigryw. Ni fu, nid oes ac ni fydd ond un Ifan Jones, Cwm Hesgain! Dyn tal, main ydoedd a'i ben yn gwyro ymlaen ac yn rhyw ymsuddo rhwng ei ddwy ysgwydd ac osgo heliwr ar fin codi dryll arno'n barhaol. Doedd dim rhyfedd o gwbl am hynny oherwydd hela oedd ei brif ddiddordeb. Roedd sôn amdano fel heliwr cadarn. Gallai saethu dau gïach yn codi gyda'i gilydd, un â'r naill faril a'r llall â'r faril arall, camp na all ond y saethwyr gorau ei chyflawni.

Roeddwn wrth fy modd yn ymweld ag Ifan Jones. Adwaenwn ef er pan oeddwn yn hogyn deuddeg oed pan gefais faco i'w gnoi ganddo am y tro cyntaf: 'blewyn bach yng nghil dant' fel y dywedodd:

"Paid â'i gnoi o," meddai, "dal o yng nghil dy ddant a tharo blaen dy dafod arno rŵan ac yn y man, ond cymer ofal i beidio llyncu dy boer."

Gwneuthum bopeth yn iawn ond y rhan olaf o'i gyngor, hynny yw, peidio llyncu fy mhoer. Llyncais ef a mynd yn sâl fel ci. Chwarddodd Ifan Jones a dweud:

"Dyna ti! Dyna ti wers! Dyna be' gei di am gnoi baco a thitha' dan oed!"

Aeth ugain mlynedd a mwy heibio cyn imi weld Ifan Jones ar ôl hynny. Safai drws Cwm Hesgain yn agored bron bob amser. Cerddais i mewn un diwrnod heb gnocio a gweld fy hen gyfaill yn eistedd ar y setl wrth y tân.

Craffodd arnaf â'i ddau lygad bach direidus, yna ymledodd gwên dros ei wyneb a meddai:

"Dyma ddyn am joe o faco!"

Dyna groeso a gefais! Nid oedd yr hen ffordd Gymreig o fyw wedi newid yng Nghwm Hesgain ers cenedlaethau. Anwybyddai Ifan Jones pob newid a ddaethai 'o rod i rod' a glynai wrth 'hen arferion Cymru gynt'. Lladdai ddau fochyn mawr bob blwyddyn a daliai i odro deuddeg o fuchod duon ddwy waith y dydd. Galwai Lisi ei ferch a Gwenan ei nith y buchod a oedd yn pori yn y ffriddoedd:

"Bo-how! Bo-how!"

Codai'r buchod eu pennau a throi eu clustiau i gyfeiriad y lleisiau adnabyddus, yna'n araf — hamddenol ymlwybrent tua'r buarth, eu lloi wrth eu traed. Safai pob un yn llonydd i'r merched eu godro a phan oeddwn i yno rhoddwn innau fy stôl o dan ddwy neu dair.

Wedi gorffen godro derbyniai'r lloi eu cyfran o'r llaeth cynnes, trochiog. Eid â'r gweddill i'r tŷ a'i ddodi yn y potiau enfawr i dewychu nes byddai'n barod i'w gorddi yn fenyn melyn, blasus. Mae'n amheus gennyf os gwelwyd menyn siop yng Nghwm Hesgain tra bu Ifan Jones byw.

Roedd gan deulu Cwm Hesgain ddull unigryw o roddi pryd o fwyd i westeion. Tra'r eisteddent hwy wrth y bwrdd mawr, hir yn ymyl y ffenestr hulid bwrdd bach, crwn i'r gwestai yn ymyl y tân. Gosodid lliain gwyn arno a'r llestri gorau o'r cwpwrdd gwydr, a thra bwytai'r teulu frechdanau trwchus fel gwadnau clocsiau byddai bara-menyn tenau fel papur ar y bwrdd bach. Gofelid na châi'r gwestai ei anwybyddu: i'r gwrthwyneb, ef neu hi oedd canolbwynt pob sylw.

Eisteddai Ifan Jones wrth ben agosaf y bwrdd mawr at y tân ac felly at y gwestai. Gyda'i ben yn pwyso ar ei ben-glin roedd ei hen gi, hynny yw, ci wedi mynd yn rhy hen i redeg y mynyddoedd ac o ganlyniad yn mwynhau ymddeoliad teilwng. Ni châi yr un ci ddod yn agos i'r tŷ nes y byddai wedi ymddeol. Ar y bwrdd safai ei hoff gath, yr un a eisteddai ar ei lin pan fyddai ar y setl wrth y tân tra gorweddai'r hen gi wrth ei draed.

Tra'n bwyta rhannai Ifan Jones ei sgwrs rhwng y ci, y gath a'r gwestai. Torrai dameidiau bach o gig neu o gaws a'u rhannu i'r anifeiliaid yn eu tro ac os meiddiai un ohonynt geisio cipio darn allan o'i dro câi gerydd nad anghofiai.

Ar ôl gorffen bwyta roedd rhaid eistedd ar y setl wrth ochr Ifan Jones a chnoi joe o faco yn ei gwmni. Yn aml iawn estynnai bapur punt o boced ei wasgod a dweud:

"Rho hwnna yn dy boced i brynu rhyw owns neu ddwy . . ."

"Ddim diolch, Ifan Jones, dydy hi ddim mor ddrwg â hynny arna' i . . ."

"Cymer o, y ffŵl gwirion! Dydi o'n da i ddim i mi! Alla i mo'i wario fo, fydda i byth yn mynd o'r fan 'ma rŵan. Mae Lisi yn dŵad â baco imi bob wythnos. Hwda! Rho fo yn dy boced!"

Byddai'n rhaid imi ei gymryd. Roeddwn wrth fy modd yn gwrando ar straeon yr hen Ifan. Flynyddoedd ynghynt roedd

184

wedi bod yn denant i'r meistr tir mwyaf yn yr ardal, sef y Cadfridog Vaughan, Nannau — hen deulu yn mynd yn ôl i amser Hywel Sele a theulu'r Bycheniaid a oedd hwyrach yn ddisgynyddion i Gadwgan, Arglwydd Meirionnydd.

Un tro, roedd to'r 'sgubor wedi dod i lawr mewn gwynt mawr. Aeth Ifan Jones at y Cadfridog a gofyn iddo'i ail-godi.

"Ddaru o, Ifan Jones?"

"Ddaru o? Naddo, yr hen gythral!"

"Be' ddwedodd o ynteu?"

"'*Thatch it*,' medda fo! A wyddost ti be' ddwedes i wrtho fo?"

"Be 'ddwedsoch chi, Ifan Jones?"

"'*Nefar!*' A *nefar* oedd hi hefyd. Heb do y bu'r hen 'sgubor tra fûm i yn Y Cyplau!"

Dro arall roedd yn sôn amdano'i hun yn llanc ifanc yn ei gartref yng Nghae'r Defaid, Rhydymain ac yn mynd i Ddolgellau ar nos Sadwrn. Ymddengys fod llanciau'r dref yn aflonyddu arno ef a'i gyfaill drwy'u galw yn '*country lumps!*'

"Un noson" meddai Ifan Jones "dilynnodd tri ohonyn nhw ni i'r '*wedin rwm*' – 'Dyma fi wedi cael nhw' medda fi wrthyf fi fy hun a chau'r drws a rhoi fy nghefn arno. Dyna glencio a fu wedyn! Roedd Jac, bugail Esgair Gawr yn sefyll yr ochr arall i'r '*wedin rwm*' ac roedden ni'n eu taro nes roedden nhw'n disgyn o'r naill i'r llall. Mi ddaru ni ddangos iddyn nhw, be' fedra '*country lumps*' ei wneud! Ar ôl rhoi cweir iawn iddyn nhw dyma ni'n agor y drws a'u taflu nhw allan, y naill ar ôl y llall nes roedden nhw'n llyfu'r llawr!"

"Go dda, Ifan Jones. Gawsoch chi lonydd ganddyn nhw wedyn siawns?"

"Llonydd? Do!"

Y '*wedin rwm*'? Ceisiais ddyfalu beth ydoedd: tybed ai stafell neilltuol oedd hi yn un o'r gwestai lle'r arferid cynnal gwleddoedd priodas?

"Dwedwch i mi, Ifan Jones" meddwn, "yn lle oedd y '*wedin rwm*' yn y dre' yr adeg honno . . ."

"Wel, yn y stesion wrth gwrs!" oedd yr ateb swta!

Ifan Jones Cwm Hesgain oedd y dyn mwyaf di-flewyn-ar-dafod a'r siriolaf a welais erioed. Meddai ar synnwyr cyffredin cynhenid y gwerinwr. Treuliasai oes hir ar y mynyddoedd llwm a dysgasai dderbyn colledion yn ddi-achwyn. Pan gâi dafad wedi marw yn yr hirlwm dywedai:

Diwrnod cneifio ym Mryn Mawr

"Twt, twt! Peidiwch â phoeni, mi fydd y ffriddoedd yn frith o ŵyn bach eto yn y gwanwyn!"

Pleser mawr oedd bod yn ei gwmni ac anrhydedd oedd bod yn gyfaill iddo.

Bu farw yn 92 mlwydd oed ac fe'i claddwyd ym mynwent hen gapel Hermon. Roedd y glaw yn tywallt a meddai rhywun oedd yno:

"Petai Ifan Jones yma rŵan mi fyddai'n siŵr o fod yn llewys ei grys!"

Wmffra Pant Glas

Roeddwn yn eithriadol o ffodus yn fy ffrindiau ac yn enwedig yn Wmffra.

Fferm fynydd helaeth yw Pant Glas tua deg milltir o Ddolgellau ac ychydig o dan filltir o gapel bach Abergeirw. Prin bod un cae gwastad ym Mhant Glas; cwyd y tir yn llechwedd ar ôl llechwedd o'r afon Fawddach yng ngwaelod y glyn hyd ben y mynydd dair milltir yn uwch i fyny. Fferm ddefaid ydoedd, ac roedd Wmffra wedi ennill mwy nag un gwobr gyntaf am y ddiadell fynydd orau. Roedd yn fugail wrth reddf a mawr oedd y galw am ei wasanaeth fel beirniad mewn sioeau amaethyddol. Ond er cymaint ei ddiddordeb mewn defaid ymddiddorai hefyd mewn magu gwartheg ac enillai ei fuches o wartheg duon Cymreig wobrau dirifedi mewn sioeau led-led gogledd Cymru.

Dyn ysgwyddog, cryf a gweddol dal oedd Wmffra. Roedd yn hynod o heini ac ysgafndroed. Dyn addfwyn, hoffus, a chymwynaswr pennaf yr ardal ydoedd. Roedd yn aelod o'r Cyngor Plwyf ac aelod o bron bob pwyllgor o bwys yn y fro. Dyn amryddawn, saethwr a physgotwr digymar, canwr a bardd, yn fyr — dyn eithriadol iawn. Pleser oedd mynd i Bant Glas i fwynhau ei gwmni. Er mor brysur ydoedd roedd ganddo amser ar bob achlysur i groesawu a diddanu ei westeion. Ni anghofiaf byth ei ffarwel wrth ymadael. Safai ar ben y drws gan chwifio'i law a dweud:

"Brysiwch yma eto!" a gwyddwn nad geiriau gwag mohonynt.

Er mor amryddawn oedd Wmffra roedd hefyd yn ddiymhongar tu hwnt. Pa beth bynnag a wnâi, fe'i gwnâi yn hollol ddi-lol heb ymffrost bach na mawr.

* * *

Cofiaf imi gyfieithu stori fer o waith y llenor mawr Lermontoff o'r Rwseg i'r Gymraeg. Fe'i disgrifiwyd gan Tolstoi fel y stori fer orau yn holl lenyddiaeth Ewrop. 'Taman' sef 'niwl' yw teitl y stori sydd wedi ei lleoli mewn man unig ar lan

Y Môr Du ac yn sôn am smyglar eofn a'i gariad nwydus, wyllt. Yng nghorff y stori ceir cerdd ramantus yn sôn am yr eneth wyllt yn ymbil ar y gwynt i gludo ei chariad yn ddiogel yn ei gwch bach bregus dros donnau gwyllt y môr.

Gan nad wyf yn fardd nac yn fab i fardd,er i Ieuan Gwynedd fod yn gefnder i 'nhaid, gofynnais i Gwilym Cefn-yr-Ywen fy nghynorthwyo i lunio'r gerdd yn Gymraeg.

Bu Gwilym a minnau yn pendroni am oriau uwch ben y gwaith yng nghegin glyd Pen Fron, ond yn y diwedd bu'n rhaid imi gyfaddef ein methiant. Roeddwn wedi sgrifennu traethawd am y gerdd er mwyn ceisio cyfleu ei chefndir a chymeriadau rhyfygus, a rhamantus y smyglar a'i gariad ond methiant llwyr fu pob ymdrech i adlewyrchu'r naws hwnnw yn ein cerdd.

"Wnaiff hi mo'r tro, Gwilym! Mae'n cerdd ni yn sarhad ar Lermontoff, un o lenorion mwyaf Rwsia. Mae'n rhaid inni gael un well na hon. At bwy yr a i dywed . . .?"

Ystyriodd Gwilym, yna meddai:

"Elli di ofyn i Huw Tyddyn Dderwen roi cynnig arni hwyrach . . ."

"Huw?"

"Ia. Mae Huw yn medru llunio pennill cystal â neb . . ."

"O'r gorau, ynteu. Mi af i'w weld o 'fory."

Dyna a fu. Rhoddais y traethawd i Huw, — hen gyfaill arall o Ysgol Ramadeg Dolgellau ac erbyn hyn yn ffarmio yn y Brithdir, dyn a chanddo ddiddordeb a doniau eang iawn yn 'y pethe' — ac eglurais gefndir y stori iddo gystal ag y medrwn.

Rhyw fis yn ddiweddarach cefais air fod yr awen wedi dod i Huw o'r diwedd a'i fod, ar ôl gwneud nifer o gynigion aflwyddiannus, wedi llunio cerdd a oedd yn deilwng o'r stori.

Euthum i Dyddyn Dderwen.

Roedd Huw wedi gwneud cerdd. Roedd wedi gwneud anferth o gerdd! Roedd hi'n cynnwys pob math o ragoriaethau! Fel cerdd mae'n bur debyg bod ei saernïaeth yn gampus ond o ran ei chynnwys roedd yn anobeithiol. Ni soniais air wrth Huw wrth gwrs, dim ond diolch yn fawr iddo.

Beth a wnawn?

Yn sydyn, daeth gweledigaeth. Nesta! Merch Wmffra. Nesta Wyn Jones oedd newydd ennill gwobr fel bardd ieuanc gorau Cymru! Pwy ond Nesta a allai wneud cyfiawnder â cherdd wyllt a rhamantus Lermontoff?

Brysiais i Bant Glas ac wedi imi egluro iddi yn union beth a geisiwn cytunodd Nesta i ymgymryd â'r dasg.

Bythefnos yn ddiweddarach roedd y gerdd yn barod. 'Doedd Nesta ei hun ddim gartref oherwydd roedd hi i ffwrdd yn rhywle gyda Chwmni Theatr Cymru.

Darllenais y gerdd yng nghwmni ei thad.

"Wel," gofynnodd, "ydi hi'n taro deuddeg?"

Darllenais hi amryw o weithiau. Yna darllenais y gerdd wreiddiol. Ar ôl munudau o gymharu ac ystyried roedd yn rhaid imi ateb:

"Na, dydi hi ddim yn adlewyrchu yn hollol yr hyn a ddymunwn."

"Beth sydd ar ôl ynddi hi?"

Eglurais gystal ag y medrwn a meddai Wmffra:

"Gâ i roi cynnig arni hi?"

Fe'm synnwyd. Gwyddwn ei fod yn eithaf bardd ond pa obaith oedd i neb gyflawni'r hyn a fethodd bardd ieuanc gorau Cymru? Ond, wrth gwrs, ni allwn wrthod ei gynnig.

Yr wythnos wedyn roeddwn yn ôl ym Mhant Glas ac estynnodd Wmffra'r gerdd imi. Ar ôl ei darllen unwaith sylweddolais fod Wmffra wedi llunio campwaith. Roedd ei gerdd mor syml â'r gwreiddiol ac yn mynegi a chyfleu mor agos ag y medrai unrhyw gyfieithiad ei wneud yr awyrgylch wyllt, ramantus a oedd mor nodweddiadol o'r gerdd a luniodd Lermontoff!

Tybed a fyddai Wmffra wedi ennill gwobr fel bardd ieuanc gorau Cymru petai gwobr o'r fath yn cael ei chynnig bum mlynedd ar hugain ynghynt?

Serch i'w thad ei churo ar yr achlysur dan sylw rhoddais gyfle i Nesta ddangos ei dawn ychydig yn ddiweddarach a llwyddodd i raddau a'm argyhoeddodd ei bod hi'n llawn deilyngu'r fedal aur!

Roeddwn yn cyfieithu nofel fawr y llenor o Wlad Pwyl — Jerzy Andrzejewski sef *Popiól i Diament* — Lludw a Diemwnt, llyfr a oedd wedi'i gyfieithu i bob iaith yn Ewrop ond y Gymraeg ac a oedd wedi gwerthu dros bum miliwn o gopïau ac wedi'i wneud yn ffilm eithriadol lwyddiannus.

Ar dudalen gyntaf y llyfr ymddengys soned neilltuol o ran ei saernïaeth a'i chynnwys. Roedd yn rhaid imi gael rhywun i'w chyfieithu. Cyfieithiais hi fel darn o ryddiaith a gofyn i Nesta ei llunio'n soned yn y Gymraeg.

Dyma ei soned a heriaf unrhyw fardd i lunio un well:

"Ehed oddi arnat farwor tanllyd, pur
Fel carpiau'n disgyn, gwreichion byw parhaus,
A thra bo gwaed yn curo dan dy ais
Fe losga'r corff yn araf. Dyna'r cur, —
Pa beth a fydd? A losga d'enaid di
Hefyd, gan adael dim ond lludw'r hynt
I'w sgubo tros agendor gan y gwynt
I fynd ar goll, fel pe na buaset ti?
Ynteu a welir ym mhlygiadau'r llwch
Sy'n mygu'n llwydaidd yno ar y llawr
Ddiemwnt disglair, fel rhyw seren fain
Yn crynu, yn tywynnu ddeigryn fflwch,
Fel pe bai'n llawenhau o weled gwawr
Dy enaid yn ei fuddugoliaeth gain?"

Cyhoeddwyd *Lludw a Diemwnt* dan nawdd Cyngor y Celfyddydau. Os cofiaf yn iawn cefais £150 am ei chyfieithu o'r Bwyleg. Gan i £50 fynd i'r Dreth Incwm byddwn wedi gwneud mwy o arian wrth warchod babanod, ond wrth gwrs llafur o gariad at yr iaith a'r diwylliant Cymraeg yw 'sgrifennu llyfrau. Hwyrach fod rhai yn gwneud elw ohonynt ond mae un peth yn berffaith sicr — nid yw'r awdur! Yn 1973 cyfieithiais dair stori fer o'r Rwseg ar gyfer Cynllun Ieithoedd Tramor Prifysgol Cymru. Roedd y gyntaf yn cynnwys 16,000 o eiriau, yr ail 8,000 a'r drydedd 5,000. Cefais dair siec, un am £8, un arall am £5 a'r llall am £3! Nid oes gennyf unrhyw syniad pa beth a wnaethpwyd â'r storïau, eu cyhoeddi ynteu eu taflu i'r fasged sbwriel. Ni dderbyniais air ynglŷn â'u tynged. Ai felly y dylid trin cyfieithwyr? Choeliais i fawr! Pe byddai'r bobl oedd yn gweinyddu'r Cynllun Ieithoedd Tramor wedi treulio ychydig o amser yng nghwmni Wmffra Lloyd Jones, Pant Glas fe fyddent yn gwybod llawer mwy am wir ystyr cwrteisi! Eto, ni ddylid synnu ato yn hynny o beth, oherwydd serch ei holl ddoniau, gwerinwr syml oedd Wmffra ac roedd bod yn gwrtais mor naturiol iddo ag anadlu!

Prifathrawes Newydd

Roedd Miss Lickes eisoes dros yr oed arferol i ymddeol pan deimlodd fod yr amser wedi cyrraedd iddi drosglwyddo'r awenau yn 1969.

Penderfynwyd dathlu'r achlysur drwy drefnu taith gerdded a gofynnwyd i mi ddewis un addas. Fe'm rhybuddiwyd na ddylai fod yn fwy nag ugain milltir o hyd yn osgoi'r ffyrdd prysur ac yn cychwyn a darfod yn yr un lle. Gan fy mod yn gwybod am bron bob llwybr a ffordd gefn yn yr ardal nid oedd yn dasg anodd o gwbl.

Ar ôl trafod y peth â'm cyfeillion, i ffwrdd â mi un bore Sul i brofi'r daith.

Allan o'r ysgol, dros y bont gul yng ngwaelod y Marian i Bant-yr-Odyn, troi i gyfeiriad y dref nes cyrraedd Penbryn yna i'r dde ac i fyny'r ffordd tuag Islawrdref. Ymlaen o dan Gader Idris a Thyrau Mawr heibio Nant-y-Gwyrdd-ddail nes cyrraedd Hafod Taliadau. Troi i'r chwith ac i fyny'r Ffordd Ddu am tua thair milltir. Gadael y ffordd ar ôl dod i olwg Dyffryn Dysynni a chymryd y llwybr i'r chwith ar hyd ochr ddeheuol Tyrau Mawr a'i ddilyn am tua thair milltir nes cyrraedd Llanfihangel-ym-Mhennant ac adfeilion hen gartref Mary Jones a gerddodd yr holl ffordd i'r Bala i dderbyn Beibl o law Thomas Charles.

Gorffwys wedyn am tuag ugain munud i fwynhau fflasgiad o de a bara-a-chaws gan amcangyfrif fy mod wedi cerdded deng milltir.

Wedyn ymlaen â mi, gan wynebu hanner nesaf y daith yn llawn hyder.

Disgyn i lawr i ddyffryn hardd Dysynni heibio Castell y Bere a adeiladwyd gan Llywelyn Fawr ac a amddiffynwyd hyd at angau gan Dafydd brawd y Llyw Olaf. Dilyn y ffordd i'r dde heibio Cae'r Berllan a gweld y fuches enwog o wartheg duon pedigri a'r ceffylau gwedd yn pori ar y dolydd gwyrddion, gwastad. Roeddwn yn awr yn dilyn y ffordd a ddilynodd Deio a'i gyfaill wrth fynd i Dywyn, dim ond fy mod i â'm cefn at Graig yr Aderyn tra roeddent hwy yn cyfeirio tuag ati.

Gadael pentref Abergynolwyn ar y chwith a dim amser i

alw ar yr annwyl ddiweddar Mrs Lewis, mam Ann Clwyd, sydd erbyn hyn yn un o'n haelodau seneddol mwyaf eofn a gweithgar (heb sôn am fod y ddelaf!) ac ymuno â'r ffordd fawr am y tro cyntaf. Ei dilyn hyd at eglwys hynafol Tal-y-Llyn lle mae bedd hen fenyw a ddilynodd ei gŵr i faes Waterloo ac a fu'n gweini ar y clwyfedigion yn ystod y frwydr.

O'm blaen yn awr ymestynnai'r llyn ac o bobtu iddo codai'r llethrau serth a chreigiog i uchder o ryw dair mil o droedfeddi ar y naill ochr a rhyw ddwy fil ar yr ochr arall.

Dilyn y ffordd gefn ar yr ochr ogleddol i'r llyn yng nghysgod Cader Idris, heibio fferm Y Pentre a'm hen gartref, Ty Pridd, ac ymuno wedyn â'r ffordd fawr wrth y Llwyn. Heibio Minffordd a gadael y ffordd fawr yng ngwaelod y Bwlch a dilyn y nant drwy Gwm Rhwyddfor nes cyrraedd Pen-y-Bwlch lle saif y tri maen anferth ysgydwodd y cawr Idris o'i esgid tra'n eistedd ar ei gadair ar ben y mynydd.

Heibio Bwlch-y-Llyn-Bach a chyfeirio tua Chwm Hafod Oer ond cyn ei gyrraedd dringo dros y gamfa ar y chwith a chroesi i ffridd y Wengraig. Dilyn y llwybr troellog drwy'r rhedyn i gomin Tir Stent a heibio hen gartref fy mam — Y Dewisbren Uchaf a oedd erbyn hyn yn adfeilion. Croesi i ffridd Bwlch Coch a dilyn afon Aran i lawr at y Wenallt, cyn ei chroesi dros Bont-y-Pandy, trwy Ben-Ucha'r-Dref a Bryn Bela a dychwelyd i'r ysgol dros Bont-y-Boneddigesau ac eistedd i lawr i de yn Nhrem Hyfryd. Roeddwn wedi cerdded tuag un filltir ar hugain ac wedi mwynhau pob llathen o'r ffordd!

Bore drannoeth rhoddais adroddiad i Miss Lickes:

"That's excellent, Mr. Jones! In fact, a circular tour of the Cader Range?"

"Yes, through the most magnificent scenery imaginable."

"How many miles did you say?"

"Certainly no more than twenty-one and less than two on the main road."

"That's most important. Any dangerous places to negotiate?"

"Not one, good paths or country roads the whole way."

"No problems there then. We must have a break for a rest and a meal half-way. Where do you suggest?"

"I think Mary Jones' cottage would be ideal . . ."

"So do I. Can vehicles get to it?"

"Yes. No problem."

"Good. We'll have packed lunches and something to drink

waiting for them there. What time will they arrive there?"

"It depends when we start, but I should say in about three and a half hours."

"Just before one o'clock then. We'll start immediately after assembly at a quarter past nine. Anything else we'll need apart from food?"

"First-aid kit, perhaps . . ."

"What? You're not expecting broken limbs are you?"

"No, not that, but there might be a few blisters and gnat bites . . ."

"Yes, of course, there might well be. We'll soon deal with those. Are you going with the leading column?"

"Yes, I'll have to since I'm the only one that knows the way, but I think staff should be evenly distributed along the entire column with two or three stalwarts bringing up the rear and seeing to the laggards."

"I think we can safely leave that to Miss Thompson, don't you?"

"I can't think of anyone better."

"Good. That's settled. We'll have it on the first fine day the week after next. That will give the girls plenty of time to arrange to be sponsored. I do hope it's going to be a success!"

Roedd y daith yn llwyddiant ysgubol. Cwblhaodd bron bob un o'r tri chant a hanner o ferched y daith a'i mwynhau yn fawr iawn. Yr un pryd casglwyd miloedd o bunnoedd gan y noddwyr. Roedd yn llwyddiant haeddiannol i Miss Lickes yn ei thymor olaf yn yr ysgol. Fel y digwyddodd pethau hefyd, ar ddiwedd y flwyddyn academaidd honno cafwyd y canlyniadau gorau erioed yn yr arholiadau Lefel 'A' a Lefel 'O'.

Ymddeolodd Miss Lickes er gofid mawr i'r mwyafrif llethol o'r staff, disgyblion a'r rhieni. Yn ystod chwarter canrif ei gwasanaeth fel prifathrawes roedd hi wedi cynnal safonau uchel yr ysgol ac os rhywbeth wedi'u codi. Ar wahân i fod yn ddynes weithgar ac ymroddgar roedd hi'n ddynes gall iawn hefyd. Anodd iawn fyddai i unrhyw un gymryd ei lle. Yn anffodus ni bu i hynny ddigwydd. Gydag ymadawiad Miss Lickes yn 1969 aeth yr ysgol ar i lawr ac fe'i caewyd yn 1974.

Dilynwyd hi gan Gymraes, y gyntaf erioed i lenwi'r swydd. Fel prifathrawes nid oedd yn deilwng i ddal cannwyll i'w rhag-flaenydd a chyn belled â bod trin y staff yn bod, roedd hi'n hollol anobeithiol.

Doedd hi ddim wedi bod yn ei swydd brin dri mis pan gafodd un o'r athrawesau oedd hefyd yn gyfrifol am un o'r tai preswyl orchymyn i ymddangos o'i blaen ag egluro pam y gosododd ddarn o *linoleum* ar lawr y coridor a arweiniai o'r stafell faddon i'r 'stafell wely heb ei chaniatâd.

Dywedodd yr athrawes wrthi fod Miss Lickes wedi gadael manylion o'r fath i synnwyr cyffredin a phrofiad yr athrawesau oedd yn gyfrifol am weinyddu'r tai preswyl a'i hatgoffa ei bod hi wedi cyflawni'r swydd ers saith mlynedd. Cafodd orchymyn i atal ei thafod a thewi ac i gofio fod trefn newydd yn bodoli ac nad oedd i feiddio gwneud dim heb ganiatâd yn y dyfodol.

Ychydig ar ôl hynny gwelais un o'r athrawesau, dynes oedd wedi bod yn ei swydd am bymtheng mlynedd, yn beichio wylo. Ar ôl i nifer o athrawesau lwyddo i'w thawelu eglurodd wrthynt fod y brifathrawes wedi 'i thrin fel petai hi yn un o'r disgyblion ac wedi ei cheryddu'n ddidrugaredd am symud desg o un 'stafell i'r llall heb ei chaniatâd!

Ffrwydrais ar unwaith a rhuthro i stafell y brifathrawes. Cnociais ac agor y drws a mynd i mewn heb ddisgwyl am ganiatâd. Eisteddai'r brifathrawes y tu ôl i'w desg. Edrychodd arnaf yn llawn syndod:

"What's the meaning of this intrusion?"

" . . . newydd weld Mrs W . . . yn beichio wylo o'ch achos chi . . .!"

"O f'achos i . . .?"

"Ia! O'ch achos chi . . .!"

"Wnes i ddim byd i achosi iddi hi wylo!"

"Do! 'Doedd gennych chi ddim hawl i siarad efo hi fel ddaru chi!"

Cododd ar ei thraed, ei llygaid yn fflachio:

"Dydi o'n ddim o'ch busnes chi!"

"Ydi! Mae o, a rydw i'n ei wneud o'n fusnes i mi!"

"Ewch allan! Ar unwaith!"

"Mi af allan ar ôl dweud yr hyn sydd gen i i'w ddweud a dim cynt! Mae Mrs W . . . wedi bod yn yr ysgol yma am bymtheng mlynedd a dydach chi ddim wedi bod yma ond ychydig fisoedd. Os oedd hi'n ddigon da i Miss Lickes mae hi'n ddigon da i chi rydw i'n sicr o hynny a chofiwch chi na fedrwch chi byth redeg yr ysgol yma heb gefnogaeth y staff. Ac os nad ydach chi'n gweld hynny rydach chi'n un wirion felltigedig!"

"Ewch allan a pheidiwch â meiddio ceisio rhoi cyngor i mi . . .!"

"Mae arnoch chi angen cyngor ac rydach chi'n mynd i'w gael! Mae'r ysgol yma wedl bodoli bron i gan mlynedd hebddoch chi ond wnaiff hi ddim parhau yn hir os byddwch chi'n dal ati fel rydach chi! Ac os nad ydach chi'n fodlon newid eich dull o drin staff y peth gorau fedrwch chi ei wneud er lles yr ysgol ydi ymddiswyddo ar unwaith . . .!" — Ac i ffwrdd â mi allan a chlep i'r drws ar fy ôl!

Doeddwn i'n malio yr un gronyn amdani hi nag am fy swydd chwaith oherwydd nid oeddwn yn rhagweld dyfodol i'r ysgol o dan y drefn newydd. Gwyddai pawb fod dyfodol yr ysgol yn sigledig ar y gorau. Roedd y sgrifen ar y mur er pan gaewyd y rheilffordd ychydig flynyddoedd ynghynt a phan newidiwyd Ysgol Ramadeg y Bechgyn yn Ysgol Gyfun Gymysg.

Serch y bygythiad roedd nifer disgyblion yr ysgol yn uwch nag y bu erioed ac o dan arweiniad ardderchog Miss Lickes roedd y safonau hefyd ar eu gorau ac enw da'r ysgol yn ddihareb yn y fro. Er bod deuoliaeth yn fy agwedd tuag ati teimlwn mae gresyn fyddai i'r ysgol ddioddef o ganlyniad i arweiniad annoeth y brifathrawes newydd. Roedd wedi etifeddu ysgol ardderchog mewn cyflwr llewyrchus a hefyd staff rhagorol ac ymroddgar, y mwyafrif wedi bod yno am flynyddoedd lawer.

Nid oeddwn yn disgwyl i'r brifathrawes newydd fod cystal â'i rhagflaenydd. Byddai hynny yn amhosib oherwydd doedd hi erioed wedi bod yn brifathrawes o'r blaen, dim ond dirprwy ac y mae gwahaniaeth mawr rhwng y ddwy swydd. Petai hi wedi bod yn gall byddai wedi gadael i'r staff ddal ymlaen yn eu dull eu hunain ac ymgynghori â Miss Lickes cyn newid dim byd. Wedi'r cyfan roedd honno'n byw ychydig filltiroedd i ffwrdd ac roeddwn yn argyhoeddedig y byddai ond yn rhy fodlon i roi pob cymorth posib i'w holynydd.

Ofnwn fod y brifathrawes newydd wedi cael cyngor gwirion iawn gan rywun. Rhywbeth fel hyn ydoedd yn ôl pob tebyg:

"Pan ewch i Ysgol Dr Williams gofalwch eich bod chi'n dangos i bawb o'r munud cyntaf mai chi ydi'r feistres!"

Dyna, yn fy marn i, sydd yn esbonio ei hymddygiad tuag at y staff yn ei misoedd cyntaf yn yr ysgol, a'i hymgolli mewn manbethau ar draul y pethau pwysig a hefyd ei hymdrechion i frawychu'r athrawesau. Roedd hynny yn brawf i mi mai dynes o gymeriad gwan oedd hi.

Ar ôl ugain mlynedd yn y Lluoedd Arfog a phedair yn yr Heddlu roedd gennyf gryn brofiad o arweinyddion o bob math, yn gryf a gwan, da a gwael. Drwy esiampl ac arweiniad doeth a chadarn mae arweinydd da yn gweithredu. Drwy ystryw, twyll a braw mae cymeriad gwan yn ceisio arwain. Nid yw byth yn llwyddo oherwydd mae'r peth yn amhosibl. Wnaiff neb ddilyn arweinydd yn hir iawn os nad yw'n edmygu ei rinweddau. Gall fod yn llwyddiannus am gyfnod byr ond yn y pen draw bydd yn fethiant. Mae astudiaeth o hanes yn rhoi ugeiniau o enghreifftiau inni ac y mae bron bob un ohonom yn gwybod hynny beth bynnag o'n profiadau personol.

Fel y gall unrhyw un ddychmygu doedd dim mwy o Gymraeg rhwng y brifathrawes a mi! Doedd hynny'n poeni dim arnaf. Roedd fy niddordeb yn yr ysgol yn brysur ddirwyn i ben. Roeddwn wedi bod yno am dros bedair mlynedd ac roedd hynny yn fwy o amser nag y bûm erioed mewn un lle.

Gwelwn yr ysgol yn araf fynd ar i lawr. Mae'n rhaid cyfaddef mai gorchwyl anodd iawn i unrhyw un fyddai dilyn Miss Lickes fel prifathrawes. Byddai'n rhaid cael rhywun o allu eithriadol i wneud hynny'n llwyddiannus. Yn anffodus ni allai neb ddisgrifio'i holynydd fel rhywun yn meddu ar y rhinweddau hynny: yn hytrach dynes digon cyffredin oedd hi heb ei bendithio a'r ddawn i arwain. Gwnâi fôr a mynydd o'r pethau bychain tra'n anwybyddu'r pethau pwysig.

Tua mis Mai 1970 daeth hynny'n amlwg iawn. Cerddais i mewn yn ystod yr egwyl un bore i 'stafell y staff a chanfod cyffro mawr gydag un athrawes yn dweud:

"Rydw i'n mynd ati hi'r munud yma i ddweud wrthi hi beth gaiff hi wneud â'i swydd! Dydw i ddim yn aros yma funud arall, ac rydw i'n mynd â'r ferch efo mi!''

Gofynnais i un o'r athrawesau beth oedd wedi ei chythruddo i'r fath raddau.

"Y lladrata 'ma!'' meddai hi.

"Pa ladrata?"

"O'r siopau yn y dre'!''

"Pwy sydd wedi bod yn lladrata?"

"Y genethod 'ma, dyna pwy!''

Yn y cyfamser roedd yr athrawes gynhyrfus yn mynd am y drws. Gwraig weddw oedd hi a chanddi un ferch oedd yn ddisgybl yn yr ysgol.

Cyn iddi adael y stafell galwais arni:

"Arhoswch eiliad!''

Arhosodd a'i llaw ar ddolen y drws. Euthum ati:

"Mynd i roi llythyr ymddiswyddo i'r brifathrawes ydach

197

chi?"

"Ia. Dydw i ddim yn mynd i gadw fy merch yng nghanol y lladron yma!"

"Oes gennych chi swydd arall i fynd iddi hi?"

"Nagoes."

"Dim byd?"

"Nagoes."

"Rhowch y llythyr yna i mi ynteu ac ewch i eistedd am funud . . ." a chymryd y llythyr o'i law.

"Rhowch o'n ôl imi!"

"'Steddwch a gwrandewch arna i. Cael swydd yn gynta' sydd isio ac wedyn ymddiswyddo. Mi a'i at y brifathrawes rŵan ac mi adawaf ichi wybod be' fydd y canlyniad. Mae 'na ffordd arall i setlo'r busnes yma heb i chi aberthu'ch hun."

I ffwrdd â mi at y brifathrawes. Cnoc ar y drws ac i mewn.

"Yes?"

"Rydw i newydd rwystro Mrs L . . . rhag ymddiswyddo . . ."

"Beth?"

"Rydw i newydd rwystro Mrs L . . . rhag ymddiswyddo . . ."

"Ymddiswyddo? Pam mae arni hi isio ymddiswyddo?"

"Am ei bod hi yn anfodlon cadw ei merch yma ymysg lladron!"

"Lladron! Pa ladron?"

Gwelwn y gwrid yn lledu dros ei hwyneb ac euogrwydd yn ymddangos yn ei llygaid.

"Dydach chi'n gwybod dim byd am y lladrata felly?"

Edrychais arni fel yr oeddwn wedi arfer gwneud pan yn croesholi cyn-aelodau o'r S.S. Gwelwn hi'n gwingo. Yna yn sydyn cododd ar ei thraed:

"Dydi hyn ddim o'ch busnes chi! Ewch allan o'r 'stafell 'ma! Ar unwaith!"

"Eisteddwch i lawr a pheidiwch â chynhyrfu. Dydi ryw sioe fel yna yn cael dim argraff arna i. Mi af allan ar ôl dweud yr hyn sydd gennyf i'w ddweud a dim cynt. Yn gyntaf: rydw i'n mynnu fod rhywun yn gwneud ymholiadau i'r honiadau ac yn ail eich bod chi wedyn yn rhoi'r manylion i'r staff mewn cyfarfod staff llawn!"

Euthum allan a'i gadael yn sefyll fel dynes wallgof.

Yn ystod yr awr ginio gwneuthum ymholiadau a darganfod bod dyn a dynes oedd yn byw tua deng milltir ar hugain i ffwrdd wedi galw y noson cynt ac wedi mynd â'u merch o'r ysgol. Rwyf yn adnabod y teulu yn dda. Mae'r ferch yn feddyg disglair erbyn heddiw. Cefais wybod gan nifer o'r athrawesau fod dwsin o ferched o'r pedwerydd a'r pumed dosbarth wedi bod yn lladrata o siopau'r dref a gwerthu'r nwyddau i ferched eraill, bod y troseddau wedi'u cyflawni dros gyfnod hir a bod y ffaith nad oedd y brifathrawes wedi gwneud dim ynglŷn â'r mater yn ddirgelwch llwyr iddynt.

Gofynnais iddynt pam nad oeddent hwy wedi gwneud dim. Yr ateb oedd: 'Roedd arnom ni ofn. Rydach chi'n gwybod cystal â ninnau sut un yw'r brifathrawes. Dweud wrthym am beidio ymyrryd a wnâi hi a dal dig wedyn.'

Roedd yn rhaid imi gyfaddef mai dyna a fyddai wedi digwydd.

Y prynhawn hwnnw cefais air a'r merched oedd yn gwneud Almaeneg yn y Chweched Uchaf. Gofynnais iddynt a wyddent hwy am y lladrata o siopau'r dref.

Gwyddent oedd yr ateb.

"Wyddoch chi pwy ydi'r lladron?"

"Gwyddom."

"Ers faint mae hyn yn mynd ymlaen?"

"Ers misoedd."

"A dydach chi ddim wedi gwneud dim byd ynglŷn â'r peth?"

Y bedair yn edrych ar ei gilydd. Yna un yn dweud:

"Ddaru ni rybuddio rhywun . . ."

"Pwy?"

Y bedair yn ymgynghori, yna un yn ateb:

"Mae'n well gennym beidio dweud . . ."

"O'r gorau, ond ddaru chi ddweud wrth eich rhieni?"

"Do."

"A beth oedd eu hymateb hwy?"

" . . . 'doedd arnyn nhw ddim isio inni wneud dim a fyddai'n debyg o roi enw drwg i'r ysgol, yn enwedig cyn i ni adael ar ddiwedd y tymor."

Gallwn ddeall hynny'n iawn. Roedd eu merched wedi bod mewn ysgol ag iddi enw ardderchog am yn agos i saith mlynedd ac felly roeddent yn amharod i wneud dim a allai amharu ar hynny.

Ar ôl y wers olaf y diwrnod hwnnw cafodd yr athrawon wybod y byddai cyfarfod staff arbennig yn cael ei gynnal am bump o'r gloch ac y disgwylid i bawb fod yn bresennol.

Ymhell cyn pump roedd pob athro ac athrawes yn eu lle

mewn perffaith ddistawrwydd gan fod pawb yn teimlo fod rhyw-beth tyngedfennol ar fin digwydd a bod dyfodol yr ysgol yn y fantol. Fel y nesai bysedd y cloc at bump gwelwn bob llygad yn edrych tua'r drws.

Ar ben pump agorodd y drws a daeth y ddirprwy brifathrawes i mewn. Eisteddodd, ac wedi edrych o'i chwmpas dywedodd mewn llais anwastad:

"Mae'r brifathrawes wedi gofyn imi ymddiheuro drosti ac i ddweud na all hi fod yn bresennol oherwydd pwysau gwaith ond mae hi wedi rhoi neges i mi ei darllen i chi. Dyma'r neges:

'Mae'r brifathrawes wedi cael gwybodaeth fod nifer fach o ferched yr ysgol wedi bod yn lladrata o siopau yn y dref. Mae hi wedi gwneud ymholiadau trylwyr ac wedi canfod y lladron a chymryd y nwyddau a ladratawyd oddi arnynt. Mae hi hefyd wedi cysylltu â'u rhieni. Y peth pwysicaf yn hyn oll yw enw da'r ysgol. Mae'r brifathrawes yn gwneud ei gorau i'w ddiogelu ac yn disgwyl i bob un gydweithredu â hi yn y gorchwyl holl bwysig oherwydd mae'r ysgol yn bwysicach na'r un unigolyn. Cofier fod dyfodol bob un ohonom ynghlwm wrth ddyfodol yr ysgol. Felly mae'r brifathrawes yn ymddiried yn y staff i beidio â thrafod y digwyddiadau anffodus yma y tu allan i furiau'r ysgol ac i gadw'r cyfan yn gyfrinachol.' Dyna neges y brifathrawes."

Parhaodd distawrwydd y staff am rai eiliadau gyda'r naill yn edrych ar y llall. Yna mentrodd rhywun ofyn:

"Ydach chi'n gwybod pwy yw'r lladron?"

Cymerodd y ddirprwy ei hamser cyn ateb:

"Ydw."

"Pwy ydyn nhw?" Ennyd arall o ddistawrwydd.

"Fyddwch chi ddim gwell o wybod. Cadw popeth yn gyfrinachol ydi bwriad y brifathrawes."

Yna dywedais i:

"Ddaru'r brifathrawes ddim sôn am gosb yn y neges nac am ddychwelyd y nwyddau i'r siopwyr . . ."

"Busnes y brifathrawes ydy hynny ," oedd yr ateb.

Gofynnais gwestiwn arall:

"Sut mae celu lladrad ac amddiffyn y lladron yn mynd i ddiogelu enw da'r ysgol? Os daw rhieni i wybod ein bod yn goddef lladrata, oni fydd perygl iddyn nhw deimlo fod ysgol o'r fath yn hollol anaddas i'w plant?"

Edrychodd pawb arnaf ac yn ôl wynebau amryw roeddynt wedi'u cythryddo wrth glywed fy ngeiriau. Euthum yn fy mlaen:

"A all unrhyw un ohonoch chi gyfiawnhau celu'r troseddau

yma tra bod plant ysgolion eraill y dref yn ymddangos o flaen y Llys am ladrata o siopau? Oni ddylai'r gyfraith fod yr un fath i bawb?"

Erbyn hyn gwelwn fod rhai o'r athrawesau yn edrych yn gynddeiriog arnaf. Mae'n debyg eu bod yn tybio fy mod yn awgrymu galw'r Heddlu i wneud ymholiadau. Dyna leisiau'n codi:

". . . busnes y brifathrawes ydi o a neb arall. Gadael y cyfan i'r brifathrawes fyddai orau . . ."

". . . ia, ac anwybyddu rhywun rydan ni'n gwybod sydd yn ei chasáu hi ac sydd yn gwneud ei orau i fynd yn ei herbyn ym mhob peth . . ."

Ychwaneg o sylwadau cyffelyb. Roedd yn amlwg fy mod yn amhoblogaidd iawn ac yn enwedig gan un athrawes a oedd yn gyn-ddisgybl ac yn coleddu'r syniad uchelgeisiol o fod yn brifathrawes yr ysgol rhyw ddiwrnod.

Nid oeddwn yn gobeithio am gefnogaeth oherwydd gwyddwn fod greddf ddyfnaf dynolryw ar waith, yn is-ymwybod fy nghydweithwyr, sef hunanfudd. Roedd cadw eu swyddi yn fwy pwysig o lawer iddynt nag unrhyw syniad o gyfiawnder cydradd i bawb. Fyddwn i ddim wedi synnu petai ambell un ohonynt wedi bod yn berffaith barod i gelu unrhyw drosedd pa mor ysgeler bynnag petai hynny'n fanteisiol iddynt. Sawl gwaith y gwelais beth felly yn fy mywyd? Sawl gwaith a glywais eiriau megis 'chwarae teg' a 'chyfiawnder' yn tewi ar wefusau fy nghyd-ddyn pan sylweddolai y gallai yntau hefyd fod dan anfantais pe gwireddid ei syniadau aruchel?

Gadawodd y ddirprwy brifathrawes y stafell a dilynwyd hi gan weddill y staff heb unrhyw drafodaeth ar y pwnc llosg. Gobeithiai pob un yn ei galon y llwyddai'r brifathrawes i gadw'r gwarth dan orchudd ac o ganlyniad i ddiogelu 'enw da' yr ysgol ond yn bennaf oll eu swyddi.

Pe baent ond wedi ystyried pethau'n fanwl buan y byddent wedi dod i'r casgliad nad oedd unrhyw berygl i'r gwarth ddod i'r amlwg oni bai i rywun fynd at yr Heddlu. Hyd yn oed petai rhywun yn hysbysu'r Heddlu ni fyddai pob gobaith i gadw pethau'n ddistaw drosodd. Roeddwn yn argyhoeddedig na fyddai siopwyr Dolgellau yn dymuno dwyn achos llys yn erbyn merched Ysgol Dr Williams a theimlwn yn ychwanegol fod eu dylanwad yn ddigon i rwystro unrhyw un arall rhag gwneud hefyd. Onid oedd y merched yn gwario llawer mwy na gwerth y nwyddau a ladratawyd ac onid oedd yr ysgol ei hun yn un o'u cwsmeriaid

201

gorau? Pa siopwr yn ei lawn bwyll sydd yn lladd yr ŵydd sydd yn dodwy'r wyau aur?

Nid oeddwn innau yn dymuno gweld achos llys chwaith er fy mod yn ymwybodol o'r annhegwch oedd yn bodoli — plant y dref, plant tlawd ar y cyfan, yn ymddangos o flaen y llys ac yn cael eu cosbi tra bod plant Ysgol Dr Williams yn llwyddo i osgoi canlyniadau eu troseddau. Gwyddwn ar yr un pryd mai dyna'r drefn arferol mewn cymdeithas ranedig a bod yr un peth yn digwydd drwy'r wlad bob diwrnod o'r flwyddyn ac mai parhau a wnaiff o dan y gyfundrefn sydd ohoni. Mae ysgolion bonedd yn gyfystyr â braint a thra byddent cawn y breintiedig a'r difreintiedig am byth bythoedd, Amen!

Y peth a ddymunwn i ei weld oedd yr hyn a dybiwn y byddai Miss Lickes wedi 'i wneud: gwneud ymholiadau trylwyr nes darganfod pob un lladrones; yna gwneud ychwaneg o ymholiadau nes darganfod pob un a brynodd y nwyddau a ladratawyd; casglu'r holl ysbail; anfon neges at bob siopwr yn y dref a ddioddefodd ladrad; gorfodi'r lladron i ddychwelyd yr ysbail ac yna mynd ar eu gliniau i fynegi eu hedifeirwch ac erfyn am faddeuant. Yn ychwanegol byddwn wedi hoffi gweld llythyr yn cael ei anfon at bob rhiant yn egluro'r cwbl a ddigwyddodd ac i'w sicrhau nad oedd unrhyw berygl i'r fath beth byth ddigwydd wedyn.

Ond nid felly y bu.

Anfonwyd cyfreithiwr i alw ar y siopwyr, i gynnal trafodaethau ac i gyfaddawdu mae'n debyg. Gwn un peth — ni chosbwyd neb a chadwyd yr holl helynt yn dawel. Nis gwn faint o rieni a dynnodd eu merched o'r ysgol ond gwn i rai wneud hynny.

Penderfynais fod yr amser wedi dod imi adael. Ysgrifennais lythyr tebyg i'r canlynol:

" . . . gan fod yr ysgol wedi dirywio cymaint o'i chymharu â'r hyn ydoedd pan ymunais â hi bum mlynedd yn ôl nid wyf yn dymuno aros yn fy swydd. Byddaf yn ymadael ar ddiwedd y tymor hwn . . ."

Cefais ateb ar unwaith . . . "mae croeso ichi fynd cyn diwedd y tymor . . . cewch fynd cyn gynted â bod yr arholiadau Lefel 'A' a Lefel 'O' drosodd . . ."

Atebais mewn llythyr arall: " . . . byddaf ddim ond yn rhy falch o fynd cyn gynted â bod yr arholiad olaf drosodd. Fodd bynnag, gwnaf hynny ar yr amod ysgrifenedig fy mod yn cael fy nhalu'n llawn hyd ddiwedd Awst . . ."

Cefais yr hyn a ddymunwn, ac yn ystod wythnos gyntaf mis Mehefin 1970 gadewais Ysgol Dr Williams.

Roeddwn wedi cael pedair mlynedd ardderchog yno dan arweiniad doeth Miss Lickes a blwyddyn o ddiffyg arweiniad ac anhrefn ei holynydd. Aeth nifer o'm disgyblion i wahanol brifysgolion i astudio Almaeneg a phedair i astudio Rwseg. Roedd hynny'n rhywbeth i ymfalchïo ynddo, ac roeddwn wedi cael profiad eang o ddysgu ieithoedd i safon uchel. O ganlyniad i hynny teimlwn yn hollol hyderus y cawn swydd arall gyffelyb yn y dyfodol. Gwyddwn na chawn unrhyw gymeradwyaeth gan y brifathrawes ond gwyddwn ar yr un pryd y cawn un gan Miss Lickes. Anfonais air ati a derbyniais lythyr cymeradwyaeth ardderchog.

Blwyddyn o Seibiant

Er ei bod hi braidd yn hwyr i wneud cais am swydd ddysgu arall, roeddwn yn awyddus i aros yng Nghymru a sgrifennais lythyr at bron bob Gyfarwyddwr Addysg yn y wlad yn cynnig fy hun fel athro Almaeneg neu Rwseg petaent arnynt angen un. Cefais lythyrau yn ôl a phob un yn cynnwys bron yr un geiriau:

' . . . ein polisi yw hysbysebu swyddi gwag yn y *Times Educational Supplement . . .*'

Fel pe na bawn i'n gwybod!

Nid oeddwn yn poeni rhyw lawer. Nid oedd arian yn golygu fawr ddim i mi a chan nad oeddwn yn talu ond £6 y mis am fy mwthyn medrwn fyw ar ychydig. Pesgwn ddau fochyn ym Mhenfron, un i'w werthu a'r llall i'w rannu rhwng Alun a minnau. Dibynnwn ar fy nryll am gig ffres a chawn hynny o bysgod a fynnwn o'r nentydd a'r llynnoedd. Roedd gennyf hefyd ardd fawr yn llawn o bob math o lysiau a rhesi o datws yn tyfu yn y cae yn Nhŷ'n Sarn. Nid oedd unrhyw berygl imi lwgu felly!

Treuliais yr haf yn cynorthwyo fy nghyfeillion, yn cneifio ac yn y cynhaeaf gwair.

Roedd fy nghyfeillion yn enwedig Alun, yn pwyso arnaf i sgrifennu fy hanes yn dianc o wersylloedd carcharorion rhyfel yn yr Almaen. Roeddwn eisoes wedi 'sgrifennu'r hanes yn Saesneg flynyddoedd ynghynt a'r llyfr wedi 'i dderbyn gan Odhams Press ar yr amod fy mod yn ei gwtogi — roedd yn cynnwys bron i dri chan mil o eiriau! Roedd y gorchwyl yn stwmp ar fy stumog a gadewais i'r teipysgrif gasglu llwch am flynyddoedd.

Ym mis Hydref gorfodais fy hun i fynd ati i sgrifennu'r llyfr yn Gymraeg ac i'w gadw o fewn terfynau rhesymol o ran nifer y geiriau, hynny yw, rhwng cant a chant ac ugain o filoedd. Roeddwn wedi'i orffen ymhen dau fis ond wedi'i 'sgrifennu yn llawer rhy frysiog, yn enwedig y penodau olaf ac mae hynny'n berffaith amlwg pan ddarllenaf hwynt heddiw.

Cyhoeddwyd y llyfr o dan y teitl *Pum Cynnig i Gymro* gan Wasg y Sir, Bala yn 1971. Argraffwyd dwy fil o gopïau. Ymhen tri mis roedd pob copi wedi'i werthu ond serch hynny ni wnaed ail-argraffiad. Fe'i darlledwyd ar Radio Cymru yn 1972. Pe bawn wedi 'sgrifennu'r llyfr yn Saesneg credaf y byddwn wedi gwneud llond het o bres! Erbyn heddiw rwyf wedi gwneud hynny; cafodd ei gyhoeddi gan Secker and Warburg, Llundain yn hanner cyntaf 1987 ac roedd y blaendal a gefais yn fwy na'r cyfanswm dderbyniais am gyhoeddi un ar bymtheg o lyfrau Cymraeg yn cynnwys tua miliwn a chwarter o eiriau! Diolch i'r nefoedd nad wyf yn 'sgrifennu'r llyfrau Cymraeg fel bywoliaeth; pe bawn, byddwn wedi llwgu! Yr unig gysur i'r sawl sydd yn 'sgrifennu yn Gymraeg yw'r gobaith ei fod wedi cyfrannu rhyw ychydig bach at gynnal ei iaith a rhoi mymryn o bleser i ambell ddarllenydd!

Gwn fod mwy nag un sydd wedi darllen *Pum Cynnig i Gymro* yn eithaf amheus o rai o'r digwyddiadau ynddo. Nid yw hynny'n poeni dim arnaf. Wedi'r cyfan faint o'r amheuwyr fu'n garcharorion rhyfel, yn wir faint ohonynt a ryfygodd eu bywyd erioed? Rwyf yn cofio i un amheuwr ddweud wrthyf wrth drafod y llyfr:

"Fedra i ddim credu ichi wneud y peth a'r peth. Ni fedrai yr un dyn wneud yr hyn a wnaethoch chi â'ch dwylo . . .!"

Edrychais arno am funud, yna dywedais:

"Dangoswch eich dwylo imi!"

Estynnodd ddwy law fach, wen a meddal a'u dal allan.

"Trowch nhw drosodd!"

Edrychais arnynt yn hir ac yn fanwl. Yna meddwn:

"Mae un peth yn ffaith. Fedrech chi ddim . . . !"

Hwyrach fod ambell i amheuwr yn credu mai ffrwyth fy nychymyg yw'r cyfan ac yn anghofio'r ddihareb Saesneg: *Truth is stronger than fiction!* Profais hynny sawl tro yn fy mywyd!

Dilynwyd *Pum Cynnig i Gymro* gan ddau drosiad o ieithoedd tramor: *Rhybudd Trofeydd,* nofel ysgafn ramantus a swynol o'r Almaeneg a gyhoeddwyd gan Lyfrau'r Faner yn 1972 a *Storïau Byr o'r Bwyleg,* cyfrol o lenyddiaeth dau lenor byd enwog o Wlad Pwyl sef Henryk Sienkiewicz awdur *Quo Vadis* a Bolesław Pruss awdur oedd yn byw yn yr un cyfnod â Dickens, yn sgrifennu ar yr un themâu ond a oedd yn llawer gwell awdur.

Cyhoeddwyd *Storïau Byr o'r Bwyleg* dan nawdd Cyd-Bwyllgor Addysg Cymru.

Cefais gant a hanner o bunnoedd yr un am y cyfrolau uchod!

Erbyn gwanwyn 1971 roedd yr arian yn y god yn mynd braidd yn brin. Felly roedd yn rhaid edrych am waith. Prynwn y *Times Educational Supplement* bob wythnos ond ni welais unrhyw swydd i athro Almaeneg neu Rwseg yng Nghymru, ond gwelais hysbyseb am swydd eithaf diddorol yn Ne Lloegr — athro Rwseg yn Ysgol y Llynges Frenhinol yn Tangmere, Swydd

Sussex.

Gwneuthum gais am y swydd a chefais wahoddiad i fynd i Bencadlys y Weinyddiaeth Amddiffyn yn Llundain am gyfweliad. Bu'n rhaid imi hefyd ddioddef arholiad llafar, sef trin a thrafod y tensiwn yn y Dwyrain Canol — a hynny mewn Rwseg! Cefais hanner awr digon caled a chlywed y byddai'r awdurdodau yn cysylltu â mi yn y dyfodol agos.

Dychwelais i Ddolgellau a disgwyl. Daeth cynhaeaf gwair 1971 heb imi dderbyn gair. Ffoniais y Weinyddiaeth Amddiffyn a chysylltu â'r ysgrifenyddes oedd yn delio â'r mater:

" . . . dau fis eisoes wedi mynd heibio a byth wedi clywed gair gennych . . . "

"Na," meddai hi, "dydan ni ddim wedi anfon gair atoch chi eto ond mi ddylech gymryd cysur o hynny . . ."

"Cysur?"

"Ia, oherwydd mae hynny'n golygu nad ydan ni wedi penodi neb eto. Peidiwch â meddwl mai chi ydi'r unig ymgeisydd . . ."

"O, wela i. Sawl ymgeisydd sydd yna?"

"Wna i ddim dweud. Mae hynny'n gyfrinach swyddogol! Na, nid dyna'r achos ond rhag eich digaloni chi. Mae 'na obaith hyd nes y clywch fod y swydd wedi'i llenwi."

"Rydach chi'n siŵr o adael imi wybod?"

"Yn ddi-ffael!"

Dyna ni. Roedd yn ddiwedd mis Awst a phob swydd ar gyfer y flwyddyn academaidd oedd ar fin dechrau wedi'i llenwi. Roedd pethau yn edrych yn ddu arnaf ond ar ddalen olaf y *Times Educational Supplement* gwelais hysbyseb am athro Almaeneg yn Ysgol Ieithoedd y Llu Awyr! Anfonais gais ar unwaith a chefais gadarnhad o'i dderbyniad.

Wythnos yn ddiweddarach gwelais hysbyseb am athro Almaeneg mewn Ysgol Dechnegol yn Smethwick ger Wolverhampton. Syrthiodd fy nghalon fel plwm wrth feddwl am fynd i'r fath le. Ffoniais y Weinyddiaeth Amddiffyn eto a chael yr un ateb:

" . . . neb wedi'i benodi hyd yma, felly mae gobaith ichi o hyd . . ."

Ceisiais gael yr ysgrifenyddes i ddweud a oedd gennyf obaith ond y cyfan a ddywedodd oedd:

"Mae gennych chi gystal siawns â neb arall sydd yn ymgeisio . . ."

Nid oeddwn yn derbyn na dôl na dim cyffelyb nac yn fodlon gwneud; roedd yn rhaid imi felly gymryd rhyw swydd.

Gwneuthum gais am y swydd yn yr Ysgol Dechnegol yn Smethwick. Cefais wahoddiad i fynd am gyfweliad a hynny gyda throad y post fwy neu lai. Roedd hynny'n brawf fod ar yr ysgol wir angen athro ar unwaith. Nid rhyfedd felly imi gael y swydd a'r wybodaeth fod tymor yr Hydref yn dechrau ar yr ail o Fedi!

Rhoddais fy ieir yn rhad ac am ddim i'm cyfaill a'm cymydog John, Dewisbren a'r hwyaid i Meirion Glyn, Bwlch Coch am ei fod wedi eu hedmygu lawer gwaith wrth fynd heibio ac euthum â'r gath yn ôl i Dŷ'n Sarn at ei mam.

Wedi taflu ychydig o ddilladau i gefn y car a chloi'r drws, cychwynnais am Smethwick yn ddigon isel fy ysbryd ond yn benderfynol nad arhoswn yno ddiwrnod yn hwy na fyddai raid.

Bûm yno chwech wythnos union!

Ar y 6ed o Hydref fe'm galwyd i'r Weinyddiaeth Amddiffyn yn Llundain am gyfweliad am y swydd athro Almaeneg yn y Llu Awyr.

Croesawyd fi gan yr ysgrifenyddes a meddai hi:

" . . . rydw i wedi anfon llythyr atoch chi. Ydach chi wedi'i gael o?"

"Naddo. Rydw i wedi symud i fyw. Allwch chi ddweud beth oedd ei gynnwys, os gwelwch yn dda?"

"Medraf. Maen nhw wedi cynnig swydd athro Rwseg yn Ysgol Ieithoedd y Llynges yn Tangmere i chi . . ."

Gallaswn fod wedi'i chusanu yn y fan!

"Wel" meddai hi "ydach chi am ei chymryd hi, ynteu ydach chi am geisio am y swydd o athro Almaeneg yn Ysgol Ieithoedd y Llu Awyr . . . ?"

Edrychais arni yn syn. Cyn imi ateb ychwanegodd:

"Gwnewch chi fel rydach chi'n dewis ond rydw i'n meddwl y dylwn i'ch rhybuddio chi bod 'na ddeunaw o ymgeiswyr, ac yn eu plith ddau Almaenwr sydd yn berffaith rhugl yn Saesneg hefyd!"

Pan glywais hynny nid oedais eiliad cyn dweud:

"Rwyf yn derbyn y swydd gyda'r Llynges, a diolch yn fawr iawn ichi . . . !"

Nid wyf am egluro sut y llwyddais i ddarbwyllo Cyfarwyddwr Addysg Smethwick i'm rhyddhau mewn pryd i ddechrau ar fy swydd newydd yn Tangmere ar y 18fed o fis Hydref. Byddai hynny yn rhy gymhleth ond dywedaf mai trwy ystryw y llwyddais, drwy chwarae ar ei deimladau siofenistaidd, gwladgarol a'i ddarbwyllo fod diogelwch Prydain yn dibynnu'n llwyi ai fy mhresenoldeb yn y Llynges o'r 18fed o Hydref ymlaen!

Wedi cyrraedd Ysgol Ieithoedd y Llynges roeddwn yn ôl ym myd dirgelwch a chyfrinachau. Nid oedd y swyddogion oedd yn dysgu Rwseg yn gwneud hynny er mwyn darllen Tolstoi neu Dostoiefsci yn y gwreiddiol nac er mwyn teithio i Rwsia i fwynhau cyngherddau yn theatrau y Bolshoi a'r Maly. Ddim o bell ffordd! Yn hytrach paratoi eu hunain yr oeddent er mwyn cymryd eu lle yn rheng flaen y Rhyfel Oer.

A ddylwn eu cynorthwyo?

Dyna gwestiwn y bu'n rhaid imi ei wynebu!